BASTEI
LÜBBE

Von Nina Kresswitz sind bei Bastei Lübbe Taschenbücher lieferbar:

16220 Ein Mann zum Nachtisch
16232 Männer-Mix auf Eis
16244 Ein Mann mit Sahnehäubchen
16254 Die Männertest-AG
15478 Kuschelkurs für Anfänger
15659 Ich will alles!

Über die Autorin:

Nina Kresswitz wurde 1960 in Regensburg geboren. Sie studierte in München Romanistik und Archäologie. 1996 kam ihre Tochter Anna zur Welt.
Nina Kresswitz ist sturmerprobter Syltfan.

Nina Kresswitz

Ferien auf Sylt-Krokan

Roman

BASTEI
LÜBBE

BASTEI LÜBBE TASCHENBUCH
Band 15842

1. Auflage: April 2008

Bastei Lübbe Taschenbücher in der Verlagsgruppe Lübbe

Originalausgabe

Titelillustration: getty-images/Alexander Walter
Umschlaggestaltung: Tanja Østlyngen
Satz: hanseatenSatz-bremen, Bremen
Druck und Verarbeitung: Nørhaven Paperback
Printed in Denmark
ISBN 978-3-404-15842-3

Es gibt Tage, die völlig harmlos beginnen. So harmlos, dass niemand auf die Idee käme, sie könnten mit einem Paukenschlag enden.

Am allerwenigsten rechnete Anne mit irgendwelchen Katastrophen. Wieso auch? Ihr Leben zog in geordneten Bahnen dahin, na gut, vielleicht schrammte es manchmal hart an Eintönigkeit und Langeweile vorbei, aber was machte das schon? Sie hatte einen netten Mann und zwei entzückende Kinder, vormittags jobbte sie in einer Buchhandlung, das Haus war so gepflegt wie ihre Frisur.

Und genauso würde es weitergehen bis in alle Ewigkeit. Dachte sie.

Es war Samstag. Ein paar luftige Sommerwölkchen zogen über den Himmel, als sie am späten Vormittag in der Küche ihren Kaffee trank. Im Radio lief lauter Gute-Laune-Musik, und als sie später die Koffer vom Dachboden holte, summte sie vor sich hin.

Endlich Urlaub! Zwei volle Wochen mit Kind und Kegel auf Sylt! Ihr Kegel hieß Ralf, auch wenn er im Grunde genommen eher mit seiner Firma verheiratet war. Doch Ralf hatte versprochen, woran Anne fast schon nicht mehr geglaubt hatte: einen richtigen Familienurlaub, zwei volle Wochen am Meer, ohne Handy, ohne Laptop, dafür Luft und Liebe satt.

»Wirklich?«, hatte sie entgeistert gefragt. »Ohne Quatsch? Nur du und ich und die Kinder?«

Ralf hatte feierlich genickt. »Aber sicher, Schatz, das haben wir uns doch verdient, oder?«

Wohl wahr. Die letzten fünf Jahre hatte Anne die Ferien allerdings immer allein mit den Kindern in irgendwelchen lärmenden Clubhotels verbracht, weil sich der Gatte im Job so unersetzlich fühlte. Anfangs hatte sie dagegen protestiert, dann hatte sie sich damit abgefunden. Männer sind eben so, hatte sie gedacht. Testosterongesteuerte Alphatierchen, die nach einem Tag am Strand die Flucht ergreifen. Die dauernd kämpfen müssen, sich beweisen wie Superman persönlich. Und kollabieren, wenn sie statt am Schreibtisch mal im Strandkorb sitzen.

Aber offenbar hatte Ralf sich geändert, offenbar hatte selbst er gemerkt, dass eine Familie kein Teilzeitjob ist, sondern zuweilen mehr braucht als den zwar glorreichen, aber abwesenden Ernährer.

Sylt! Noch nie war sie auf dieser sagenumwobenen Insel gewesen, auf der Insel der Reichen und Schönen, die sie nur aus den Klatschblättern und aus dem Fernsehen kannte. Wer weiß, dachte sie, vielleicht werden wir einen echten Promi in Badehose entdecken oder ein Supermodel mal aus der Nähe betrachten. Und das alles mit der ganzen Familie!

Unternehmungslustig setzte sie die Koffer im Schlafzimmer ab und öffnete den Kleiderschrank. Ralf würde Augen machen, wenn er sie in ihren Strandkleidern sehen würde, die er nur von verwackelten Urlaubsfotos kannte. Und vielleicht würde er sich sogar daran erinnern, dass eine Ehefrau mehr kann als kochen, putzen und in der Buchhandlung die Neuerscheinungen einordnen. Er würde sie möglicherweise wieder als Frau sehen, eine Frau, die Nähe möchte und sich nach Zärtlichkeit sehnt. Das hatte er nämlich leider im Laufe der Jahre irgendwie vergessen.

Sie hielt sich ein bunt gemustertes Top vor den Körper und betrachtete sich im Spiegel. Gar nicht so schlecht. Ihre Figur war immer noch passabel, abgesehen von den, tja, griffigen Auspolsterungen einer ganz normalen Frau Mitte dreißig. Ein paar kalorienhaltige Seelentröster mussten schon sein, bevor sie abends vor dem Fernseher einschlief, während Ralf Überstunden schob oder auf einer Dienstreise war. Doch von Vollfettstufe konnte noch keine Rede sein. Sie joggte jeden Morgen, und einmal in der Woche ging sie sogar ins Fitnessstudio. Nein, als wandelnde Problemzone konnte man sie wirklich nicht bezeichnen. Nur ihr Rücken, das war ihre Schwachstelle.

Sie atmete tief ein, schloss die Augen und meinte schon die Seeluft zu riechen, die Sonne auf ihrer Haut zu spüren, den Wind, der in ihren Haaren spielte. Herrlich. Am Nachmittag sollte es losgehen, Ralf wollte nur noch die letzten, wichtigen Dinge im Büro erledigen, dann würden sie abdampfen Richtung Norden. Der Platz auf dem Autozug war gebucht, so wie das Hotel in Kampen, ein sündhaft teurer Schuppen mit Reetdach und Wellness-Oase. Ein Traum.

Sie lächelte und öffnete die Augen. Ihr nussbraunes Haar mit den kecken Strähnchen würde noch mehr leuchten, wenn sie gebräunt und erholt durch die Dünen stapfte, Hand in Hand mit dem Mann, den sie immer noch liebte, auch wenn sich die Leidenschaft auf leisen Sohlen davongestohlen hatte. Aber man konnte nie wissen. Schon manch träge dahindümpelnde Ehe hatte im Urlaub kräftig Aufwind bekommen, das hörte man immer wieder.

Außerdem ließ sich ja auch ein bisschen nachhelfen. Mit den Waffen einer Frau. Anne zog die Schublade der Kommode auf und holte die schönste Wäsche heraus, die sie hatte. Spitzen-BHs und hauchzarte Slips glitten durch ihre Finger, bevor sie in den Koffer wanderten. Sie erschauerte bei dem Gedanken, dass dies ein Liebesurlaub werden könnte, ohne das Störfeuer von Hektik und Stress, das Ralf regelmäßig schachmatt setzte. Außerdem erzählte man sich ja Wunderdinge über die erotischen Wirkungen des nordfriesischen Reizklimas. Sie musste kichern wie ein Teenager. Reizklima. Ja, sie war ein kleines bisschen aufgeregt.

Aus dem Garten hörte sie die Stimmen der Kinder, die nicht gerade geräuscharm Fußball spielten. Immer wieder donnerte der Ball gegen die Hauswand, unterbrochen von Kommandos wie »los doch!«, »Doppelpass!« und »Abseits!!«.

Emily war acht, Robert sechs Jahre alt, und sie hatten mindestens so gestaunt wie Anne, als sie erfuhren, dass ihr Papi diesmal mit auf die Reise gehen würde. Papi, das unbekannte Wesen. Papi, der nie Zeit hatte. Papi, der sich am Wochenende hinter Zeitungen verschanzte und dann stundenlang auf seinen Laptop einhackte, um die aktuellen Börsenkurse zu checken.

Anne hatte nie ganz verstanden, was Ralf eigentlich genau machte. Sicher, sie wusste, dass er Anlageberater war, dass er als bester Mann im Team galt und dass sein Chef große Pläne mit ihm hatte. Wie die aussahen, darüber redete Ralf nie.

»Das ist ganz großes Tennis«, raunte er nur, wenn sie ihn danach fragte. »Das erklär ich dir irgendwann mal in einem ruhigen Moment.« Doch der war in fast zehn Jahren Ehe nie gekommen, dieser ruhige Moment.

Fertig. Zufrieden klappte Anne die Koffer zu. Die Sachen der Kinder hatte sie bereits am Vortag in Rucksäcke verstaut, und Ralf hatte seine Reisetasche schon vor einer Woche gepackt, gut getaktet, wie er war. Abfahrbereit stand sie in der Ecke. Anne sah auf die Uhr. Halb drei schon, wo Ralf nur blieb? Sie griff zum Handy, das auf dem Nachttisch lag, doch dann ließ sie es wieder sinken.

Ralf hasste es, wenn sie ihm hinterhertelefonierte. »Keine Kontrollanrufe, bitte!«, bellte er unwirsch, wenn sie ihn anklingelte und fragte, wann er denn nach Hause kommen würde und wo er gerade war. Selbst SMS konnte er nicht leiden. »Job ist Job«, sagte er immer, »da muss ich den Kopf frei haben«. Der Job hatte familienfreie Zone zu sein. Fand er.

Während Anne das Gepäck runterschleppte und zum Auto brachte, spürte sie ihren Rücken. Der Arzt hatte ihr strikt verboten, schwere Gegenstände zu heben, aber was sollte sie machen? Der Autozug ging um acht, und bis zur Verladestation in Dagebüll mussten sie mindestens drei Stunden fahren. Man musste nicht Mathematik studiert haben, um zu wissen, dass sie spätestens um vier auf dem Weg sein sollten – Pipipausen für die Kinder und die obligatorischen Ferienstaus eingerechnet. Nervös massierte sie die Stelle über ihrem fünften Lendenwirbel. Ihre Schwachstelle. Dass sich die Bandscheibe meldete, hatte ihr gerade noch gefehlt.

Als sie am Auto auftauchte, kamen auch schon die Kinder angelaufen und bestürmten sie mit Fragen.

»Fahren wir jetzt los? Hast du auch was zu essen eingepackt? Dürfen wir Cola? Kann ich meinen Gameboy mitnehmen? Gibt es auf Süd Tsunamis?«, rief Robert und tänzelte aufgeregt um sie herum.

»Nicht Süd – Sylt heißt die Insel«, verbesserte Anne ihren Sohn, »und Tsunamis gibt es da garantiert nicht. Aber schöne große Wellen, über die wir springen können.«

Emily stemmte skeptisch die Arme in die Hüften. »Und was ist mit den Feuerquallen?«

Ächzend hievte Anne das Gepäck in den Kofferraum. »Feuerquallen? Die machen wir platt«, zischte sie mit zusammengebissenen Zähnen.

Ein brennender Schmerz war ihr Rückgrat entlang geflammt. Jetzt nur nicht schlappmachen, ermahnte sie sich. Alles in bester Ordnung.

»Aber was ist mit den Haien?«, wollte Robert wissen.

»Die freuen sich schon auf dich, weil sie dich zum

Frühstück verputzen werden«, sagte Emily mit der typisch überlegenen Grausamkeit der großen Schwester.

Durch Roberts Angstgeheul hindurch hörte Anne ihr Handy klingeln. Das war bestimmt Ralf! Na, endlich! Sie warf die Heckklappe zu und rannte ins Haus, ohne auf ihren schmerzenden Rücken zu achten. Doch als sie hechelnd im Schlafzimmer stand, war das Ding schon wieder stumm wie ein Fisch. Es blinkte nur noch. Sie klickte die Mailbox an.

»Hallo, Maus, es wird ein bisschen später, hier im Büro ist die Hölle los. Jede Menge E-Mails, die ich noch beantworten muss. Mach dir keine Sorgen, ich schaffe es schon rechtzeitig.«

Rechtzeitig? Der Mann hatte Nerven! Ausgerechnet heute! Es war schließlich Samstag! Warum konnte er nicht einfach wie jeder andere normale Mensch auch seinen Computer ausstellen und losfahren, verflixt? Aber Ralf war eben Ralf. Wieder sah sie auf die Uhr. Drei. Es wurde allmählich eng.

Unschlüssig stand sie da. Am liebsten hätte sie jetzt einen Kuchen gebacken. Kuchenbacken war ihre Passion, auch wenn ihre Freundinnen sie auslachten und das eine sturzblöde Hausfrauennummer nannten. Die wussten ja nicht, dass Kuchenbacken Anne beruhigte, dass es immer half, wenn sie geheime Zweifel bekam, ob ihr Glück wirklich so perfekt war, wie sie immer behauptete. Zog sie erst mal eine goldbraune Apfeltorte aus dem Ofen oder einen duftenden Pflaumenkuchen, hatte sie immer das angenehme Gefühl, dass die Dinge wieder im Lot waren.

Ziellos stromerte sie durch das Haus, auf der Suche nach etwas, was sie ablenken könnte. Aber es gab nichts mehr zu tun: Alles war penibel aufgeräumt, jede Pflanze war mit einem Zettel für die Nachbarin versehen, mit Angabe der nötigen Wassermenge, die Jalousien waren heruntergelassen, der Stecker aus dem Fernseher herausgezogen. Himmel noch mal, dieses Warten war wirklich nervtötend!

»Hunger! Können wir noch was essen, bevor es losgeht?«

Sie schrak zusammen. Die Kinder waren so plötzlich aufgetaucht, dass sie sich ertappt fühlte. Sofort setzte sie ihr Allzweck-Sorglos-Lächeln auf.

»Klar, im Kühlschrank sind noch zwei Joghurts. Bedient euch!«

Während die Kinder in die Küche liefen, hypnotisierte Anne ihr Handy. Schick doch wenigstens eine SMS, dass du jetzt unterwegs bist, bat sie flehentlich. Sag, dass du gleich da bist!

Seufzend klickte sie das Display an, obwohl kein Blinken und kein Piepen irgendwelche Nachrichten signalisierten. Nichts. Gar nichts. Ob sie vorsichtshalber doch mal im Büro anrufen sollte? Das hier war schließlich ein Ausnahmefall. Wenn sie den Autozug verpassten, war erst mal Ende im Gelände. Wie war noch die Büronummer? Sie tippte die Rufliste an, markierte die Nummer des letzten Anrufs und drückte auf den kleinen grünen Hörer. Pieeep. Wenigstens war nicht besetzt. Ein gutes Zeichen. Sicher war Ralf längst auf dem Weg.

»Einen schönen guten Tag, hier ist das Hotel Maritim in Dollenberg, mein Name ist Melanie Wagner, was kann ich für Sie tun?«

Was? Wie war das? Anne unterbrach das Gespräch sofort. Hatte sie sich verwählt? Nein, das war unmöglich, sie hatte doch … Eine kalte Hand griff nach ihrem Herzen. Was bedeutete das? Sie starrte ihr Handy an. Ralf war in einem Hotel? Wieso denn? Was machte er … Und überhaupt, warum nahm er ein Hotelzimmer? Warum war er nicht im Büro? Ohne lange zu überlegen, drückte sie auf die Wahlwiederholung.

»Einen schönen guten Tag, hier ist …«

»… das weiß ich!«, unterbrach Anne unwirsch die sanft leiernde Frauenstimme. »Ich wollte, das heißt, könnte ich mal meinen …, äh, ich würde gern Ralf Berger sprechen.«

»Aber natürlich, ich verbinde Sie gern.«

Ein fröhliches Gedudel erklang, unterbrochen von der Ansage »bitte warten«. Ha, dachte Anne grimmig, ich befinde mich in der Warteschleife. Im wahrsten Sinne des Wortes. Was ist hier eigentlich los? Dann wurde endlich abgenommen.

»Halloooo?«, sagte eine rauchige Frauenstimme gedehnt.

Im Hintergrund hörte man leise klassische Musik. Mozarts Kleine Nachtmusik. Annes Lieblingsstück. Sie kannte jede Note.

Ihre Hände wurden eiskalt, während ihr gleichzeitig der Schweiß ausbrach. Das musste eine Verwechslung sein. Das war eine Verwechslung! Sie legte auf und wählte ein drittes Mal die Nummer. Ohne irgendwelche einstudierten Formeln abzuwarten, verlangte sie sofort Ralf Berger zu sprechen.

»Oh, hat das nicht geklappt?«, flötete die Empfangsdame. »Vielleicht ist das Ehepaar Berger im Restaurant. Soll ich es dort versuchen?«

Das. Ehepaar. Berger. Jedes dieser drei Worte traf Anne wie ein Faustschlag. Ihre Hände begannen zu zittern.

»Nicht nötig«, krächzte sie heiser. »Vielen Dank.« Dann straffte sie sich. »Ich probiere es später noch mal. Wie lange werden, äh, die Bergers denn noch bei Ihnen sein?« Sie hörte das Klappern einer Tastatur.

»Einen Moment, ach ja, hier haben wir sie. Sie sind erst heute Mittag angereist. Bis morgen früh werden sie auf jeden Fall noch erreichbar sein«, gab die Hotelangestellte bereitwillig Auskunft. »Soll ich Sie wirklich nicht zum Restaurant durchstellen?«

»Nicht nötig«, stöhnte Anne.

»Dann noch einen schönen Tag«, säuselte es.

Das Gespräch war zu Ende. Doch noch gab es Hoffnung. Noch gab es die irrwitzige, verrückte Möglichkeit, dass aus einem unerfindlichen Grund der Telefonteufel zugeschlagen hatte. Wenn auch nicht viel dafür sprach. Doch Anne wollte nicht grübeln, sie wollte Gewissheit. Hastig tippte sie Ralfs Handynummer ein.

»Anne? Ich habe dir doch hundertmal gesagt, du sollst nicht …«

Anne hörte gar nicht hin. Sie hörte nur die Kleine Nachtmusik, mittlerweile war es der zweite Satz.

»Du – bist in einem Hotel«, sagte sie so ruhig, ja, fast kaltblütig, dass sie sich über sich selbst wunderte. »Du bist dort mit einer Frau. Und ihr habt euch als Ehepaar Berger ausgegeben.«

Schweigen. Nur die Geigen waren zu hören. Die Kleine Nachtmusik. Ausgerechnet die Kleine Nachtmusik.

»Ralf?« Annes Stimme klang fordernd. »Hast du mir irgendetwas zu sagen?«

Noch immer war nichts zu hören außer der Musik. Nie wieder würde Anne dieses Stück hören können. Sie lauschte angestrengt, während ihr Herz so laut klopfte, als sei es ein Fußball, der gegen eine Wand gedonnert wird. Warum sagte er nichts? Oder war da ein leises Flüstern? Plötzlich spürte sie nur noch eiskalte Wut, die langsam zu Hass gefror.

»Ich nehme an, dass ich die Koffer wieder auspacken kann, richtig?«, fragte sie so sachlich wie möglich.

Nun endlich erwachte Ralf endlich aus dem Schock. »Nein, nein, ich bin in einer halben Stunde da, mach jetzt bitte keine Szene, ich erkläre es dir in einem ruhigen Moment!«

»Den wird es nicht mehr geben, diesen ruhigen Moment«, erwiderte Anne heiser. »Bleib einfach, wo du bist.«

»Aber …«

Anne hatte genug. Es reichte. Sie klickte Ralf weg, schleuderte das Handy von sich, dann krümmte sie sich auf einem Sessel zusammen, von einem Schluchzen geschüttelt, das so wehtat wie nichts zuvor in ihrem Leben. Sie konnte nicht mehr denken, sie konnte nur noch tatenlos geschehen lassen, wie etwas mit der Wucht einer Naturkatastrophe über sie hereinbrach. Im Strudel ihrer Gefühle tauchten einzelne Wörter auf, zusammenhanglos erst, doch aus ihnen formte sich das noch unscharfe Bild eines Totalschadens. Untreu. Affäre. Überstunden. Hotel. Urlaub. Urlaub? Kein Urlaub. Kein Ehemann. Es war alles aus.

»Mami? Was hast du denn? Warum weinst du?« Emily stand mit einem Mal vor ihr, die Augen vor Schreck geweitet. Anne wischte sich mit dem Handrücken die Tränen von der Wange, doch es kamen immer neue. Sie konnte einfach nicht mehr aufhören zu weinen.

»Die … die Bandscheibe«, schluchzte sie. »Mein Rücken, es tut ganz doll weh!«

»Heißt das etwa, wir können nicht losfahren?«

Anne nickte. Es zerriss ihr fast das Herz, wie sie Emily fassungslos dastehen sah, tief enttäuscht, das liebe Gesichtchen vor Kummer verzogen. So ein Schuft, dachte sie wütend, dass er mir das antut, ist schlimm genug, aber hat er auch nur ein einziges Mal an seine Kinder gedacht?

»Robert, es ist was Schreckliches passiert, wir müssen hierbleiben!«, mit dieser Hiobsbotschaft rannte Emily davon, während Anne hilflos auf ihrem Sessel zurückblieb. Das ist ungerecht, dachte sie. Das ist so ungerecht! Schon kam Robert angelaufen.

»Ist das wahr, Mami? Stimmt das, was Emily sagt?«

Anne nahm ihn in den Arm und drückte ihn fest an sich. Sie spürte sein kleines Herz im wilden Stakkato klopfen, während sich seine Augen mit Tränen füllten. Seit Wochen hatten die Kinder von nichts anderem geredet als von diesem Urlaub. Und nun lag alles in Trümmern.

»Ihr Süßen, ich lege mich einen Moment hin«, flüsterte Anne mit letzter Kraft. »Und nachher backe ich euch einen schönen Schokoladenkuchen.«

»Ich will keinen Schokoladenkuchen, ich will nach Süd«, sagte Robert schluchzend.

In diesem Moment klingelte Annes Handy. Das war bestimmt Ralf, das Monster. Vielleicht würde er bald schon hier sein. Wenn er wirklich sofort losgescheppert war, stand er in einer halben Stunde vor der Tür. Und dann? Er würde den Kindern sagen, dass sie selbstverständlich trotz Mamis Rückenschmerzen verreisen könnten. Er würde ihnen den Superpapi vorspielen, und dann müssten sie gemeinsam losfahren, mit Lügen und Betrug im Gepäck. Nein, so lief das nicht. Anne spürte wieder diesen tiefen Hass. So nicht! Die Aussicht, mit diesem verlogenen Typen auch nur einen einzigen Urlaubstag zu verbringen, ging über ihre Vorstellungskraft.

Gab es denn gar keinen Ausweg? Oder musste sie wie andere betrogene Ehefrauen auch gute Miene zum bitterbösen Spiel machen und Familienglück heucheln? Doch dann, wie eine Eingebung, kam ihr eine Idee.

»Es gäbe da eine Möglichkeit«, sagte sie mit fester Stimme.

»Was denn? Sag's schon, Mami!«, rief Emily. Ihre verweinten Augen leuchteten voller Hoffnung.

»Es gibt da – einen sehr, sehr guten Arzt auf Sylt«, schwindelte Anne. »Der kriegt meinen kranken Rücken vielleicht wieder hin. Wir müssten aber sofort losfahren, ohne Papi.«

»Ohne Papi? Wieso denn?« Emily runzelte die Stirn. Sie war sehr helle für ihr Alter, und es war ihr nicht entgangen, dass Annes Argument irgendwie nicht logisch klang.

»Weil Papi sich verspätet hat, und wenn wir erst morgen fahren, hat der Arzt keine Zeit mehr«, improvisierte Anne. »Los jetzt, keine Fragen mehr – wollt ihr Urlaub oder nicht?«

»Ja!«, schrien die Kinder.

Anne erhob sich, obwohl ihr Rücken dabei in Flammen aufging. Sie brauchte wirklich einen Arzt, außerdem eine Spritze, eine Massage, eine Fangopackung. Oder mehr. Aber dafür war jetzt keine Zeit. Sie bückte sich ächzend nach dem Handy, schnappte sich ihre Handtasche, warf einen letzten Blick auf das, was sie zurückließ, und wunderte sich, wie leicht ihr der Abschied fiel. Vielleicht würde sie dies alles nie wiedersehen. Egal. Sie wollte nur noch weg.

So schnell waren die Kinder noch nie im Auto gewesen. Sonst trödelten sie herum und wollten im letzten Moment noch tausend Dinge mitnehmen, aber offenbar spürten sie instinktiv, dass Geschwindigkeit jetzt die einzige Chance auf ihren lang ersehnten Urlaub war. Anne verschloss die Haustür und eilte im Laufschritt zum Wagen.

»Alle an Bord? Gut! Anschnallen! Wir heben ab!«, rief

sie und legte einen Kavalierstart hin, der den geharkten Kies der Auffahrt nach allen Seiten wegspritzen ließ.

»Krass, Mami!«, brüllte Robert begeistert.

Es gibt Tage, die völlig harmlos beginnen. Bis etwas passiert, was alles auf den Kopf stellt. Und vielleicht sogar ein ganzes Leben in Schutt und Asche legt. Anne hatte das Gefühl, einem Trümmerfeld zu entfliehen.

*

Es gibt sie doch, Engel und Teufel. Auch wenn aufgeklärte Zeitgenossen ihre Existenz immer wieder leugnen. Engel und Teufel – die einen beschützen, die anderen verführen und zerstören. Immer noch. Totgesagte leben länger.

Anne jedenfalls hatte das untrügliche Gefühl, dass gleich eine halbe Fußballmannschaft teuflischer Wesen sie am Wickel hatte. Einer jedenfalls hatte ihren Mann in die außereheliche Spaßzone gelockt, ein anderer hatte den Kindern den Vater genommen, ein dritter hatte den Familienurlaub in die Tonne getreten. Und offenbar gab es einen besonders gemeinen Spezialteufel für Rückenschmerzen. Zur Hölle mit dieser Truppe!

»Die weiteren Aussichten: heiter und sonnig«, tönte es aus dem Autoradio. »Die Temperaturen liegen zwischen fünfundzwanzig Grad im Binnenland und zweiundzwanzig Grad an der Küste. Es weht ein leichter Ostwind.«

Ein Laster bog direkt vor ihr auf die Straße. Anne überholte ihn hupend und klammerte sich ans Lenkrad. Die weiteren Aussichten. Was für Aussichten hatte sie schon? Heitere ganz bestimmt nicht. Sie schob eine Kinderkassette ins Autoradio, und schon hörte sie das vertraute »Törööö!« des einzigen sprechenden Elefanten der Welt.

»Ich will aber lieber ›Fünf Freunde‹ hören«, maulte Emily. »Benjamin Blümchen ist doch für Babys!«

»Gar nicht!«, protestierte Robert. »Außerdem: Du bist selbst ein Baby!«

»Ach nee, und wer nuckelt noch heimlich am Daumen?«, spielte Emily ihren fiesesten Trumpf aus.

»Ruhe im Karton!«, beendete Anne das Scharmützel auf dem Rücksitz. »Ich muss mich konzentrieren, sonst kommen wir nie an!«

Sie hatte Mühe, den Verkehr im Blick zu behalten, denn an der ersten Raststätte hatte sie mit einem scheußlich bitteren Kaffee zwei Schmerztabletten runtergespült, um sich überhaupt auf ihrem Sitz gerade halten zu können. Sie fühlte sich ausgelaugt und müde. Und sie wusste, dass das nicht nur an den Tabletten lag.

Während sie an blühenden Rapsfeldern und grünen Wiesen vorbeiraste, fuhren ihre Gedanken Karussell. Ob das schon länger ging mit Ralfs Affäre? Warum hatte sie nichts bemerkt? Wer war diese Frau, mit der er als »Ehepaar« im Maritim abgestiegen war? Hatte sie selbst Schuld, dass Ralf ein Abenteuer gesucht hatte? War sie zu langweilig, zu berechenbar geworden? Ein Hausmütterchen, nett, aber doof, kein Aufreger, keine interessante Partnerin?

»Achtung, Mami, roooot!«

Emilys Hand verkrallte sich angstvoll in Annes Schulter. Sofort stieg Anne auf die Bremse, und der Wagen kam schleudernd zum Stehen. Das war knapp gewesen. Sie begann wieder zu schluchzen. Es war einfach zu viel. Sie legte ihre Stirn auf das Lenkrad. War es richtig, dass sie geflohen war? Hätte sie nicht auf Ralf warten müssen? Aber ein Showdown in Anwesenheit der Kinder wäre nicht in Frage gekommen. Ob er sie suchen würde? Hinter ihnen herfahren? Der Gedanke durchzuckte Anne wie ein Stromstoß.

Als sie wieder anfuhr, spielte sie im Turbomodus die Möglichkeiten durch. Variante eins: Er war bei seiner Geliebten geblieben und tafelte gerade gemütlich mit ihr im Hotelrestaurant. Unwahrscheinlich. Variante zwei: Er war sofort losgefahren, hatte das Haus leer vorgefunden und betrank sich jetzt vor dem Fernseher. Auch unwahrscheinlich. Variante drei: Er hatte das Haus nach einer Botschaft abgesucht, keine gefunden und sich sofort wieder in seinen Sportwagen gesetzt, um sie aufzuspüren. Bingo. Ralf war ein Kontrollfreak, er ließ seine Familie nicht einfach losdüsen in dieser Situation.

Anne gab Gas. Nur einen einzigen Platz hatten sie auf dem Autoreisezug gebucht, mehr gab es nicht, es war Hauptsaison. Wer zuerst kommt, mahlt zuerst, dachte sie trotzig. Es waren nur noch fünfzig Kilometer bis Dagebüll, außerdem hatte sie trickreich zwei Staus umfahren, weil ihr Navigationssystem unschlagbar war und solche Komplikationen bravourös meisterte. Ralf hatte kein Navigationssystem. Er sagte immer, dass sei etwas für orientierungslose Weicheier. Das hatte er nun davon.

»Schafe!«, rief Robert. »Ganz viele! Kuckma!«

Die Landschaft war flacher geworden, geduckte Katen und blitzsaubere weiße Häuschen säumten den Weg, dahinter leuchteten endlose Wiesen in sattem Grün, auf denen Kühe und Schafe weideten. In der Ferne drehten sich riesige Windräder. Idylle pur. Anne sehnte sich nach Idylle. Das Leben konnte so einfach sein. Theoretisch. Doch leider war es höllisch kompliziert geworden.

Wie hieß noch das Hotel auf Sylt? Angestrengt dachte sie nach. Sie wusste nur, dass es in Kampen lag und eine Wellness-Oase hatte. Doch der Name des Luxusschuppens war ihr in der Aufregung komplett verloren gegangen. Im selben Moment fiel ihr ein, dass sie dort nicht absteigen konnte. Ralf würde leichtes Spiel haben, sie dort zu finden. Und auf diese Begegnung des Schreckens konnte sie leichten Herzens verzichten. Aber wohin? Es war Ferienzeit, sicher war alles bis unters Dach besetzt. Sie seufzte.

Bei so viel Unglück ist ja wohl auch mal ein bisschen Glück drin, überlegte sie. Wenn schon die Teufel es auf sie abgesehen hatten, musste doch wenigstens ein klitzekleiner Engel aktiv werden. Wir werden schon ein Plätzchen ergattern, wir drei, sprach sie sich tapfer Mut zu. Im Rückspiegel betrachtete sie Emily und Robert, die schläfrig aus dem Fenster starrten, während sie den Abenteuern von Benjamin Blümchen lauschten.

Wo Ralf wohl gerade war? Immer wieder sah sie abwechselnd auf die Uhr und auf die Kilometerangaben der Wegweiser. Noch zwanzig Kilometer. Noch zehn. Als sie endlich in Dagebüll angekommen war, zeigte ihre Uhr viertel vor acht. Erleichtert reihte sie sich in die Schlange vor dem Autozug. Warum ging das nicht schneller? Am liebsten hätte sie alles weggehupt, was sich ihr in den Weg stellte. Um zwei Minuten vor acht ratterten sie endlich auf die Verladerampe. Geschafft!!

»Juchhuuu! Wir sind drauf!«, schrie sie, stellte den Motor aus und warf die Arme in die Luft. Dann ließ sie die Scheibe herunter, beugte sich aus dem Fenster und sah vorsichtshalber zurück. War das da hinten ein anthrazitfarbenes Sportcoupé? Sie bekam eine Gänsehaut. Nein, sie sah Gespenster. Ralf hing bestimmt irgendwo im Stau. Wo er hingehörte. Wenn es nach Anne gegangen wäre, hätte er ewig darin festhängen können. Dann ruckelte der Zug endlich los.

»Voll fett – wir fahren durchs Wasser!«, rief Emily, als die Bahn das Festland hinter sich gelassen hatte und auf einem schmalen Damm mitten durchs Meer fuhr.

»Ist der Zug wasserfest? Müssen wir ertrinken?«, fragte Robert ängstlich.

»Klar, die Haie warten schon«, ätzte Emily. »Wo schlafen wir eigentlich heute Nacht?«

»Mal sehen«, wich Anne aus. »Wir nehmen das schönste Hotel, das wir finden.«

Sie schloss die Augen und lehnte sich zurück. Es tat gut, das Land hinter sich zu lassen. Noch nie hatte sie eine Reise als so befreiend empfunden. Doch was bedeutet diese neue Freiheit? Würde sie für immer allein sein? Auf der Flucht vor Ralf? Sollte sie die Scheidung einreichen? Würde er sie mit den gewieftesten Rechtsanwälten austricksen, sodass sie ohne Geld dastand, seiner Gnade ausgeliefert? Doch dann schob sie ihre Ängste beiseite. Der Tag war anstrengend genug gewesen, jetzt wollte sie sich nur noch fallen lassen.

Wenigstens hatte sie daran gedacht, dass Ralf ihr möglicherweise die EC-Karte sperren würde und war nach einem Pipi-Boxenstopp in einem hübschen kleinen Städtchen zur örtlichen Bank marschiert, um das Girokonto leer zu räumen. Sie wolle eine Ferienwohnung auf Sylt kaufen und bräuchte das Geld als Anzahlung, hatte sie dem verdutzten Schalterbeamten erklärt. Das Bündel Scheine lag in einem dicken Kuvert in ihrer Handtasche.

Fluchtgeld. Man konnte nie wissen. So doof war sie nämlich gar nicht, die kleine betrogene Ehefrau. Anne grinste bei der Vorstellung, wie Ralf online den Kontostand kontrollierte und feststellte, dass ganze zehntausend Euro fehlten. Bestimmt hatte er jetzt schon ihre Mailbox zugebrüllt.

Neugierig holte sie ihr Handy aus der Handtasche, die auf dem Beifahrersitz stand. Klar. Es blinkte. Und wie! Fünfzehn Anrufe in Abwesenheit. Jede Menge Chaosanrufe von Ralf, soviel stand fest. Sie hatte keine Lust auf Chaos. Sie hatte keine Lust auf Handys. Eine Weile drehte sie das silberglänzende Hightechteil in ihren Händen hin und her, ein Geburtstagsgeschenk von Ralf, dann warf sie es in hohem Bogen aus dem Fenster. Klatschend landete es in den Wellen. Sollten sich doch die Fische Ralfs wutschnaubende Beschimpfungen anhören. Von nun an würde sie unerreichbar sein. Wie wunderbar das klang: unerreichbar.

»Jetzt dreht sie total durch«, tönte es vom Rücksitz. »Wer schmeißt denn sein Handy ins Meer?« Emily klang so entrüstet wie eine Gouvernante.

»Mami, Mami, hast du wirklich dein Handy aus dem Fenster geschmissen?«, wollte Robert wissen.

»Wir haben noch superleckere Brote«, lenkte Anne ab, als hätte sie die Frage nicht gehört. »Oder will jemand 'ne Cola?«

Das war ein Stichwort, auf das die Kinder zuverlässig reagierten, denn Cola war normalerweise streng verboten. Selig machten sich die beiden über die Flaschen her, die Anne nach hinten reichte. Sie selbst hatte weder Hunger noch Durst. Verträumt sah sie den Möwen zu, die elegant über die Wellen strichen. Durch das geöffnete Fenster wehte eine frische Brise herein. Die vielen kleinen Wölkchen am weiten Himmel färbten sich zartrosa.

»Sylt«, flüsterte sie vor sich hin. Eine unbestimmte Erwartung hatte sie ergriffen, so als sei diese Insel ein Versprechen – ein Versprechen auf etwas noch völlig Unbestimmtes. Doch eine innere Stimme sagte ihr, dass es etwas Schönes sein würde. Auch wenn im Moment noch alles dagegen sprach.

Ewig hätte Anne auf diesem Autozug bleiben mögen, im Nirgendwo des Meers, im Niemandsland der Wellen. Doch schneller als erwartet kam Land in Sicht.

»Da ist es – das ist Süd!«, rief Robert aufgeregt und hüpfte auf dem Sitz auf und nieder wie ein Gummiball.

»Sylt«, verbesserte Emily ihren kleinen Bruder. »Bin gespannt, wann du das mal endlich schnallst.«

Es ging eine Weile durch flache Marschwiesen, bis sie schließlich den Bahnhof von Westerland erreichten. Rumpelnd fuhren sie vom Zug und bogen in eine Straße ein, die zu einer Kreuzung führte. Wie jetzt? Rechts, links, geradeaus? Jede Menge Hinweisschilder wiesen den Weg nach Keitum, Rantum, nach List und Kampen, nach Wenningstedt und anderen Dörfchen, deren Namen Anne noch nie gehört hatte. Auf einmal wurde ihr bewusst, worauf sie sich eingelassen hatte. Es dämmerte schon, sie wusste nicht, wohin, und die beiden Kinder brauchten dringend ein Bett.

Ob es so etwas wie ein Fremdenverkehrsamt gab? Aber das hatte sicherlich längst geschlossen. Von den Reichen und Schönen war jedenfalls nichts zu entdecken. Ein paar bunt gekleidete Touristen schlenderten die Bürgersteige entlang, und Westerland sah auch nicht viel anders aus als Hannover oder Gelsenkirchen, fand Anne. Sie fuhr spontan in eine Seitenstraße und hielt beim erstbesten Hotel, das sie sah. Es wirkte nicht gerade einladend, aber für heute Nacht musste es reichen.

»Ihr bleibt hier, ich mache das Hotel klar«, sagte sie bestimmt und stieg aus.

Beklommen betrat sie den düsteren Kasten. Innen war er ganz im Kaufhausbarock gehalten, mit schweren dunklen Möbeln und rosa Lämpchen. Es roch etwas muffig. Hinter dem schmierigen Tresen residierte eine ältere Dame mit grauer Dauerwelle, die gelangweilt Kreuzworträtsel löste. Widerwillig besah sie sich Anne, die noch immer verweint aussah, dann täuschte sie einen Heiterkeitsanfall vor, als Anne nach einem Zimmer fragte.

»Dschä, mein Kind, da müssen Sie aber früher auf-s-tehen«, kicherte sie. »Wir sind voll, und die anderen Hotels auch. Es ist Saison, da werden sogar die Dachkammern und die Keller vermietet.«

»Vielen Dank für die Auskunft«, sagte Anne hoheitsvoll. So eine blöde Kuh.

Doch nach dem dritten Hotel war ihr das Herz längst in die Hose gerutscht. Alle Urlauber dieser Welt schienen sich verabredet zu haben, ausgerechnet auf Sylt ihre Ferien zu verbringen. Auf Anne und ihre Kinder hatte hier nun wirklich keiner gewartet. Ob sie doch nach Kampen fuhr? So schwierig konnte es ja nicht sein, das gebuchte Hotel zu finden. Die Aussicht auf ein frischbezogenes Bett ließ sie fast schwach werden.

»Wo können wir denn hin? Müssen wir draußen schlafen?«, jammerte Robert, der zu einem Häuflein Elend zusammengesunken war, als Anne wieder einmal erfolglos zum Wagen zurückkehrte.

»Ja, genau, und außerdem gibt es hier auch Bären und Wölfe«, kommentierte Emily gewohnt sarkastisch. »Sehr, sehr hungrige Bären und Wölfe.« Doch ihre Stimme zitterte.

»Keine Sorge, beim nächsten Hotel klappt es bestimmt«, erwiderte Anne und bemühte sich, ihrer Stimme einen optimistischen Klang zu geben. Dabei hätte sie am liebsten losgeheult. Nein, Kampen musste sie knicken. So, wie sie Ralf kannte, würde er als rasender Rächer morgens um sechs auf der Matte stehen. Der würde sogar nach Sylt schwimmen, um die liebe Familie in aller Herrgottsfrühe aufzustöbern.

Bevor sie das sechste Hotel betrat, schickte Anne ein Stoßgebet zum Himmel. Lieber Gott, bat sie, lass uns jetzt bitte nicht allein. Schick uns einen Engel, der uns aufnimmt. Doch auch der junge Mann, der hier an der Rezeption saß, zuckte bedauernd mit den Schultern. Es sei alles seit Monaten ausgebucht. Diesmal ging Anne aufs Ganze.

»Ich zahle Ihnen das Doppelte«, flehte sie. »Zur Not schlafen wir auch in einer Badewanne. Ich habe zwei Kinder im Auto, sie sind todmüde. Es muss doch irgendetwas geben auf dieser verdammten Insel!«

Der junge Mann musterte sie halb mitleidig, halb amüsiert von oben bis unten.

»Also, Hotels – keine Chance«, grinste er. »Ich könnte es höchstens mal bei Oma Lina probieren, das ist aber nur 'ne Pension, mit Frühs-tück und Familienanschluss, wenn Sie wissen, was ich meine.«

Anne wusste überhaupt nicht, was er meinte, aber ihr war alles recht, wenn sie nur schnell ein Bett und ein Dach über dem Kopf fanden. Der junge Portier griff zum Telefon und wählte eine Nummer.

»Oma Lina? Ja, ich bin's, Peer.« Er zwinkerte Anne zu, die verzweifelt ihre Handtasche knetete. »Ja, allens im Lot. Du, sachmaa, hast du noch'n Zimmer für ne kleine

Familie? Is'n Notfall. Nee, ne Mutter mit zwei kleinen Kinners. Jo, sieht ganz ans-tändig aus. Och, nun s-tell dich mal nich so an. Is ja nur für eine Nacht.«

Es folgte offenbar eine längere Erklärung, die der junge Mann geduldig über sich ergehen ließ.

»Abgemacht«, sagte er schließlich. Dann grinste er wieder und legte auf.

»Da haben Sie aber bannich Glück gehabt, Oma Lina nimmt nämlich eigentlich nur noch S-tammgäste. Is nich mehr die Jüngste, die Gute, außerdem ist das ihr letzter Sommer, bevor sie sich zur Ruhe setzt. Aber sie drückt'n Auge zu. Wissen Sie, wo Keitum ist?«

Anne schüttelte den Kopf.

»Na, denn mach ich Ihnen mal ne Zeichnung.«

Der junge Mann mit Namen Peer angelte sich einen Notizblock und begann mit einem abgekauten Bleistift etwas darauf zu kritzeln, was wie ein Labyrinth aussah. Seine Zunge bewegte sich vor lauter Eifer über seine Lippen.

»So«, sagte er nach einer Weile zufrieden, »das werden Sie schon finden. Die Pension ›Alte Liebe‹ liegt direkt hinterm Deich. Und wenn Sie nicht weiterkommen, fragen Sie einfach nach Oma Lina. Die kennt da jeder.«

In ihrer grenzenlosen Erleichterung wollte Anne dem jungen Portier einen Geldschein aufdrängen, doch der lehnte entrüstet ab.

»Nee, nee, lassen Sie mal s-tecken, das war Ehrensache. Und sagen Sie Oma Lina 'n schönen Gruß von mir.«

Mit dem zerknüllten Zettel in der Hand, lief Anne

zum Auto. Danke, flüsterte sie leise. Danke, lieber Gott, auch wenn ich nicht wusste, dass Engel Oma Lina heißen können. Vorsichtig öffnete sie die Autotür. Emily und Robert waren eingeschlafen. Eng aneinander gekuschelt lagen sie auf dem Rücksitz. Robert hatte seinen Daumen im Mund.

Mittlerweile war es stockdunkel. Doch das treue Navi führte Anne zuverlässig durch die schwarze Landschaft, wo sie nach einer guten halben Stunde auf ein gelbes Schild stieß, auf dem »Keitum« zu lesen war. Aha. Nun musste der Zettel den Rest erledigen. Der war schwerer zu entziffern als altägyptische Hieroglyphen. Und den Straßennamen konnte man schon gar nicht lesen. Direkt hinterm Deich? Wo war hier der Deich? Eine Weile fuhr Anne eher ziellos durch schmale Sträßchen und matschige Feldwege. So kam sie nicht weiter. Ob sie mal bei dem Wirtshaus da vorn nachfragen sollte?

Die Gaststube des »Restaurant Robbengatter« war gepackt voll mit Familien. Anne konnte es kaum ertragen, die geröteten, fröhlichen Gesichter zu sehen, lauter glückliche Familien wie aus dem Bilderbuch. Es roch nach Bratkartoffeln und Backfisch. Sie steuerte den Tresen an und nickte dem untersetzten Wirt mit der speckigen Lederweste zu, der am Zapfhahn stand.

»Guten Abend. Ich suche die Pension von Oma Lina.«

»Soll das'n Witz sein? Oma Lina?«

»Ja, wir haben da ein Zimmer.«

Der Wirt lachte ölig. Er betrachtete Anne mit einem Gesichtsausdruck, als hätte sie gerade nach dem Tor zur

Hölle gefragt. Am liebsten hätte sie ihm auf der Stelle einen Kinnhaken verpasst. Was sollte der Blödsinn? Sah er denn nicht, wie müde sie war? Wie erschöpft? Ihr stand nicht der Sinn nach Spielchen.

»Na, scheint so, Sie haben Lust auf Abenteuerurlaub«, sagte der rotgesichtige Mann trocken und stellte Anne ein Bier hin. »Da, trinken Sie mal'n Schluck, Sie sehen ganz schön durch'n Wind aus.«

Ein Bier, wie wahnsinnig war das denn? Anne trank nie Bier. Aber dann siegten ihr Durst und ihre Erschöpfung. Auf einen Zug stürzte sie das bittere Getränk hinunter und wischte sich den Schaum von den Lippen. Holla. Das tat gut. Richtig gut!

»Sie fahren jetzt die Straße runter bis ganz ans Ende«, erklärte der Wirt und beugte sich so weit zu Anne über den Tresen, dass sie seinen Bier-Salami-Zwiebel-Atem riechen konnte, »dann biegen Sie nach links. Es ist das letzte Haus auf der rechten Seite. Aber zieh'n Sie sich warm an – mit Oma Lina ist nicht zu spaßen! Und das Bier, das geht aufs Haus.«

Aha, das ist wohl die friesische Gastfreundschaft, dachte Anne. Erst die ruppige Nummer und dann was Nettes. Auch gut. Aber warum hatte der Typ so komisch gelacht?

»Vielen Dank, und einen schönen Abend. Bestimmt kommen wir morgen zum Essen vorbei«, beteuerte sie und marschierte erhobenen Hauptes durch die unerträglich fröhlichen Familienensembles hindurch nach draußen. Als sie zum Auto zurückkehrte, waren die Kinder aufgewacht. Verschlafen rieben sie sich die Augen.

»Sind wir jetzt da?«, fragten Robert und Emily im Chor.

»So gut wie. Gleich sinken wir in die Federn«, versprach Anne und unterdrückte einen kleinen Rülpser. Wenn Ralf wüsste, dass sie Bier getrunken hatte, würde er ihr jetzt eine Standpauke halten. Er fand Bier vulgär. Sie lächelte übermütig. Ralf? Wer war eigentlich Ralf?

Der Wagen holperte über den gepflasterten Weg, den der Wirt als »Straße« bezeichnet hatte, und am Ende bog Anne nach links. Im Scheinwerferlicht sah sie, dass der Weg jetzt nur noch aus Schlaglöchern bestand. So ging es zickzack im Schritttempo weiter, bis sie am Ende tatsächlich ein windschiefes Häuschen auftauchen sah. Nur ein Fenster im ersten Stock war erleuchtet. Kein Schild, keine Leuchtreklame. Vorsichtig fuhr sie bis zu dem Haus. Sie ließ das Licht an und stieg aus. Tatsächlich, über der Tür hing ein Balken, auf den in ungelenker Schrift »Alte Liebe« gemalt war.

Zaghaft pochte sie an die Tür. Keine Reaktion. Sie pochte heftiger. War diese Oma Lina etwa schon schlafen gegangen? Hallo, Engel, Kundschaft! Plötzlich wurde die Tür aufgerissen und eine rundliche ältere Frau in einem blütenweißen gestärkten Nachthemd blinzelte in das Scheinwerferlicht.

»Na, min Deern, ist das eine Art, unbescholtene Leute aus dem Bett zu holen? Himmel noch mal, warum habe ich mich bloß von Peer überreden lassen? Nee, so was aber auch.«

Anne starrte auf die seltsame Alte, die vor ihr stand. Schlohweißes Haar hing ihr in schütteren Strähnen bis auf die Schulter, und das runzlige Gesicht war zu einer missmutigen Grimasse verzogen. An den Füßen trug diese Oma Lina karierte Pantoffeln, die mindestens zwei Weltkriege überlebt hatten.

»Es ist nur für diese eine Nacht«, sagte Anne schnell. »Morgen werden wir was anderes suchen. Meine beiden Kinder sind hundemüde. Wir werden Ihnen bestimmt keine Umstände machen!«

»Keine Ums-tände, ha!«, blaffte die alte Frau. »Ich hab schon extra die Betten bezogen und ausgefegt, war ja lange keiner da, und das ist keine Kleinigkeit, wenn's am Rücken reißt.«

Ich habe auch Rückenschmerzen, wollte Anne schon sagen, doch sie ließ es lieber bleiben. Hauptsache, sie kam jetzt so schnell wie möglich in die Horizontale. Also besser keine Diskussionen. Smalltalk konnte sie auch noch beim Frühstück machen. Wobei sie gar nicht sicher war, ob es in diesem Schuppen überhaupt so etwas wie Frühstück geben würde.

»Mama, Mama, ist das eine Hexe?«, hörte sie Roberts dünnes Stimmchen. Die Kinder waren aus dem Auto geklettert und versteckten sich ängstlich hinter ihrer Mutter.

»Das ist Oma Lina«, sagte Anne so laut, als könnte sie die peinliche Frage nachträglich übertönen. Hoffentlich war dieser schlecht gelaunte Engel schwerhörig. Hoffentlich! Nein, sie hörte bestens.

»Dschä, da seid ihr nicht die ersten, die mich eine Hexe nennen«, raunzte Oma Lina. Doch es klang schon etwas freundlicher. »Dies ist 'n richtiges Hexenhaus.

Also, Kinners, denn kommt man rein in die warme Stube. Ich habe warme Milch mit Honig gemacht, und dann ab in die Koje.«

Noch immer drückten sich Emily und Robert furchtsam hinter Annes Rücken herum. Anne schob sie resolut ins Haus. Vielleicht war diese Oma Lina ja die weibliche Version jener knorrigen friesischen Gastfreundschaft, die sie schon im Wirtshaus kennen gelernt hatte. Sie betraten einen niedrigen Raum mit ein paar wackeligen Tischen und uralten Sofas, die in das schummrige Licht von Petroleumlampen getaucht waren.

»Schuhe ausziehen, aber dalli«, befahl Oma Lina. »Ich komme gleich mit der Milch.«

Oha, die Herbergsmutter hat gesprochen, dachte Anne belustigt. Was für ein Besen! Verwundert sah sie, dass die Kinder aufs Wort gehorchten. Vermutlich hatten sie Angst, bei Befehlsverweigerung auf der Stelle von der Hexe gebraten zu werden. Auch Anne streifte ihre Sneakers von den Füßen und sank neben die Kinder auf eins der betagten Sofas. Sie sah sich um. Die leicht angestaubte Gemütlichkeit und der Duft nach Holz und getrockneten Blumen wirkten vertrauenerweckend. Eine Wanduhr schlug. Die Kinder zählten mit, bis sie bei zwölf angelangt waren.

»Geisterstunde!«, rief Emily. »Bestimmt spukt es hier!«

»Wo denn? Mami, ich habe Angst!«, jammerte Robert.

Anne drückte ihn an sich. Armer kleiner Schatz. In diesem Moment knisterte und knackte etwas in der Ecke. Alle drei schrien sie unwillkürlich auf.

»Da ist es, das Gespenst!«, japste Emily.

Doch das Gespenst entpuppte sich als eine kleine graue Katze, die in der dunklen Ecke gekauert hatte, behände auf einen Stuhl sprang und die drei späten Gäste aufmerksam beäugte. Dann kam sie vorsichtig näher. Anne liebte Katzen. Sie hätte einiges dafür gegeben, selbst eine zu haben, doch Ralf konnte Katzen nicht ausstehen.

»Miez, miez«, machte sie leise und streckte ihre Hand aus. Die Katze kam noch näher, dann strich sie schnurrend um Annes Beine. Die Berührung des weichen kleinen Körpers versetzte Anne einen wohligen Schauer. Sie beugte sich nach unten und kraulte das seidige Fell.

»Och, ist die aber süß«, sagte Emily erleichtert.

Anne klopfte auf ihre Knie, und schon glitt die Katze auf ihren Schoß und rieb zutraulich ihren Kopf am Hosenstoff. Mit sanften Bewegungen strich Anne über den warmen Rücken. Sie fühlte sich wie gerädert. Wie das nur alles enden sollte? Auf keinen Fall würde sie länger als eine Nacht hierbleiben. Es sah zwar ganz gemütlich aus, doch der Schwiegermutter-Groove dieser alten, verdrießlichen Frau war schwer zu ertragen. Jetzt verstand sie, warum der Wirt so wissend gegrinst hatte.

Morgen musste sie ihre Mutter anrufen, ging es ihr durch den Kopf. Sie musste schließlich wissen, was passiert war. Unwillkürlich verglich Anne ihre Mutter mit Oma Lina. Die Kinder kannten so etwas wie diese Deichhexe gar nicht. Annes Mutter war der Typ patente Seniorin, sie trug Jeans und fuhr Mountainbike, reiste durch die Weltgeschichte und hatte wenig Zeit für ihre Enkel.

Schlurfende Schritte näherten sich, worauf die Katze Annes Schoß sofort verließ und wieder in ihrer Ecke verschwand.

»So, hier ist die Milch. Und dass ihr alles austrinkt, hier wird nix verschwendet«, grummelte Oma Lina, als sie mit einem Tablett und drei Tassen hereinkam. »Morgen früh können die Kinder Brötchen holen. Die sollen sich ruhig nützlich machen, die kleinen Bälger.«

Sie stellte die Tassen auf den Tisch und wartete im Stehen, bis sie geleert waren. Dann raunzte sie ein barsches »mitkommen!«. Gehorsam standen Anne und ihre Kinder auf und folgten Oma Lina in den ersten Stock.

»Kein Radio, keine Tiere, kein Lärm«, sagte die alte Frau drohend, als sie eine Tür öffnete, deren Angeln quietschten wie in einem Horrorfilm. Sie betätigte einen Lichtschalter. Das Zimmer war viel hübscher, als Anne erwartet hatte: ein großes, breites Doppelbett aus hellem Kirschholz, ein geschnitzter heller Schrank mit Spiegel, eine uralte bemalte Kommode, Blümchentapeten und geblümte Vorhänge, ein goldgerahmtes Schiffsgemälde – alles strahlte Ruhe und Heimeligkeit aus.

»Kinder, ihr geht schon mal ins Bett, ich hole die Sachen aus dem Auto«, befand Anne. Sie fragte erst gar nicht, ob Oma Lina ihr mit dem Gepäck helfen könnte, um sich nicht eine unwirsche Abfuhr einzuhandeln.

»Was ist mit Zähneputzen?«, fragte Emily.

»Morgen«, antwortete Anne seufzend. »Für heute reicht es.«

Die Hände in die Hüften gestemmt, stand Oma Lina da und ließ ihren Blick zwischen den Kindern und Anne hin und her wandern. Wenn sie jetzt fragt, wo der Herr Papa abgeblieben ist, explodiere ich, dachte Anne. Doch Oma Lina schwieg. Als Anne wenig später die Rucksäcke und ihren Koffer die enge Stiege hoch schleppte, stand Oma Lina immer noch da.

»Das Badezimmer ist am Ende des Flurs«, sagte sie knapp. »Dann gute Nacht.«

Anne atmete auf, als sie endlich allein waren. Sie wühlte eilig die Schlafanzüge der Kinder aus den Rucksäcken und öffnete ihren Koffer. Beim Anblick der durchsichtigen Nachthemdchen, die sie für den vermeintlichen Liebesurlaub eingepackt hatte, musste sie schlucken. Sie angelte sich ein XXL-T-Shirt. Dann holte sie den Umschlag mit dem Geld aus ihrer Handtasche. Zehntausend Euro! Was für ein Riesenbatzen! Noch nie hatte Anne soviel Bargeld auf einmal in der Hand gehalten.

Sie brauchte ein gutes Versteck. Suchend sah sie sich um. Im Schrank? In der Kommode? Unter der Matratze? Nein, das war zu naheliegend. Ihr Blick fiel auf die Fußleiste, in der Ecke neben der Kommode war ein Stück abgebrochen. Sie hockte sich hin und zog vorsichtig an dem schadhaften Stück. Knackend gab es nach. Dahinter war eine Öffnung entstanden, gerade groß genug für den Umschlag. Anne stopfte ihn hinein und drückte die Leiste wieder fest. Um kein Risiko einzugehen, verrückte sie die Kommode ein wenig, bis sie die Stelle verdeckte.

Na also, das Geld war in Sicherheit. Schnell schlüpfte sie zu den Kindern ins Bett. Robert schlief schon, aber Emily lag mit geöffneten Augen da und starrte an die Decke.

»Warum ist Papi nicht mitgekommen?«, fragte sie tonlos.

Alles in Anne krampfte sich zusammen. Wie sollte sie das bloß einer Achtjährigen erklären, die sich nichts sehnlicher wünschte als einen Urlaub mit der ganzen Familie?

»Er kommt bald nach«, murmelte sie. »Jetzt wird erst mal geschlafen.« Dann löschte sie das Licht der kleinen Nachttischlampe.

Mit Familienanschluss, hatte Peer gesagt. Familie. Was bedeutet das schon? War das nur eine Illusion? Familie. Kein Anschluss unter dieser Nummer. Lautlos liefen ihr die Tränen über die Wangen. Aber wenigstens hatten sie ein Bett. Ein weiches, großes Bett, das nach Lavendel duftete. Im Haus einer Frau, die der krasseste Engel war, den Anne jemals getroffen hatte.

*

Manchmal genügt schon eine kleine Geste, um die Welt in einem freundlicheren Licht erscheinen zu lassen. Und Annes wundes Herz war äußerst empfänglich für solche Gesten. Deshalb brach sie fast in Tränen aus, als sie die Augen aufschlug und eine dampfende Teetasse sah, die direkt vor ihrem Gesicht schwebte. Wie lieb! Jemand brachte ihr Tee ans Bett! Und das nach dieser Nacht, die sie mit lauter wirren Albträumen überfallen hatte.

»Na, gut geschlafen, die Dame?«

Anne fuhr zusammen. Oma Linas Reibeisenstimme war nichts für schwache Gemüter, und schon gar nicht am frühen Morgen. Stirnrunzelnd stand die Pensionswirtin vor dem Bett und hielt Anne die Tasse vor die Nase. Ihr weißes Haar war jetzt zu einem ordentlichen Knoten frisiert, und sie trug ein kitteLähnliches dunkles Kleid, vor das sie eine rotkarierte Schürze gebunden hatte. Wie aus der Leberwurstwerbung, dachte Anne. Der würde man sogar einen Doseneintopf abkaufen. Solange sie nicht den Mund aufmacht.

Dann sah Anne neben sich auf das leere Bett. Die Kinder waren weg! Erschrocken starrte sie Oma Lina an.

»Die Lütten sind schon zum Bäcker«, beantwortete die Wirtin Annes stumme Frage. »In zehn Minuten wird gefrühs-tückt. Aber trinken Sie erst mal'n Schluck, das bringt Sie zu Kräften.«

Sollte Anne sich nun freuen oder ärgern über die Art und Weise, wie Oma Lina hier die Befehle erteilte? Sie beschloss, sich nicht zu ärgern. Widerspruch war ohnehin zwecklos. Sie fühlte sich zwar etwas überrollt, doch irgendwie war es auch wohltuend, dass jemand die Dinge in die Hand nahm. Anne hatte keinen Plan, keine Ahnung, was dieser Tag ihr bringen würde, und so war es einfacher, sich erst einmal dem strengen Regiment dieser kauzigen Wirtin zu fügen.

So wie in diesem Moment. Anne hatte sich nie etwas

aus Tee gemacht, sie trank Kaffee. Am liebsten Latte Macchiato oder nach dem Essen einen Espresso. Aber der Duft war verführerisch. Sie nippte. Der Tee war schwarz und stark und schmeckte exzellent.

»Spezialmischung«, erklärte Oma Lina ungefragt, während Anne in kleinen Schlücken trank. »So was kriegen Sie nur hier oben auf den Inseln. Kein Vergleich mit diesen pappigen Beutelchen, mit denen man auf dem Festland Tee kocht. Sie brauchen was Vernünftiges. Sehen ja ziemlich mitgenommen aus.«

Diskretion war offenbar ein Fremdwort für Oma Lina. Erwartungsvoll sah sie in Annes blasses Gesicht. Aber Anne dachte gar nicht daran, irgendwelche dramatischen Details preiszugeben. Sie würde frühstücken, ihre Sachen zusammenpacken und sich dann auf die Suche nach etwas Passendem machen. Schließlich kam es immer wieder vor, dass Hotelzimmer wieder abbestellt wurden. Und bei Tageslicht war alles sowieso viel einfacher.

»Mami, wir haben einen ganz dicken Fisch gesehen!«, mit diesen Worten stürmte Emily ins Zimmer, Robert im Schlepptau, der eine weiße Papiertüte schwenkte. »Er schwamm ganz nah am Ufer! Wir hätten ihn fast gefangen!«

»Ja, bei Ebbe schaffen es nicht alle Fische zurück ins Meer«, bemerkte Oma Lina. »Und dann liegen sie auf einmal auf dem Trockenen und schnappen nach Luft!«

Anne hatte das ungute Gefühl, dass Oma Lina nicht den Fisch, sondern sie meinte. Stimmte ja auch: Sie zappelte buchstäblich auf dem Trockenen.

»So, jetzt wird der Tisch gedeckt«, ordnete Oma Lina

übergangslos an. »Raus jetzt, eure Mama kann sich inzwischen anziehen!«

Als die drei draußen waren, ließ sich Anne wieder ins Bett zurücksinken. Ihr Kissen war immer noch feucht von ihren Tränen. Doch die Nacht war vorbei. Draußen schien die Sonne, ein kräftiger Wind zerrte an den losen Fensterläden, und auf einmal hörte sie das Rauschen des Meeres und den Schrei der Möwen. Wenigstens hatte sie es bis hierher geschafft. Wenigstens das. Sie erhob sich langsam, ganz langsam, denn ihr Rücken meldete sich unverkennbar. Vielleicht gab es ja wirklich einen guten Arzt auf Sylt.

Sie spähte aus dem Fenster. Wie weit der Himmel war, wie hoch! Träge lag das Meer da, das nur von ein paar weichen kleinen Wellen gekräuselt wurde. Sie waren auf der Wattseite. In der Ferne erahnte man eine Insel, oder war es das Festland?

Wenig später trat sie unten auf eine große Terrasse, hinter der die Dünen begannen, und die den Blick aufs Wattenmeer freigab. So ein weiter Horizont! Ein kräftiger Windstoß wehte ihr ins Gesicht. Tief atmete sie ein und sah sich um. Das Dünengras bog sich im Wind, und die Tischdecke flatterte. Eine Kanne Tee stand auf einem Stövchen, in einem geflochtenen Korb lagen Brötchen, dazu Butter, Käse, Wurst und Marmelade. Oma Lina brachte gerade gekochte Eier, Emily faltete brav Servietten und legte sie unter die Tassen, während Robert das Besteck verteilte. Kaum zu glauben, wie die Kinder spuren, dachte Anne. Zuhause meckern sie immer herum, wenn sie helfen sollen.

Sobald sie sich gesetzt hatte, näherte sich auch schon die kleine Katze und blieb miauend vor ihr stehen. Anne streckte die Arme aus, und die Katze sprang wieder auf ihren Schoß, wobei sie Oma Lina nicht aus den Augen ließ.

»Willst du wohl …!«, rief Oma Lina und machte eine drohende Handbewegung. Doch Anne hielt das Tier fest.

»Lassen Sie nur, ich mag Katzen«, sagte sie. »Und diese hier ist ganz besonders niedlich.«

»Niedlich? Sie soll Mäuse fangen und nicht nach dem Käse schielen«, blaffte Oma Lina. Dann setzte sie sich.

Erst jetzt sah Anne, dass für vier gedeckt war. Natürlich. Das hier war kein Hotel, sondern eine Pension mit Familienanschluss. Ob Oma Lina etwa erwartete, dass sie den Abwasch machte? Das kam überhaupt nicht in Frage. Den lieben langen Tag verbrachte Anne mit Hausarbeit, und das tat sie auch gern, doch im Urlaub hatte sie eine Auszeit von solchen Pflichten verdient. Sie wollte einen Strandkorb, sie wollte in den Büchern lesen, die sie mitgebracht hatte, sie wollte Ruhe und Frieden.

Noch immer verspürte sie keinen Appetit. Anstandshalber biss sie in ein Marmeladenbrötchen, trank noch hastig eine Tasse Tee, dann erhob sie sich.

»Ich werde jetzt mal losfahren und ein schönes Hotel suchen«, verkündete sie. »Können die Kinder so lange hierbleiben? Es wird nicht lange dauern.«

»Aber hier ist es doch sooo schön«, protestierte Robert. »Warum …«

»Nee, min Jung, deine Mama hat sich was andres in den Kopf gesetzt«, fuhr Oma Lina dem Jungen über den Mund. »Ist auch besser so. Hier ist doch nix los. Und mir wird auch alles zuviel. Das ist mein letzter Sommer, im Herbst setze ich mich zur Ruhe.« Dann wandte sie sich an Anne. »Fahren Sie ruhig, ich pass auf die Lütten auf.«

Emily und Robert machten ihrer Mutter stumme Zeichen, dass sie einen Ortswechsel ganz und gar nicht wünschten, doch Annes Entschluss stand fest. Sie wollte jetzt das Verwöhnprogramm, sie wollte einen gepflegten Urlaub mit Restaurant, Massagen und allen Annehmlichkeiten eines guten Hotels. Nichts wie weg, bevor dieser Hausdrachen sie mit Haut und Haar verschlang.

»Bis später dann«, sagte sie und stiefelte zum Wagen.

Entschlossen drehte sie den Schlüssel im Zündschloss. Das Auto jedoch gab nur ein ersticktes Würgen von sich, dann war alles still. Das konnte doch nicht wahr sein! Wieder drehte Anne den Schlüssel im Schloss und trat das Gaspedal ganz durch, doch nichts geschah. Dann sah sie auf dem Armaturenbrett, dass die Kontrollleuchte für das Fernlicht brannte.

»Mist, verdammter«, rief sie und hämmerte mit den Handkanten auf das Lenkrad ein. Sie hatte doch tatsächlich gestern Abend vergessen, das Licht auszuschalten! Ging's noch dümmer? Wütend stieg sie aus. Sie konnte ja schlecht zu Fuß ein Hotel suchen. Andererseits – warum nicht hier in Keitum anfangen? Sicher gab es hier einige Hotels und Pensionen, die den Namen auch verdienten. Im Gegensatz zur »Alten Liebe«.

Mit Schwung warf sie den Wagenschlag zu und machte sich auf den Weg. Der Ort war wirklich hübsch mit seinen Reetdachhäusern und den üppig blühenden Bauerngärten, die mit weißen Feldsteinen eingefasst waren. Doch Anne hatte kaum einen Blick dafür. Sie hielt nur Ausschau nach Hotelschildern. Was war denn das da hinten? Sie reckte den Hals und kniff angestrengt die Augen zu. Ja – da stand etwas, »Hotel Möwennest«. War das die Rettung? Sie fühlte sich in der Tat wie aus dem Nest gefallen.

Hoffnungsvoll beschleunigte sie ihren Schritt und wechselte gerade die Straßenseite, als ein greller Hupton sie aus ihren Gedanken riss. Dann sah sie nur noch ein Gesicht mit panisch aufgerissenen Augen hinter der Windschutzscheibe, spürte einen dumpfen Schlag und fiel rücklings zu Boden. Als sie wieder zu sich kam, hing das Gesicht ohne Windschutzscheibe direkt über ihr.

»Haben Sie sich verletzt? Tut Ihnen etwas weh? Haben Sie mich denn gar nicht gesehen? Sie sind direkt in meinen Wagen reingelaufen!«

Was war denn das für ein Neandertaler? Anne versuchte sich aufzurichten. Aber ihre Hüfte tat verdammt weh. Was bildete dieser Kerl sich eigentlich ein? War das hier ein Highway, wo man einfach Gas gab? Widerwillig ließ sie sich von ihm aufhelfen.

»Nun mal langsam«, presste sie hervor, während Schmerz und Wut sie schüttelten. »Sie kacheln hier wie wild durch die Gegend, nieten harmlose Fußgänger um – und fragen mich noch, ob ich Sie gesehen habe? Geht's noch? Au!« Beim Versuch, sich von diesem Typen loszumachen, durchfuhr sie wieder der altvertraute Rückenschmerz. Na, bravo. Sie war offensichtlich punktgenau auf ihrer Schwachstelle gelandet. Der fünfte Lendenwirbel ließ grüßen.

»Kommen Sie, ich fahre Sie zu einem Arzt. In Westerland gibt es einige gute Kliniken«, lenkte der Mann nun ein, was Anne noch wütender machte.

»Wie wär's mit einer Entschuldigung?«, bellte sie. »Sie wollen doch nicht etwa mir die Schuld an dem Unfall geben?«

Verunsichert strich sich der Mann eine blonde Haarsträhne aus der Stirn. Er sieht gut aus, dachte Anne unwillkürlich. Markantes, gebräuntes Gesicht, stahlblaue Augen, doch im selben Moment schob sie diesen Eindruck wieder beiseite. Das war nicht Mr. Wonderful, das war der Kerl, der sie gerade brutal umgebrettert hatte.

»Entschuldigung«, sagte der Mann kleinlaut. »Sie haben Recht, ich habe auch mit Schuld. Also, wollen Sie jetzt zu einem Arzt oder nicht?«

»Natürlich will ich einen Arzt, aber ich ziehe es vor, mit einem Taxi hinzufahren«, erwiderte Anne hoheitsvoll. »Oder meinen Sie im Ernst, ich würde mich zu einem Raser wie Ihnen ins Auto setzen, nur um im nächsten Straßengraben zu landen?«

Mit hängenden Schultern stand der Mann da. Ein paar Touristen hatten sie mittlerweile umringt und palaverten aufgeregt. Eine Frau in Anorak und Wanderschuhen trat zu ihnen.

»Da drüben ist eine Arztpraxis«, sagte sie und zeigte auf ein niedriges Reetdachhaus mit weiß vergitterten Fenstern. »Da könnte man wenigstens erst mal nachsehen, ob etwas gebrochen ist.«

Anne versuchte klar zu denken, was ihr schwer fiel, durcheinander, wie sie war. Doch der Fahrer des Unglücksautos hatte sie schon untergehakt.

»Ja, lassen Sie uns zum alten Piet gehen, der ist zwar kein Spezialist wie die Ärzte in Westerland, aber er hat jede Menge Erfahrung.«

Unter raunender Anteilnahme der kleinen Menschentraube humpelte Anne los, gestützt vom Verursacher ihres Ungemachs. Sie sprachen kein Wort, bis sie vor der Tür des Arztes standen. Der Mann klingelte, und nach einer Weile zeigte sich tatsächlich das verwittertes Gesicht eines älteren Herrn im weißen Arztkittel, der sie interessiert betrachtete.

»Na, Jörn, was haste wieder anges-tellt?«, fragte er vorwurfsvoll.

Anne sah überrascht ihren Begleiter an. Der Typ schien ja einen höchst zweifelhaften Ruf zu haben. Bestimmt gab es lauter nette, unauffällige Menschen hier, aber sie war ausgerechnet auf den ortsbekannten Krawallo gestoßen.

»Es tut mir wirklich leid, sie ist einfach über die Straße gerannt, ich konnte nur noch eine Vollbremsung hinlegen …«, verteidigte sich dieser Jörn kleinlaut.

»Da kann man nix machen«, sagte der Arzt achselzuckend. »Ich bin Doktor Bornhold«, stellte er sich Anne vor. »Denn kommen Sie mal rein.«

Anne und ihr Begleiter folgten ihm durch einen engen Flur und gelangten zu einem Behandlungsraum, in dem es außer einer reichlich abgeschabten ledergepolsterten Liege und einem Arzneischrank nichts weiter zu sehen gab. Aus dem Nebenzimmer erklang ein vielstimmiges Hundegebell. Schien ein tierlieber Mann zu sein, dieser Doktor Bornhold. Auch die Fotos an der Wand zeigten Tiere, lauter Hunde, Katzen, sogar Goldhamster.

»Na, junge Frau, denn machen Sie sich mal frei«, sagte der Arzt gleichmütig.

»Ich – ich geh dann b-besser«, stammelte Jörn, der Inselraser. »Ich schreibe Ihnen meine Nummer auf, für den Fall …«

»Wenn was nachbleibt, weiß ich ja, wo ich dich erreiche«, fiel ihm Doktor Bornhold ins Wort. »Nun schieb schon ab, die Frau braucht jetzt ärztliche Hilfe.«

Anne sah verdutzt von einem zum anderen. Schon wieder wurde über ihren Kopf hinweg entschieden. Sah sie wirklich so aus, als könnte sie nicht bis drei zählen?

Als der Mann verschwunden war und Anne sich stöhnend aus ihren Klamotten gepellt hatte, betastete der Arzt vorsichtig erst ihre Hüfte, dann ihren Rücken. Missbilligend verzog er das Gesicht.

»Also, min Deern, an der Hüfte, das ist nur ne Prellung, schmerzhaft, aber ungefährlich. Schlimmer sieht's mit dem Rücken aus. Scheint was Chronisches zu sein. Ich setze jetzt mal ne Spritze, und dann verordne ich strenge Bettruhe. Mindestens einen Tag. Die Bandscheibe braucht Schonung. Wo wohnen Sie denn?«

Anne stöhnte auf, als sie die Spritze spürte, die sie förmlich zu durchbohren schien.

»Bei – Oma Lina, aber wir wollten heute weiterfahren, ich …«

Doktor Bornhold lachte leise auf. Nein, er amüsierte sich köstlich.

»Bei Oma Lina? Wirklich? Nee, was'n Zufall. Na, Sie werden da noch mindestens eine Nacht bleiben müssen, sonst garantiere ich für nichts. Autofahren ist erst mal verboten. Und sagen Sie Oma Lina, dass sie Ihnen eine Wärmflasche machen soll für Ihren Rücken.«

Er wandte sich schmunzelnd ab und wusch sich die Hände an einem angeschlagenen Porzellanwaschbecken, das schon deutlich bessere Tage gesehen hatte.

»Schaffen Sie den Weg allein zurück?«

»Sicher«, sagte Anne. Sicher war sie nicht, aber was blieb ihr übrig? Selbst ist die Frau, ermunterte sie sich mit zusammengebissenen Zähnen.

Die Tür zum Nebenraum ging auf, und ein Kind mit einer Katze auf dem Arm schaute herein. Durch die geöffnete Tür sah Anne, dass alle Patienten im Warteraum ein Tier dabei hatten. Hunde lagen auf dem Boden oder zerrten schwanzwedelnd an ihren Leinen, ein Junge hatte einen Vogelkäfig auf den Knien. Sie drehte sich ruckartig zu Doktor Bornhold um.

»Sagen Sie jetzt bitte nicht, dass Sie ein …«

»Ja, ich bin Tierarzt. Aber auch bei den zweibeinigen Tieren kenne ich mich bestens aus«, griente der Arzt. »Ich schaue heute Abend noch mal vorbei und sehe mir Ihren Rücken an. Kopf hoch, junge Frau, das wird schon wieder. Die gute Nordseeluft hat noch jeden hingekriegt.«

Völlig verdattert zog Anne sich an. Sie war gerade von einem Tierarzt behandelt worden! Ging es noch verrückter? Beim Abschied nestelte sie an ihrer Handtasche.

»Entschuldigung, ich glaube, ich habe meine Krankenkassenkarte gar nicht dabei«, sagte sie verlegen.

»Macht nix, mit einem Zwanziger sind Sie dabei. Die Spritze lass ich Ihnen zum Selbstkostenpreis«, strahlte Doktor Bornhold. »Und Sie schaffen das wirklich allein?«

Ich muss ab jetzt noch viel mehr allein schaffen, dachte Anne, während sie einen Zwanzig-Euro-Schein aus ihrer Geldbörse holte.

»Natürlich«, erwiderte sie. »Danke.«

Dann humpelte sie, so gut es ging, nach draußen. Die Sonne stand hoch am Himmel, und ein Windstoß zerzauste ihr Haar. Die gute Nordseeluft, sehr witzig. Aber warum hatte Doktor Bornhold von einem Zufall gesprochen? Wenn bloß nicht alles so verflixt weh täte.

»Hm, ich dachte, ich bring Sie mal besser zu Ihrem Hotel.«

Anne blinzelte gegen die Sonne. Da stand er doch tatsächlich, der rücksichtslose Fahrer. Er hatte offensichtlich auf sie gewartet. Und auch wenn sie ihn immer noch unmöglich fand, war sie doch froh, dass sie den Weg nicht allein gehen musste.

»Wo soll's denn hingehen?«, fragte er mit rauer Stimme.

»Zur ›Alten Liebe‹ – wissen Sie, wo das ist?«

»Wie bitte?«

Der Mann starrte sie so entsetzt an, als hätte sie gerade gestanden, dass sie unter einer Brücke nächtigte.

»Was dagegen?«, fragte Anne keck zurück.

»Sie müssen's ja wissen«, sagte er finster und hakte sie unsanft unter.

Schweigend gingen sie los. Verstohlen musterte Anne diesen Jörn von der Seite. Er trug einen derben blauen Seemannspullover, eine ausgebeulte Jeans und Gummistiefel. Wahrscheinlich ein Fischer. Ziemlich ungehobelter Typ, wie er so wortkarg und abweisend neben ihr her marschierte. Gut, sie waren hier nicht auf dem Debütantinnenball, doch ein Minimum an Konversation wäre schon angebracht gewesen.

Aber im Grunde war ihr das Schweigen nur recht. Ralf hätte sie längst vollgetextet mit den Straßenverkehrsregeln und den Pflichten eines Fußgängers. Sie versuchte, sich auf den Weg zu konzentrieren. Er war endlos. Jeder Schritt tat weh. Aber gleich würde die Spritze wirken. Etwa fünfzig Meter vor Oma Linas Haus hatte es der Mann plötzlich sehr eilig.

»Da drüben ist es«, sagte er. Er deutet mit dem Kopf auf Oma Linas kleine Kate. »Ich muss jetzt los. Hier, meine Telefonnummer, für alle Fälle.«

Er kramte in seiner Hosentasche und überreichte

Anne einen Zettel, den sie achtlos in ihrer Geldbörse verstaute. Dann griff er nach ihrer Hand. Seine fühlte sich gar nicht so hart und schwielig an, wie Anne es bei einem Fischer erwartet hatte. Einen kurzen Moment lang sahen sie sich in die Augen. Wollte er noch etwas sagen?

»Na, denn tschüss«, stieß er hervor, drehte sich brüsk um und ging davon.

Komischer Kerl. Warum brachte er sie nicht bis zum Haus? Er war eben unmöglich. So wie alle Kerle. Mähten alles nieder und verschwanden dann. Typisch. Doch bevor Anne weiter über notorisch unsensible Männer nachdenken konnte, stürzten schon Emily und Robert auf sie zu.

»Müssen wir echt weg? Dürfen wir hier noch Mittag essen? Wir haben mit Oma Lina gekocht!«, rief Emily.

»Wir bleiben noch einen Tag«, antwortete Anne matt. »Es geht mir nicht gut – ihr wisst ja, meine Rückenschmerzen.«

Erst jetzt wurde ihr richtig bewusst, was ihr zugestoßen war. Es hätte auch ganz anders enden können. Eine Sekunde später, und sie wäre nicht mehr am Leben. Sie schwankte leicht.

»Juhuuu«, riefen die Kinder. »Wir bleiben noch! Hast du den tollen Arzt getroffen?«

Anne nickte, dann humpelte sie auf das Haus zu.

»Sie sind ja ganz grün um die Nase!«, wurde sie in vorwurfsvollem Ton von Oma Lina empfangen. »Und? Haben Sie ein Hotel gefunden?«

»Nein, ich habe Rückenschmerzen. Ich muss mich

hinlegen«, stöhnte Anne. Den Unfall verschwieg sie. Sonst setzte es noch unfreundliche Ermahnungen, dass man erst nach rechts und links schauen muss, bevor man eine Straße überquert. Oma Lina sah plötzlich ehrlich besorgt aus.

»Ich bringe Ihnen das Essen ans Bett. Es gibt Eintopf. Die Kinder haben geholfen. Und dann bekommen Sie einen Kräuterwickel. Den mache ich mir auch immer, wenn ich es am Rücken habe.«

Ja, ja, das kenne ich schon, dachte Anne. Alles organisiert. Dann wurde ihr schwarz vor Augen.

*

Träume sind wie ferne Spiegel, in denen sich alle Ängste, alle Wünsche und Hoffnungen zeigen, verschwommen zwar, doch derart aufgeladen mit Gefühlen, dass Glück und Schrecken echter wirken als im Leben.

Anne saß in einem winzigen Boot, mitten auf dem Meer, die Wellen leckten an der kleinen Nussschale, auf und nieder schleuderten sie das Boot, an das sich Anne verzweifelt klammerte. Ein Kutter kam auf sie zu, ein Mann stand an der Reling, er winkte ihr aufgeregt zu. Oh nein! Das war Ralf! Anne begann von dem Kutter weg zu rudern, obwohl es aussichtslos war, das Boot in diesem Inferno zu steuern, immer wieder sah sie zu dem winkenden Mann an der Reling, bis sie bemerkte, dass es nicht Ralf war, sondern der blonde Fischer mit den stahlblauen Augen.

Schweißnass erwachte sie. Wie lange hatte sie geschlafen? Anne sah auf die Uhr. Es war viertel vor sieben abends. Sie streckte sich und stellte erstaunt fest, dass ihr nichts weh tat. Ach ja, die Spritze! Jetzt fiel ihr alles wieder ein, ihr Wagen, der nicht angesprungen war, ihre Hotelsuche, das Auto, das sie zu Boden geschleudert hatte. Und dieser Fischer, wie hieß er noch?

»Jörn«, sagte Anne leise vor sich hin. Sie verdrehte die Augen. »So ein Blödmann!«

Viel wichtiger aber als dieser Jörn war ihre dramatische Lage: Erst mal war sie jetzt hier gefangen. Bei einem weiblichen Raubein, das sie unerbittlich an der Kandare hatte. So hatte sie sich den Urlaub nun wirklich nicht vorgestellt. Als Festival der Pleiten und Pannen. Diesem Besen von Wirtin ausgeliefert. Wenigstens den Kindern schien es hier zu gefallen, das war der einzige Trost.

Die Stiege knarrte, dann klopfte es an die Tür.

»Hat dieser Bengel Jörn Sie doch tatsächlich …«, schimpfte Oma Lina, während sie hereinkam, ohne ein »Herein« abzuwarten.

»So lassen Sie mich doch erst mal zu ihr«, hörte Anne eine tiefe Männerstimme. Im nächsten Augenblick erschien Doktor Bornhold an ihrem Bett.

»Wie geht es unserer tapferen Patientin? Ausgeschlafen?«, fragte er lächelnd.

»Besser«, antwortete Anne. »Die Spritze war genau richtig.«

»Was Hunden und Pferden hilft, kann für den Menschen nicht so ganz falsch sein«, schmunzelte der Arzt.

»Lina, du machst jetzt eine Wärmflasche für die Deern. Und einen deiner berühmten Kräuterwickel. Und ab dafür.«

Ohne Murren verschwand Oma Lina. Respekt, dachte Anne, dieser Tierdoktor ist wahrscheinlich der einzige weit und breit, der Oma Lina im Griff hat. Sie schlug die Bettdecke zurück, damit er sie untersuchen konnte.

»Oh je, für 'ne Strandschönheit reicht es noch nicht. Sehen Sie, Sie haben da an der Hüfte einen riesigen blauen Fleck«, sagte Doktor Bornhold. »Ich lasse Ihnen Tabletten da gegen die Schmerzen. Aber immer nur zwei pro Tag, eine morgens, eine abends, die Dinger sind s-tark, sehr s-tark.«

Anne besah sich ihre rechte Hüfte. Sie sah tatsächlich schlimm aus. Die Haut schimmerte tiefblau und violett. Doch aus irgendeinem Grund nahm sie es gelassen hin. Sie lebte. Das zählte, nur das.

»Sagen Sie mal – woher kennt Oma Lina diesen Jörn?«, fragte sie neugierig. »Sie sagte was von Bengel …«

»Ob sie ihn kennt?«, Doktor Bornhold lachte herzhaft. »Das will ich wohl meinen. Aber das erzählt sie Ihnen am besten selbst.«

Anne zögerte. Dann sagte sie leise: »Ich will nicht undankbar sein, aber ich muss hier schnellstens weg. Vielleicht können Sie mir einen Tipp geben, wo noch ein gutes Hotel frei ist?«

»Es gäbe da schon Möglichkeiten«, erwiderte der Arzt nachdenklich. Doch begeistert schien er nicht zu sein von den Fluchtgedanken seiner Patientin.

»Und die Kinder? Wo sind sie?«, fragte Anne.

»Die sortieren ihre Muscheln, die sie heute im Watt gesammelt haben. Denen geht es prächtig. Hm. Bleiben Sie noch ein bisschen hier. Ich meine …«, er kratzte sich am Kinn, »das ist kein Spaziergang mit Oma Lina, sie ist etwas wunderlich, aber sie meint es gut. Und Ihre Kinder scheinen sie zu mögen.«

Schlaumeier, dachte Anne, das habe ich auch schon gemerkt. Sie setzte sich auf. Zum ersten Mal bedauerte sie, dass sie ihr Handy weggeworfen hatte. Sie hätte so gern ihre Mutter angerufen oder Jana, die Buchhändlerin, die im Laufe der Jahre so etwas wie eine Freundin geworden war. Auf einmal fühlte sie sich schrecklich einsam, so weit weg von zuhause, den Unwägbarkeiten eines launischen Schicksals ausgeliefert. Sogar nach Ralf sehnte sie sich ein bisschen, obwohl – vermisste sie ihn wirklich?

Sie horchte in sich hinein. Komisch. Noch gestern morgen hätte sie steif und fest behauptet, dass sie ihren Mann liebt. Galt das noch? Waren da noch Gefühle? Oder hatte sie es nur aus Gewohnheit behauptet, vor sich und den anderen, weil es sich so gehört, weil es normal ist, dass eine Frau ihren Mann liebt? Jetzt jedenfalls rührte sich nichts in ihr, als sie an Ralf dachte. Außer ohnmächtiger Wut und Enttäuschung. Sie atmete schwer. Den Mann, den sie liebte, gab es nicht mehr. Alles, was von ihm übrig geblieben war, war die Erinnerung an jemanden, den sie vor knapp zehn Jahren geheiratet hatte. Damals …

»Soll ich irgend jemanden benachrichtigen?«, holte

Doktor Bornhold sie ins Hier und Jetzt zurück. »Ihre Familie? Ihren – Mann?«

Das war kein Arzt, das war ein Hellseher. Aber Anne wunderte sich schon über gar nichts mehr. Die Leute hier auf der Insel waren so anders, so besonders, so – sie fand kein rechtes Wort dafür.

»Nein, ich werde meinen Mann in den nächsten Tagen selbst anrufen«, schwindelte sie. »Wenn es mir wieder richtig gut geht. Sonst macht er sich nur Sorgen.«

»SIE machen mir Sorgen«, sagte Doktor Bornhold unvermittelt. »Das sieht man doch auf den ersten Blick, dass …«

Er verstummte, denn die Tür war aufgeflogen und Oma Lina stapfte herein, eine Wärmflasche unter den einen, ein zusammengerolltes Handtuch unter den anderen Arm geklemmt. In den Händen hielt sie ein Tablett mit einem Suppenteller.

»Jetzt wird erst mal gegessen, dann gibt es die Wärmflasche und Kräuterwickel. Und ich will einen leeren Teller sehen, wenn ich wiederkomme!«, sagte sie drohend.

Anne tauschte einen konspirativen Blick mit Doktor Bornhold. Holen Sie mich hier raus, ich will nicht im Oma-Lina-Knast bleiben, flehten ihre Augen. Doch der Arzt tätschelte nur zerstreut ihre Wange, legte eine Tablettenschachtel auf den Nachttisch und murmelte »gute Besserung«. Dann verließ er ohne weitere Erklärungen das Zimmer.

Die Wirtin setzte sich auf die Bettkante und überwachte aufmerksam Annes Versuche, etwas Nahrung in sich hinein zu schaufeln. Ab und zu schüttelte sie den Kopf und seufzte. Als Anne den Teller geleert hatte, sah Oma Lina sie scharf an.

»Hat er sich entschuldigt?«, fragte sie.

»Wer?«, fragte Anne zurück.

»Na, Jörn, dieser Nichtsnutz«, stieß Oma Lina hervor.

Schon wieder sprach jemand abfällig über ihn. Er schien das schwarze Schaf der Insel zu sein. Doch Oma Linas Erbitterung ging tiefer. Gut, der Typ war nicht gerade Prince Charming, und er hatte sie angefahren, aber da schien eine alte Rechung offen zu sein, die nichts mit Anne zu tun hatte.

»Kennen Sie ihn – schon länger?«, wollte Anne wissen.

»Seit achtunddreißig Jahren«, grummelte Oma Lina.

»Hier kennt jeder jeden, was?«, lächelte Anne.

»Jörn ist mein Sohn. Mein missratener Sohn«, erwiderte Oma Lina und stand abrupt auf. »Nichts als Ärger habe ich mit ihm. Von Anfang an hat er mir nur Kummer gemacht. Soll ich Ihnen mal einen guten Rat geben? Lassen Sie Ihren Kindern nichts durchgehen. Sonst enden sie so wie Jörn.«

Mit offenem Mund saß Anne da. Jörn war Oma Linas Sohn? Nun dämmerte ihr, warum er sie nicht bis ins Haus begleitet hatte. Da schien ja einiges im Argen zu liegen. Erst jetzt fiel ihr auf, dass Oma Lina die gleichen stahlblauen Augen hatte wie er. Wollte die Wirtin deshalb so viel »Familienanschluss«, weil ihr die eigene Familie missglückt war? Es geht mich nichts an, ermahnte sich Anne innerlich, doch ihre Neugier siegte.

»Was ist denn schiefgelaufen mit ihm?«, erkundigte sie sich.

»Umdrehen«, befahl Oma Lina düster und griff zu der Handtuchrolle. »Das ist ein Kräuteraufguss mit Arnika und Salbei. Und für Ihre blauen Flecken mache ich später einen Kartoffelbreiumschlag mit Zwiebeln.«

Aha, dachte Anne, vermintes Terrain. Dann eben nicht. Sie fühlte sich wie ein Spanferkel, das fürs Büffet zubereitet wurde. Kartoffeln und Zwiebeln gegen blaue Flecken? Doch sie protestierte nicht, als Oma Lina mit geübten Griffen erst ein nasses Handtuch und darüber ein trockenes auf ihren Rücken legte und die Packung mit einem Stoffband befestigte. Sie hätte gern weitergefragt, doch Oma Linas finstere Miene sagte ihr, dass Jörn kein willkommenes Gesprächsthema war.

Sie sah aus dem Fenster. Der Himmel war blassblau, ein paar Federwölkchen trieben rasch dahin. Sie hatte das Gefühl, schon seit Wochen auf dieser Insel zu sein. Oder waren es Monate? Es war ein Paralleluniversum, sie befand sich auf einem anderen Stern. Die Stimmen der Kinder drangen von den unteren Räumen zu ihr ins Zimmer, und ihr Herz krampfte sich zusammen.

»Schicken Sie Emily und Robert zu mir«, flüsterte sie und kämpfte mit den Tränen. »Bitte.«

Ohne ein Wort deckte Oma Lina sie zu und verschwand. Im selben Moment kamen die Kinder auch schon hereingelaufen. Sie hatten rote Wangen, ihre Augen glänzten.

»Für dich«, sagte Emily und legte ihr eine große rosafarbene Muschel auf die Bettdecke. »Geht es dir wieder besser, Mami?«

»Süd ist echt toll«, beteuerte Robert und schmiegte sich eng an Anne. »Kommst du morgen mit? Wir haben eine Stelle im Watt gefunden, wo es Frösche gibt.«

»Robert hat einen Frosch geküsst, weil er dachte, er verwandelt sich vielleicht in eine Prinzessin«, höhnte Emily. »So was Doofes. Dabei dürfen doch nur Mädchen Frösche küssen, damit sie einen Prinzen finden.«

Manchmal verwandeln sich auch Prinzen in Frösche, dachte Anne, deren Gedanken wieder zu Ralf wanderten. War es fair gewesen, einfach von der Bildfläche zu verschwinden? Machte er sich Sorgen? Morgen früh rufe ich Mutter an, nahm sie sich vor. Die kann ja Ralf informieren, dass ich noch nicht auf dem Meeresgrund liege.

»Sobald ihr gegessen habt, kommt ihr wieder und wir kuscheln«, sagte Anne. Sie strich über Roberts unordentlichen Haarschopf. Männer gehen, Kinder bleiben, überlegte sie. Aber wenn dann später auch die Kinder gehen, wird es nur noch traurig. War es das, was Oma Lina so verbittert hatte?

Später, als sie alle drei dicht beieinander lagen und Anne die regelmäßigen Atemzüge der Kleinen hörte, dachte sie noch immer über Oma Lina nach. So wie die aussah, hatte sie ganz allein ihren Mann stehen müssen. Und plötzlich fühlte Anne sich dieser harten, resoluten Frau so nahe, wie sie es nicht für möglich gehalten hätte.

»Familienanschluss«, flüsterte sie vor sich hin.

Dann fiel sie in einen tiefen Schlaf, auf dem die Schaumkronen kleiner, heiterer Träume dahintrieben, Träume von Hunden und Kartoffelbrei, Träume, in denen sie etwas suchte. Jemanden suchte.

*

Wir lieben es, Pläne zu machen. Alles unter Kontrolle zu haben. Anne war darauf spezialisiert. Sie hatte immer sehr genaue Vorstellungen von dem, was ihr guttat und was nicht. Doch seit sie das Festland verlassen hatte, plante das Schicksal mit ihr. Genauer gesagt: Sie wurde komplett verplant. Und sie hatte keinen Schimmer, was sie dagegen unternehmen sollte.

Wieder wachte sie Auge in Auge mit einer dampfenden Teetasse auf. Behutsam löste sie sich aus dem Klammergriff der Kinder und streckte die Hand nach dem heißen Getränk aus.

»Danke, Oma Lina«, sagte sie artig.

»Da nich für«, erwiderte die Wirtin. Sie strich sich eine weiße Strähne aus der Stirn, mit der gleichen Bewegung, die Anne gestern bei Jörn gesehen hatte. »Hm. Wie heißen Sie eigentlich?«

Anne musste lachen. Das war schon absurd. Seit zwei Tagen war sie nun Hausgast hier, und Oma Lina wusste noch nicht einmal ihren Namen.

»Anne«, sagte sie. »Anne Be…« Sie biss sich auf die Lippen. »Anne Bergmann«, vollendete sie den Satz. Besser nicht zu viel verraten. Am Ende hatte Ralf eine Vermisstenanzeige aufgegeben. Von der örtlichen Polizei aufgesammelt zu werden, war nicht ganz das, was sie sich wünschte. In diesem Moment wurden die Kinder wach und rieben sich verschlafen die Augen.

»Dürfen wir auch Tee?«, fragte Emily.

»Klar, und dann raus aus den Federn. Ihr könnt wieder Brötchen holen, ihr wisst ja, wo«, ordnete Oma Lina an. Dann trollte sie sich.

»Wann kommt Papa?«, fragte Robert, während er sich streckte wie eine kleine Katze.

»Bald«, erwiderte Anne vage. »Er hat noch einiges zu tun, dann fährt er los.«

Sie blies in ihre Tasse, um den Tee abzukühlen. Selbst wenn Ralf die ganze Insel abklapperte, hier würde er sie nicht suchen, so viel war sicher. Eine windschiefe Pension, die in keinem Hotelführer stand, das überstieg seine Fantasie. Ihre Mutter fiel ihr wieder ein. Heute war der dritte Tag. Sie musste dringend mit ihr sprechen.

Oma Lina kehrte mit einem Tablett zurück, auf dem sie zwei Teetassen und einen Teller mit Butterkeksen balancierte.

»Friesenkekse«, sagte sie feierlich. »Die gibt es nur für ganz besondere Gäste!«

»Wir heben aber welche für Papa auf, ja?«, sagte Robert unbefangen. Dann machten sich die Kinder über Tee und Kekse her. So ein kleines Frühstück im Bett genossen sie über alles. Zuhause war das eher die Ausnahme.

Oma Lina kniff misstrauisch die Augen zusammen.

Die ahnt was, durchfuhr es Anne. Der kann man nichts vormachen.

»Könnte ich vielleicht später mal telefonieren?«, fragte sie.

»Etwa ein Fernges-präch?«, fragte Oma Lina zurück. »Dann fassen Sie sich kurz. Ich hab keinen neumodischen Zähler, da kann man nur schätzen, was es kostet.«

»Schon gut, ich gebe Ihnen fünf Euro, einverstanden?«

Oma Lina nickte stumm. Dann sah sie sich im Zimmer um, das aussah, als sei das Gepäck explodiert. Überall lagen Hosen, T-Shirts, Bücher, Spielzeug herum. Ohne ein Wort begann sie kurzerhand aufzuräumen. Stück für Stück sortierte sie in den großen Bauernschrank. Als sie mit spitzen Fingern einen durchsichtigen Tanga anhob, wurde Anne rot wie ein Backfisch.

»Ähem, lassen Sie nur, den Rest mach ich alleine«, sagte sie verlegen.

»Das ist Mamis Nahkampfausrüstung«, kommentierte Emily altklug das aparte Wäschestück. »Die braucht sie ...«

»Schluss, es reicht, Emily«, beendete Anne die peinlichen Ausführungen.

Täuschte sie sich, oder lag da tatsächlich so etwas wie Belustigung in Oma Linas Blick? Im selben Augenblick wurde ihre Miene jedoch schon wieder streng.

»Bei diesem Klima brauchen Sie warme Unterwäsche«, bemerkte die Wirtin tadelnd. »Und wenn Sie's am Rücken haben, sowieso. Heute Nachmittag sollten Sie sich einen warmen Pullover besorgen. Es gibt ein paar Läden in der Nähe. Und die Kinder brauchen Gummistiefel. Wenn Sie wollen, komme ich mit.«

Bloß das nicht, dachte Anne. Sonst schwatzt sie mir am Ende noch lange Unterhosen auf. Aus kratziger Wolle. Schnell wechselte sie das Thema.

»Ist Ihr Sohn Fischer?«, fragte sie, um abzulenken.

»Ach, der…«, erwiderte Oma Lina. »Der ist eigentlich gar nichts. Der hat noch nie was zus-tande gebracht. Fährt den ganzen Tag mit seinem Boot herum, manchmal mit Touristen. Ist doch kein ans-tändiger Beruf, so was. Eigentlich sollte er ja die ›Alte Liebe‹ übernehmen. Doch der Herr Sohn hat natürlich andere Pläne.«

»Und das Haus? Was wird daraus?«

Oma Lina antwortete nicht. Wortlos stapelte sie Koffer und Rucksäcke in einer Ecke. Doch diesmal gab Anne nicht so schnell auf.

»Sie wollen sich doch zur Ruhe setzen. Werden Sie das Haus verkaufen?«, fragte sie.

»Verkaufen, ja, das will der Herr Sohn«, stieß Oma Lina grollend hervor. »Alles schnell zu Geld machen, und dann weg damit. Und ich soll mir eine kleine Wohnung in Westerland nehmen. Oder am besten gleich ins Altersheim. So hat er sich das gedacht.«

Robert und Emily hatten kauend zugehört.

»Du sollst aber hierbleiben«, protestierte Emily. »Es ist sooo schön hier! Wir wollen ab jetzt jeden Sommer hier sein. Und in den Herbstferien auch. Und in den Osterferien!«

Die Wirtin seufzte tief und drehte sich zu Anne um. Ihre harten Gesichtszüge zuckten.

»Ich bin hier geboren, in diesem Zimmer. Und hier wollte ich auch sterben.« Sie wischte sich über die Augen. »Aber daraus wird nichts. Weil …«

Sie kam nicht weiter. Anne schluckte. Am liebsten hätte sie Oma Lina in den Arm genommen. Unter der Hülle des Dragoners versteckte sich eine verletzte Seele, die Annes Mitleid weckte.

»Vielleicht überlegt er es sich ja noch anders«, versuchte sie Oma Lina zu trösten.

»Anders?« Die alte Frau lachte bitter. »Hier müsste längst eine junge Frau sein. Und Kinder. Aber welche Frau mit einem Funken Vers-tand will schon so einen wie Jörn? Der liebt nur sein Boot, sonst nichts. Und das Erbe bringt der in einem Jahr durch …«

»Au ja, Boot fahren!«, rief Robert. Boote und Schiffe waren seine Leidenschaft. »Dürfen wir?«

»Das wird nix, min Jung«, antwortete Oma Lina. »Und jetzt hopp, hopp aufgestanden, das Frühstück macht sich nicht von allein.«

Als Anne sich angezogen hatte, inspizierte sie die Küche. Die Einrichtung sah aus wie in einem Heimatmuseum. Es gab einen alten Gasherd, einen betagten Küchenschrank voller Steingutgeschirr, einen großen geschrubbten Holztisch in der Mitte, über dem eine Lampe mit einem altmodischen Porzellanschirm hing. Das einzige Zugeständnis an die Gegenwart war ein weißer Kühlschrank, der aussah, als hätten ihn Aliens hier vergessen.

»Wo ist denn das Telefon?«, fragte sie.

»Im Flur rechts, aber fassen Sie sich kurz«, knurrte Oma Lina, die wieder zu ihrer gewohnten schlechten Laune zurückgefunden hatte.

Das Telefon entpuppte sich ebenfalls als museumsreif. Ein großes schwarzes Ding mit einem schweren Hörer und einer Wählscheibe, die jedes Mal in ihre Ausgangsposition zurückratterte, wenn Anne eine Nummer wählte. So was könnte man bei Ebay glatt als Rarität versteigern, dachte sie belustigt.

»Rademacher?«, meldete sich die vertraute Stimme.

»Mutter? Ja ich bin's. Wieso …«

Weiter kam Anne nicht, denn es ergoss sich ein Redestrom über sie, der gespickt war mit Vorwürfen und Schluchzern.

»Ich habe mir solche Sorgen gemacht, und Ralf ist außer sich! Was hast du dir nur dabei gedacht, einfach so vom Erdboden zu verschwinden? Wo bist du überhaupt? Und wo sind die Kinder? Ich habe alle deine Freundinnen antelefoniert, aber keine wusste, wo du steckst. Vor Sorge bin ich fast umgekommen. Also?«

»Mir geht es bestens. Und Ralf …« Anne dämpfte ihre Stimme, »Ralf hat eine Geliebte, Mutter. Ja, ich weiß es sicher. Nein, kein Zweifel. Sag ihm, er soll warten, bis er schwarz wird. Ich muss mich erst mal erholen. Den Kindern geht es wunderbar. Die gute Nordseeluft, weißt du. Ich melde mich wieder. Tschüss!«

Schnell hängte Anne den Hörer auf die Gabel. Puh, das wäre erledigt! Und wie sollte es jetzt weitergehen?

Sie konnte doch nicht ewig hierbleiben. Auch wenn sie sich eingestehen musste, dass sie allmählich Gefallen an diesem Haus fand, an der Ruhe, die hier herrschte, und ein klitzekleines bisschen mochte sie sogar Oma Lina. Die Arme. Sie musste eine schwere Krise hinter sich haben. Auch wenn sie das Wort Krise sicherlich niemals in den Mund nehmen würde. Eine wie Oma Lina hatte garantiert nur ein einziges Lebensmotto: Augen zu und durch.

Als sie kurz darauf am Frühstückstisch saßen, machte die Wirtin sofort Pläne für den Tag. Die Kinder hörten begeistert zu.

»Heute kommt der alte Hinnerk und bringt Gemüse und Obst«, sagte sie. »Hinnerk kommt mit dem Pferdewagen. Zieht euch warm an, dann könnt ihr mitfahren. Damit ihr mal was seht von der Insel. Er soll euch mittags wieder abliefern.«

»Ja! Ein Pferdewagen! Mama, dürfen wir?«

Anne nickte ergeben. Warum protestieren? Das klang wirklich verlockend, und Oma Lina wusste sicher, was sie tat.

»Haben Sie auch schon ein Programm für mich?«, fragte sie schelmisch.

Oma Lina war ihr ironischer Ton nicht entgangen. »Nu machense mal halblang. Zum Tanzen lasse ich Sie nicht gehen. Aber ich hole Ihnen einen Sessel auf die Terrasse und eine Wolldecke, da können Sie in der Sonne sitzen und eins Ihrer Bücher lesen. Oder Kartoffeln schälen.« Sie machte eine kurze Pause und sah Anne unsicher an. »Wenn Sie wollen.«

Oho, das waren ja ganz neue Töne. Soviel Zartgefühl musste Oma Lina jede Menge Überwindung kosten.

»Ja, warum nicht?«, lenkte Anne ein, während sie eine von Doktor Bornholds Tabletten nahm und mit einem Schluck Tee herunterspülte. Hoffentlich hatte er ihr nicht aus Versehen eine Wurmkur für Hunde verordnet. »Gern«, fügte sie hinzu.

»Na, denn is ja gut.«

In diesem Moment schrillte das Telefon, und Oma Lina erhob sich ächzend. Anne hörte sie kurz angebunden ein paar Sätze sagen, dann kehrte die Wirtin zurück.

»Wer war das?«, fragte Emily unbefangen.

Oma Lina verzog ihr Gesicht zu einer verächtlichen Grimasse. »Das war mein Sohn.«

Anne spürte einen kleinen Stich in der Herzgegend. Jörn?

»Ist das der, der dir das Haus wegnehmen will?«, fragte Robert mit kindlicher Geistesgegenwart.

»Genau der«, grollte Oma Lina. »Jetzt zieht euch Pullover an, Hinnerk kommt gleich.«

Sofort verschwanden die Kinder, während sie fröhlich durcheinander redeten. Die beiden Frauen schwiegen. Anne wäre fast geplatzt vor Neugier, doch sie zwang sich, nicht zu fragen, was Jörn gewollt hatte. Oma Lina goss sich seelenruhig eine weitere Tasse Tee ein. Dann endlich fand sie ihre Sprache wieder.

»Er hat sich nach Ihnen erkundigt. Scheint ja doch ein schlechtes Gewissen zu haben, der Kerl. Ausnahmsweise.«

Sie wusste nicht warum, aber Anne freute sich einfach. Er hatte nach ihr gefragt. Wenigstens etwas. Als sie wenig später auf der Terrasse saß, ein Buch in den Händen, wanderten ihre Gedanken immer wieder zu dieser vertrackten Familie. Was war mit dem Vater passiert? Warum war etwas schiefgelaufen mit Jörn? Wie war es zu diesem tiefen Zerwürfnis gekommen?

Immer wieder versuchte Anne, sich auf ihren Roman zu konzentrieren, doch das Leben war stärker. Das hier, dieses Haus mit seiner Geschichte war spannender als jeder Roman. Anne klappte das Buch zu und schloss die Augen. Sonne und Wind taten ihr gut. Staunend stellte sie fest, dass sie sich wohl fühlte. Sie war entspannt wie lange nicht mehr. Obwohl dieser Ort offenbar der Schauplatz für ein Familiendrama gewesen war, lag ein tiefer Frieden über diesem Fleckchen Erde.

»Ich geh mal ein paar Besorgungen machen, in zwei S-tunden bin ich zurück«, unterbrach Oma Linas knarrende Stimme ihre Überlegungen. »Hier«, sie stellte einen Teller mit Äpfeln auf den Tisch, »damit Sie nicht verhungern.«

»Sagen Sie mal, sind eigentlich alle Friesen so? Hart aber herzlich?«, fragte Anne. Oma Lina verzog den Mund.

»Wir sind ein zähes Volk, nicht so verweichlicht wie ihr Festländer«, sagte sie stolz. »Wir haben alles überlebt, Sturmfluten, Piraten, sogar die Touristen. Mein Urgroßvater war noch Walfänger, wie alle meine Vorfahren. In winzigen Booten machten sie Jagd auf die Wale, nur mit Messern und Harpunen bewaffnet. Manche kamen um, andere blieben jahrelang weg, kamen irgendwann wieder mit Porzellan aus China und Kokosnüssen aus der Karibik. Es war ein hartes Leben, das hat uns Friesen hart gemacht.«

Anne schwieg einen Moment, dann fasste sie sich ein Herz.

»Kann es sein, dass Sie manchmal etwas zu hart sind? Zum Beispiel zu Ihrem Sohn?«, fragte sie.

Oma Linas Mund wurde schmal wie ein Bleistiftstrich. »Davon verstehen Sie nichts«, grummelte sie und verließ ohne ein weiteres Wort die Terrasse.

Wenig später fiel die Haustür geräuschvoll ins Schloss. Endlich allein! Oma Linas Friesenphilosophie war unmissverständlich gewesen: Sie wollte nicht über Jörn reden. Na, gut. Anne atmete tief durch und griff zu einem der Äpfel. Er schmeckte himmlisch. So eine Qualität gab es nicht zuhause im Supermarkt. Säuerlich, aromatisch, saftig – genau richtig für einen Apfelkuchen! Anne musste lächeln. Jawoll, heute würde sie einen Apfelkuchen backen. Die Aussicht auf einen duftenden Kuchen im Ofen machte sie glücklich. Oma Lina würde staunen, denn so was traute sie Anne bestimmt nicht zu.

Ein sportlicher Ehrgeiz hatte Anne plötzlich gepackt. Sie schlug die Decke zurück und ging mit raschen Schritten in die Küche. Blitzschnell checkte sie die Vorräte. Alles da, was man für einen Kuchen brauchte. Nur einen Mixer gab es natürlich nicht. Also musste sie den Teig eben mit der Hand rühren.

Anne stellte den Ofen an und legte los. Jeder Handgriff saß, da machte ihr keiner was vor. Eine halbe Stunde später stand schon die Kuchenform im Ofen. Zufrieden betrachtete Anne ihr Werk. Na also, heute Nachmittag würde es Apfelkuchen für alle geben. Sie machte sich gerade daran, die Schüsseln und Bestecke abzuwaschen, die sie benutzt hatte, als sie eine Männerstimme hörte.

Hilfe, wer konnte das sein? Ein bisschen ängstlich war sie schon – so ganz allein in einem fremden Haus. Die Türen waren nicht abgeschlossen, jeder konnte hier hereinspazieren, außerdem stand die Terrassentür sperrangelweit offen. Doch dann beruhigte sie sich sofort: Das war bestimmt Doktor Bornhold, der Tierklempner, der nach ihr sehen wollte. Sie öffnete die Küchentür und rief: »Hier bin …« Doch das »… ich« blieb ihr im Halse stecken. Vor ihr war wie aus dem Nichts im Dunkel des Flurs ein Mann aufgetaucht, der eindeutig nicht Doktor Bornhold war. Sie schrak zusammen und machte einen Schritt rückwärts.

»Oh, ich wollte Sie nicht erschrecken, 'tschuldigung …«

Sprachlos stand Anne da und starrte Jörn an. Jörn, den missratenen Sohn. Jörn, der sie tags zuvor fast überfahren hätte. Und Jörn war mindestens so überrascht wie sie. Sein Blick glitt über Oma Linas Schürze, die Anne sich umgebunden hatte, über ihre nassen Hände, die eine Spülbürste umklammerten, über ihr blasses Gesicht.

»Ich hab doch extra angerufen. Hat sie Ihnen nicht gesagt, dass ich komme?«, stieß er hervor.

»Wer?«, fragte Anne.

»Na, die Frau, die sich meine Mutter nennt«, erwiderte Jörn grimmig. Dann griff er in eine Tüte und holte einen Blumenstrauß hervor. Margeriten, Kornblumen, Mohn, Schlüsselblumen, es war eine ganze Wiese, die er der verdutzten Anne hinhielt.

»Nein, hat sie nicht«, sagte Anne. »Sind die etwa für mich?«

»Für den alten Drachen ganz bestimmt nicht«, grinste Jörn, der sich offenbar wieder gefangen hatte. »Da, nehmen Sie schon. Ich hab was gutzumachen. Geht es Ihnen denn wenigstens etwas besser?«

Anne wischte sich die Hände an der Schürze ab und nahm den Strauß entgegen. Er duftete nach Sommer. Er war echt, nicht so ein totes Gemüse aus dem Blumenladen. So echt wie dieser Jörn, der jetzt mit einem kleinen zaghaften Lächeln vor ihr stand. Was für ein attraktiver Kerl, durchfuhr es sie wieder. Er war nicht schön im landläufigen Sinne, aber sein markantes Gesicht mit den klaren Zügen und diesem Ausdruck männlicher Entschlossenheit war äußerst anziehend, das musste man ihm lassen.

»Was machen Sie eigentlich in der Küche? Ich dachte, Sie müssen im Bett liegen?«

»Ich backe einen Apfelkuchen«, erwiderte Anne und kam sich plötzlich furchtbar albern vor. Sie war hier Gast, sie hatte Schmerzen, und sie hatte tatsächlich nichts Besseres zu tun, als einen dämlichen Apfelkuchen zu backen? Vermutlich hielt Jörn sie für komplett übergeschnappt.

»Wenn er so gut schmeckt, wie er duftet, möchte ich gern ein Stück«, sagte er grinsend.

Anne wurde ernst. »Sie wussten, dass Ihre Mutter weg ist, stimmt's?«, sagte sie streng. »Sonst hätten Sie sich nie hier rein getraut.«

Jörn machte ein Gesicht, das nicht verbergen konnte, wie ertappt er sich fühlte. »Ehrlich gesagt …«

»… meiden Sie Ihre Mutter wie der Teufel das Weihwasser«, ergänzte Anne den Satz. »Wieso eigentlich?«

Jörn faltete umständlich seine Tüte zusammen. Er wollte Zeit gewinnen, keine Frage. Ohne Anne anzusehen, murmelte er: »Das geht Sie nichts an.«

Ihr fiel auf, dass er heute keine Gummistiefel trug, sondern blankgewienerte Lederschuhe. Und unter dem Pullover hatte er ein blauweißkariertes Hemd an. Er hatte sich fein gemacht. Für Anne? Noch immer pulte er an der Tüte herum.

»Also, ich geh dann mal besser«, sagte er schließlich verlegen.

»Und der Apfelkuchen?«, fragte sie herausfordernd. »Oder haben Sie etwa Angst vor ihrer Mutter? Sie kommt sicher bald zurück.«

Er blickte Anne mit seinen stahlblauen Augen direkt an. Diese Augen leuchten sogar im Dunkeln, stellte sie fest. Wie das Meer, wenn Sonnenstrahlen darauf spielen.

»Nee, nee, so bald kommt die nicht wieder. Die macht ihre Tour. Zum Metzger, zur Bäckerin, zur Drogerie. Das kann dauern. Muss doch den neuesten Klatsch loswerden. Dass ihr böser Sohn eine Touristin angefahren hat«, sagte er sarkastisch.

Anne seufzte. Diese Familienfehde schien ja ein Dauerbrenner zu sein. In Sachen Mobbing schenkten sich die beiden nichts.

»Wollen Sie einen Tee?«, fragte sie spontan.

»Einen Tee?«, wiederholte er.

»Für Schnaps ist es eindeutig noch zu früh«, erklärte Anne resolut und musste innerlich über sich selbst lachen. Sie redete schon genauso wie Oma Lina. Oha, und sie sah auch schon so aus. Wann hatte sie das letzte Mal in einen Spiegel gesehen? Hatte sie noch so etwas wie eine Frisur? Und dann diese uralte Schürze! Doch komischerweise spielte das keine Rolle. Sie, die immer so adrett und sorgfältig angezogen war, fand es auf einmal überhaupt nicht schlimm, so auszusehen wie ihre eigene Großmutter.

Jetzt löste sich Jörn aus seiner Erstarrung. »Sie ruhen sich aus, ich mache den Tee«, sagte er. »Ähem, wann ist denn der Kuchen fertig?«

Anne sah auf die Uhr. »In einer Viertelstunde.«

Sie ging in die Küche und stellte die Blumen in eine Milchkanne, während Jörn den Wasserkessel füllte, auf den Herd setzte und die Teekanne mit heißem Wasser ausspülte. Er kannte sich offenbar bestens aus hier. Klar, er war hier ja auch zuhause. Das heißt, früher mal war er hier zuhause gewesen. Unruhig lauschte sie auf Geräusche im Haus. Und wenn Oma Lina doch schon früher zurückkam? Anne hatte das deutliche Gefühl, etwas Verbotenes zu tun.

»Ich geh mal kurz nach oben, bin gleich wieder da«, mit diesen Worten huschte sie davon.

Wenigstens ein frisches T-Shirt wollte sie anziehen. Ihre Bluse war mit Mehlflecken und Teigkrümeln übersät. Großmutter-Groove hin oder her, sie musste ja nicht gleich übertreiben. Während sie im Schrank nach etwas Passendem suchte, hörte sie mit einem Mal Stimmen. Laute Stimmen. Sie zog ein weißblau-gestreiftes T-Shirt über und lief zurück in die Küche. Dort rauschte sie in ein Wortduell hinein, das sich gewaschen hatte.

»Hab ich dir nicht gesagt, dass du Hausverbot hast?«, keifte Oma Lina gerade, die Hände angriffslustig in die Hüften gestemmt. »Mach, dass du rauskommst, Nichtsnutz!«

»Hör auf, mich zu behandeln wie einen dummen Schuljungen!«, schrie Jörn. »Oder willst du, dass ich nur noch darauf warte, dass du endlich unter der Erde liegst?«

»Aufhören!«, rief Anne in die fassungslose Pause hinein, die sich an diesen ungeheuerlichen Satz anschloss. Mutter und Sohn fuhren herum.

»Das geht Sie gar nix an!«, bellten die beiden im Chor, dann schleuderte Jörn die Teekanne mit aller Wucht auf die Steinfliesen und stürmte hinaus. Wortlos stand Oma Lina da und betrachtete die Teelache, die sich zwischen den Scherben auf den Fliesen ausbreitete.

»So ein Teufel«, zischte sie, »dem müsste man den Hintern versohlen, bis er blau und grün ist!«

Anne fand keine Worte. Fast hatte sie Jörn nett gefunden, doch dieser Auftritt war zu viel. Offensichtlich war er doch der ungehobelte, rücksichtslose Querulant, als den ihn Oma Lina beschrieben hatte. Wie hatte er nur so einen schrecklichen Satz sagen können? Ganz egal, was vorgefallen war, so durfte man nicht mit seiner Mutter sprechen.

»Es tut mir so leid«, flüsterte sie und berührte Oma Lina leicht an der Schulter.

»Ich brauche kein Mitleid«, sagte Oma Lina und wandte sich abrupt ab. »Sparen Sie sich Ihre Sprüche. Was ist hier eigentlich los? Und wieso riecht es so verbrannt?«

Himmel, der Apfelkuchen! Anne stürzte zum Herd und rettete gerade noch ihr Meisterwerk aus der brennenden Hitze dieses Höllenofens. Der Kuchen war an den Rändern etwas dunkel geworden und die obere Schicht Äpfel hatte kleine schwarze Zipfel, aber essen konnte man ihn sicher noch.

Skeptisch sah Oma Lina zu, wie Anne mit einem riesigen Küchenmesser die dunklen Stellen abschabte und ein paar verbrannte Apfelstückchen entfernte. Noch immer sagte sie kein Wort.

»Das ist meine französische Apfeltarte mit Sahneguss«, erklärte Anne, obwohl Oma Lina sicherlich nicht der Sinn nach Backrezepten stand. Aber irgendwas musste Anne doch sagen, um die furchtbare Situation zu überbrücken. Wobei sie im Grunde nicht wusste, wen sie schlimmer fand: Jörn und seine Aggressivität oder Oma Lina mit ihren Demütigungen. Eine schrecklich nette Familie. Ein Tag noch, nahm Anne sich vor, dann würde sie packen und verschwinden. Sie hatte selbst genug hinter sich, da brauchte sie sich nicht auch noch die Probleme von wildfremden Leuten reinzuziehen.

»Mama, Mama, Mama!«, ertönte in diesem Moment Emilys Stimme, die hochrot in die Küche gelaufen kam. »Wir haben Papa gesehen!«

»Waaaas?« Annes Herzschlag setzte aus.

»Ja, er fuhr mit seinem Auto an unserer Kutsche vorbei, wir haben gewinkt, aber er hat uns gar nicht gesehen!«, schrie Robert, der völlig außer Atem hinter Emily auftauchte.

Schwankend hielt sich Anne am Küchentisch fest. Panik ergriff sie. Hatte sie wirklich gedacht, dass Ralf einfach so zur Tagesordnung übergehen würde? War sie wirklich so naiv zu glauben, dass sie sich verstecken konnte?

»Er sucht uns!«, rief Emily aufgeregt. »Du musst ihn anrufen und sagen, wo wir sind!«

Wie sollte Anne bloß ihren Kindern erklären, dass sie genau das nicht wollte? Dass sie lieber auf Tauchstation blieb? Aber durfte sie solch ein hinterhältiges Spiel treiben? Hatten die Kinder nicht das Recht, ihren Vater zu sehen? Sie seufzte verzweifelt. Es war eine stockdunkle Sackgasse, in die sie geraten war. Verstohlen sah sie zu Oma Lina hinüber, die wie versteinert in der Küchentür stand.

»Papa findet es hier bestimmt super«, versuchte es Robert aufs Neue und zupfte an Annes T-Shirt. »Schnell, ruf ihn an!«

Wir lieben es, Pläne zu machen. Alles unter Kontrolle zu haben. Aber das Leben findet nicht auf dem Reißbrett statt. Es schlingert hin und her wie ein kleines Boot auf hoher See. Anne hatte plötzlich einen salzigen Geschmack im Mund.

*

Manchmal fühlen wir uns wie kopflose Prüfungskandidaten. Wir fürchten uns vor dem Moment, in dem wir Farbe bekennen müssen, in dem wir nicht mehr ausweichen können. Für Anne war dieser Moment genau jetzt gekommen. Ein paar wenige Tage hatte sie sich durchlavieren können, hatte den Kopf in den Sand gesteckt. Doch jetzt hatte die Stunde geschlagen, in der sie die Konfrontation nicht mehr hinauszögern konnte.

Sie musste Ralf anrufen. Drei Augenpaare waren erwartungsvoll auf sie gerichtet. Es gab kein Zurück.

»Wie schön, dass Papi endlich gekommen ist«, wisperte sie mit schmalen Lippen. »Ich hatte ihm einen Zettel mit der Adresse hingelegt, aber den hat er wohl nicht gefunden. Na, dann werden wir ihm mal sagen, wo wir sind.«

Oma Lina streifte sie mit einem merkwürdigen Blick. Die Geschichte mit dem Zettel entbehrte jeder Logik, denn sie waren ja rein zufällig bei Oma Lina gelandet. Das hatte die alte Frau auf der Stelle begriffen.

»Sie wissen ja, wo das Telefon ist«, sagte sie ungewohnt sanft. Sicher schwante ihr spätestens jetzt, dass sie nicht die einzige war, die sich mit einem reichlich ungereimten Familienleben herumschlagen musste.

»Ja, danke«, erwiderte Anne und zog ihr T-Shirt glatt. Auf in den Kampf. Ihr war mulmig zumute, auch wenn sie ein frohgemutes Lächeln aufgesetzt hatte.

Bangen Herzens machte sie sich auf den Weg in den Flur. Schwarz und unheilvoll hing das Telefon an der Wand. Ein Folterinstrument. Wie war noch Ralfs Handynummer? Mit zitternden Fingern drehte Anne an der Wählscheibe. Kein Anschluss unter dieser Nummer. Verflixt, ohne ihr Handy war sie völlig aufgeschmissen. Zahlen waren noch nie ihre Stärke gewesen. Nach drei fehlgeschlagenen Versuchen hörte sie Ralfs barsche Stimme.

»Ja?«

»Hallo, Ralf«, krächzte Anne in den Hörer. »Wo bist du?«

»Genau das wollte ich von dir wissen«, blaffte es zurück. »Bist du eigentlich komplett durchgedreht? Entführst meine Kinder, machst dich aus dem Staub, räumst das Konto ab und findest das vielleicht auch noch komisch?«

Entführt?

Also, das war nun wirklich das Letzte! Es gab eine Menge unfreundlicher Dinge, die Anne gern darauf geantwortet hätte, doch die Kinder hatten sich neugierig an sie gehängt, und auch Oma Lina stand in gebührendem Abstand im Flur und tat so, als müsste sie dringend ein Schränkchen abwischen.

»Ich freue mich, dass du es endlich geschafft hast herzukommen, wir hatten schon richtig Sehnsucht«, schwindelte Anne mit fester Stimme, um die Kinder nicht zu beunruhigen. »Pass auf, wir wohnen bei Oma Lina in Keitum. Du fährst …«

»Oma Wer? Wir haben eine Suite in der ›Strandkrone‹, schon vergessen? Die kostet mich ein Vermögen! Aber die gnädige Frau hat es ja vorgezogen, unterzutauchen. Du kommst auf der Stelle her und erklärst mir, was in dich gefahren ist!«, unterbrach Ralf sie wütend.

»Geht leider nicht«, erwiderte Anne geistesgegenwärtig. »Das Auto springt nicht an.« Es folgte ein Augenblick ärgerlicher Stille.

»Was sagt er? Wann kommt er?«, fragte Emily ungeduldig.

Anne nickte ihr lächelnd zu, obwohl sie der Mut längst verlassen hatte.

»Also, wir sind in Keitum«, sagte sie schnell. »Direkt am Deich liegt die Pension ›Alte Liebe‹. Wenn du es nicht findest, frag einfach nach Oma Lina. Die kennt hier jeder.«

Sie wartete erst gar nicht auf neuerliche Wutausbrüche, sondern hängte ein. Der Countdown lief. Was hatte Ralf vor? Würde er die Kinder mitnehmen? Zuzutrauen war es ihm. Ihr Magen krampfte sich zusammen. Alles, nur das nicht! Mit einem Mal wurde ihr bewusst, dass dies das Schlimmste sein würde: allein ohne die Kinder. Sie hatte einen dicken Kloß im Hals.

»Na, denn mach ich mal Mittagessen«, sagte Oma Lina, die immer noch das Schränkchen mit einem Schürzenzipfel wienerte. »Hört sich so an, als wären wir zu fünft heute.«

»Ja! Papa kommt!«, jubelte Robert und sprang aufgedreht um Anne herum. Nur Emily sah ihre Mutter mit einem verhaltenen Blick an. Sie schien zu spüren, dass es Anne ausgesprochen unwohl zumute war.

»Los, Kinder, ihr deckt schon mal den Tisch«, kommandierte Oma Lina in gewohnt strengem Tonfall die Kleinen. »Und Mami macht sich hübsch.«

Anne streifte sie mit einem gequälten Blick. Was für eine Komödie. Am liebsten hätte sie sich in ein anderes Universum gebeamt. Der einzige Trost war, dass selbst Ralf sich zusammenreißen musste, wenn er hier aufkreuzte, in Gegenwart der Kinder und unter den gestrengen Augen von Oma Lina.

»Gute Idee«, flüsterte sie und lief nach oben, in das Zimmer, das ihre Zuflucht gewesen war, eine sichere Zone. Vorbei. Ratlos ließ sie sich auf das Bett sinken und starrte vor sich hin. Auf Samtpfoten kam die kleine Katze angeschlichen und blieb abwartend vor ihr stehen. Anne streckte die Hand aus, und schon sprang das Tier auf ihren Schoß und schmiegte sich schnurrend an sie.

Eine halbe Stunde mochte sie so gesessen haben, als ein lautes Hupen sie zusammenfahren ließ. Das war er, Ralf. Sie drückte die Katze noch einmal an sich, setzte sie behutsam aufs Bett und stand auf. Als sie einen kurzen Blick in den Spiegel des Kleiderschranks warf, erschrak sie. Blass und verängstigt sah sie aus. Und wenn sie einfach hier oben blieb? Sich einschloss? Kinderkram, tadelte sie sich selbst. Da musst du jetzt durch.

Schon auf der Treppe stieg ihr der Duft von gebratenem Fisch in die Nase. Sie spürte eine leichte Übelkeit. Als sie in die dämmrige Gaststube trat, hatte Ralf schon beide Kinder auf dem Arm. Mit unbändiger Wiedersehensfreude pressten sie sich an ihn. Ihr stiegen die Tränen in die Augen. Die Kinder liebten ihren Papa, was sollten sie auch sonst tun? Sie hatten ja keine Ahnung, was er in Wirklichkeit trieb.

»Willkommen in der ›Alten Liebe‹«, sagte sie matt.

Auf der Stelle ließ Ralf die Kinder zurück auf den Boden gleiten und trat auf sie zu. Wie fremd er ihr war. Die vertrauten Züge wirkten verzerrt, fast brutal. Um seinen Mund zuckte es. War das Rührung oder Zorn? Aber was auch immer es war, er beherrschte sich, wenigstens das.

»Schön, dich zu sehen«, sagte er kalt. »Wie hast du denn diese schräge Bude gefunden?«

»Das ist keine Bude, das ist eine Pension«, ertönte die schneidende Stimme von Oma Lina, die plötzlich in der Gaststube stand. »Hatten Sie eine gute Reise?«

Verblüfft sah Ralf die alte Frau an, die sich zu imposanter Größe aufgerichtet hatte. Ganz gerade stand sie da, und ihr Gesicht war so feindselig, als hätte er soeben das Tafelsilber in seiner Hosentasche verschwinden lassen. Anne fand sie einfach großartig. Volle Frauenpower, dachte sie. Toll. Mit der musste es Ralf erst mal aufnehmen.

»Das ist Oma Lina«, stellte Anne die Wirtin vor. »Und das ist – mein Mann.«

Ralf streckte ihr die Hand hin, doch Oma Lina nestelte demonstrativ an ihrer Schürze herum und sagte nur: »In fünf Minuten wird gegessen. Wenn Sie sich frisch machen wollen, können Sie das Badezimmer im ersten Stock benutzen.«

»Nee, danke, ich würde lieber mal ein paar ungestörte Worte mit meiner Frau wechseln«, erwiderte Ralf eine Spur zu bestimmt, um noch höflich zu klingen.

»Das hat Zeit, junger Mann«, sagte Oma Lina ungerührt. »Wir sind alle hungrig, und der Fisch zerfällt, wenn wir länger mit dem Essen warten.«

»Oma Lina kann super kochen«, versuchte Emily zu vermitteln.

»Ja, und wir machen jetzt immer Urlaub hier«, krähte Robert unbefangen. »Hier gibt es Frösche, und wir fahren mit der Kutsche, und vielleicht dürfen wie sogar Boot fahren, und es gibt einen Bäcker, bei dem …«

Ralf sah seinen Sohn entgeistert an. Das hier war nicht sein Film.

»Bitte Platz zu nehmen«, befahl Oma Lina förmlich, »Emily und Robert, ihr helft beim Servieren.« Gehorsam folgten die Kinder ihr in die Küche.

»Das ist nicht dein Ernst«, stieß Ralf zwischen den Zähnen hervor. »Was machst du in diesem nach Fisch stinkenden Altersheim?«

»Den besten Urlaub meines Lebens«, antwortete Anne, die zu genießen begann, wie Ralf hier auflief. Er konnte sich sträuben wie er wollte, gegen Oma Linas Regiment kam selbst er nicht an. »Komm mit, auf die Terrasse.«

Ohne seine Antwort abzuwarten, ging sie voran. Was war dies für ein Paradies gewesen, ohne Ralf. Weit wölbte sich der Himmel über den Dünen, doch das Meer lag matt und grau da. Es gab ihr einen Stich, als sie den Wiesenblumenstrauß auf dem Tisch entdeckte. Jörns Strauß. Es war viel passiert in diesen zwei Tagen. Mehr, als sie Ralf je würde erzählen können. Er hätte es sowieso nicht verstanden.

Abschätzig musterte er die Marmeladenflecken auf dem Tischtuch und verzog das Gesicht. Anne hatte Mühe, ihren Ärger zu unterdrücken. Kaum zu glauben, wie er sich aufführte. Dabei war er es doch gewesen, der ihre Ehe zerstört hatte, er ganz allein. Und nicht erst, seit er eine Affäre hatte. Anne spürte einen Riss im Herzen, als sie an das gedehnte, leicht heisere »Hallloooo?« der fremden Frau dachte, mit der Ralf sich im Hotel vergnügt hatte.

Kaum hatten sie sich gesetzt, als auch schon Oma Lina und die Kinder kamen, die Hände voller dampfender Schüsseln. Misstrauisch beäugte Ralf den Fisch und die Bratkartoffeln.

»Tschä, junger Mann, das hier ist nicht das Ritz, aber dafür kriegen Sie den besten Fisch der Insel«, sagte Oma Lina, während sie sich ächzend auf ihren Stuhl fallen ließ. »Ihre Frau erholt sich bestens hier. Und wie lange gedenken Sie zu bleiben?«

Sie hätte genauso gut fragen können, wann er endlich wieder abreisen würde. Mit dem Instinkt der verletzten Frau witterte sie förmlich das Unheil, das von diesem Mann ausging. Und sie machte sich nicht die geringste Mühe, ihre Ungehaltenheit über sein Erscheinen zu verbergen.

»Papa, kommst du nach dem Essen mit zum Watt?«, fragte Robert kauend, der sich eine Riesenportion Bratkartoffeln auf den Teller geladen hatte. »Ich zeige dir die Stelle mit den besten Muscheln, und die Wattwürmer, und …«.

»Ja, später vielleicht«, wich Ralf aus. »Ich würde erst mal gern einen Spaziergang mit Mami machen.«

»Kommt nicht in Frage«, fuhr Oma Lina dazwischen. »Ihre Frau hat einen Bandscheibenvorfall, lange Spaziergänge sind Gift für sie. Ich mach Ihnen nach dem Essen einen Tee, dann können Sie sich gemütlich hier auf der Terrasse unterhalten. Außerdem gibt es einen guten Apfelkuchen.« Sie blinzelte Anne verschwörerisch zu. »Altes friesisches Rezept.«

Das Essen verlief einsilbig. In Annes Hirn überschlugen sich die Gedanken. Was hatte Ralf vor? Wie sollte es weitergehen? Die Antwort darauf ließ nicht lange auf sich warten. Als der Tisch abgeräumt war und Oma Lina sich mit den Kindern in die Küche verzogen hatte, stützte Ralf die Ellenbogen auf den Tisch und fixierte Anne mit einem bösen Blick. Sie betrachtete ihn mit gemischten Gefühlen. Ja, er war ihr fremd geworden. Und das nach fast zehn Jahren Ehe.

»Du bist wirklich das Letzte«, sagte er gefährlich leise. »Hast du etwa gedacht, du kommst damit durch?«

»Mach mir bloß keine Vorwürfe«, begehrte sie auf. »Du bist es, der mir eine Erklärung schuldet. Was war das für eine Frau in dem Hotel? Wie lange läuft das schon?«

»Das ist ohne Bedeutung«, erwiderte er knapp. »Ich habe sowieso Schluss gemacht. War nur eine momentane Schwäche. Ich erklär es dir in einem ruhigen Moment. Du bist ja völlig hysterisch. Lass uns lieber über diesen Urlaub reden. Ich habe nicht die Absicht, auch nur eine Minute länger in diesem Muffding zu bleiben. Meine Sachen sind in der ›Strandkrone‹, da fahre ich jetzt hin, und die Kinder nehme ich mit.«

Zufrieden betrachtete er Annes erschrockenes Gesicht.

»Ja, du hast richtig gehört. Und versuch bloß nicht, es ihnen auszureden. Dann ziehe ich ganz andere Saiten auf. Wenn dir noch irgendetwas an unserer Familie liegt, packst du schleunigst euren Kram zusammen und kommst mit. Wenn du allerdings hierbleibst …«

Er beendete den Satz nicht, und wartete auf die Wirkung. Anne überlegte fieberhaft. Ralf bluffte nicht. Es war ihm ernst. Die Vorstellung, dass ein bösartiger Kampf um die Kinder losbrechen würde, entwaffnete sie auf der Stelle. Nur das nicht. Es war zwar Erpressung, hundsgemeine Erpressung, doch sie hatte keine Wahl. Sie schluckte.

»Also gut«, lenkte sie ein. »Ich komme mit. Aber heute Abend wirst du mir reinen Wein einschenken. Ich will wissen, woran ich bin.«

Ralfs Triumphlächeln war widerlich. Er hatte erreicht, was er wollte, das Übrige war für ihn nur noch ein lästiges Detail. Mutlos spielte Anne mit einem kleinen Löffel, der auf der Tischdecke liegen geblieben war. Sie fühlte sich als Verliererin in einem Spiel mit gezinkten

Karten. Emily und Robert machten sie so furchtbar verwundbar. Oma Lina und ihr Sohn fielen ihr ein, die schreckliche Entfremdung zwischen den beiden. So weit durfte es niemals kommen mit ihr und den Kindern.

»So, hier wäre der Tee«, mit diesen Worten kam Oma Lina auf die Terrasse. »Soll ich Sahne schlagen?«

»Nicht nötig«, sagte Ralf und stand auf. »Wir reisen ab.«

Alle Farbe wich aus Oma Linas Gesicht. Entgeistert sah sie Anne an.

»Ja, wir ziehen in die ›Strandkrone‹«, sagte Anne matt. »In Kampen. Aber wir kommen Sie mal besuchen, ganz bestimmt.«

Die Kaffeetassen auf dem Tablett klirrten, so sehr zitterten Oma Linas Hände. Es brach Anne fast das Herz, wie enttäuscht und traurig die Wirtin aussah.

»Reisende soll man nicht aufhalten«, sagte Oma Lina mit brüchiger Stimme. Dann machte sie auf dem Absatz kehrt. Eine Sekunde später kamen die Kinder angelaufen.

»Wir wollen aber hier bleiben«, beschwerte sich Robert.

»Ja, genau«, unterstützte ihn Emily. »Es ist richtig toll hier, und außerdem …«

»Keine Diskussion«, ergriff Ralf das Wort. »Ich habe ein Hotel ausgesucht, das viel, viel schöner ist. Mit Schwimmbad. Und mit Kinderclub. Es wird euch gefallen. Also los.«

»Mein Auto springt nicht an«, warf Anne ein, in der

Hoffnung, wenigstens einen kleinen Aufschub auszuhandeln.

»Wir nehmen meins«, sagte Ralf. »Los jetzt, wir haben schon mehr als genug Zeit verloren.«

Bevor sie sich in Ralfs Auto zwängten, das nicht annähernd für vier Personen inklusive Gepäck ausgelegt war, suchte Anne Oma Lina, die sich nicht mehr hatte blicken lassen, seit sie von den neuen Plänen erfahren hatte. Rasch durchschritt Anne die vertrauten Räume, suchte das ganze Haus ab, doch Oma Lina war wie vom Erdboden verschluckt.

»Wo bleibst du denn?«, hörte sie die ungeduldige Stimme von Ralf. »Komm schon!«

Und so fuhren sie los, ohne sich verabschiedet zu haben.

»Ich werde heute Nachmittag den Wagen holen, die Batterie ist leer, aber mit einem Überbrückungskabel kriegt man das wieder hin«, sagte Anne, als sie auf die Straße einbogen. Schon jetzt vermisste sie Oma Lina, das Haus, die Tasse Tee am Morgen, sogar Oma Linas Reibeisenstimme vermisste sie. Und ein winziges kleines Bisschen auch Jörn.

»Ach was, ich bestelle einen Abschleppdienst, der stellt uns die Karre später vors Hotel«, erwiderte Ralf. »Sei froh, dass ich euch aus dem Loch da rausgeholt habe.«

Aus dem Loch? Anne sah schnell nach hinten, doch die Kinder hatten längst verstanden, dass ihr Papa wenig von ihrem Urlaubsparadies hielt. Sie schwiegen.

Sie schwiegen immer noch, als Ralf kurz darauf vor

einem hellgelb gestrichenen Hotel hielt, auf dem mit goldenen Lettern der Schriftzug »Hotel Strandkrone« prangte. Davor standen schicke Korbsessel und Tischchen, an denen teuer angezogene Menschen Kaffee tranken und Eis aßen. Palmen in weißen Porzellankübeln wurden leicht vom Wind bewegt, und Kellner mit langen weißen Schürzen eilten hin und her, einer servierte gerade Champagner. Etwas abseits stand eine Jazzcombo, die weichgespülten Swing spielte.

Noch vor wenigen Tagen hätte Anne das alles als Erfüllung ihrer kühnsten Wünsche betrachtet. Doch jetzt war sie sich nicht mehr so sicher, ob sie sich das hier gewünscht hatte.

»So sieht ein richtiger Urlaub aus!«, sagte Ralf selbstzufrieden und stieg aus. »Na, worauf wartet ihr noch?«

Zögernd folgten Anne und die Kinder ihm in die Lobby. Ja doch, das war Sylt, wie sie es sich ausgemalt hatte. Die Insel der Reichen und Schönen. Das Zentrum des Glamours und des Luxus. Mit einem Mal wurde ihr bewusst, dass sie ziemlich abgerissen aussehen musste in ihrer Jeans mit den Mehlflecken und mit ihrem unordentlichen Haar. Etwas unbehaglich sah sie sich in der Lobby um. Pfirsichfarbene Sessel und Couchen standen darin, überall blitzte poliertes Messing. Es sah aus, als würde gerade ein Fotoshooting für eine Modezeitschrift stattfinden. Unwirklich attraktive Leute, wohin das Auge blickte, die Herren trugen dunkelblaue Blazer mit Goldknöpfen, die Damen blütenweiße Kleider, sie waren perfekt frisiert und behängt mit Schmuck.

Erst jetzt nahm Anne wahr, dass die Kinder Gummistiefel trugen. Ziemlich verdreckte Gummistiefel, die auf dem weißen Marmor der Eingangshalle dunkle Schlammkrümel hinterließen. Woher hatten sie die denn? Siedendheiß fiel ihr ein, dass sie nicht mal das Zimmer bei Oma Lina bezahlt hatte, geschweige denn das Essen und alles andere. Am liebsten wäre sie auf der Stelle umgekehrt.

»Wir haben eine Suite im ersten Stock«, erklärte Ralf. »Zwei Zimmer, zwei Badezimmer und einen Balkon. Besser geht's nicht.« Doch, es geht besser, dachte Anne. Anders. Ganz anders. Mit Herz und Familienanschluss.

Auch die Kinder wirkten eher eingeschüchtert als beeindruckt. Stumm trotteten sie durch das edle Ambiente. Anne wusste, was sie dachten. Gerade hatten sie an einem Feriengefühl geschnuppert, das sie begeisterte, wo sie sich willkommen und aufgehoben fühlten. Wo sie Muscheln sammeln durften und in einer Kutsche fuhren und sich an der ruppigen Gutartigkeit von Oma Lina wärmen konnten. Ferien mit Wattwürmern und Abenteuern, die in keinem Reiseführer stehen. Ferien auf Sylt-Krokan. Und nun diese kalte Pracht.

Manchmal fühlen wir uns wie Prüfungskandidaten. Anne hatte das sichere Gefühl, dass sie gerade durchfiel. Der Portier in seinem cremefarbenen Anzug warf ihr einen mitleidigen Blick zu, und auch die Gäste, die in den weichen Couchen Cocktails tranken, musterten sie, als hätte sich ein Clochard in ein Schloss verirrt.

Ich brauche keine Cocktails und keine Palmen, dachte sie trotzig. Was ich brauche, das gibt es hier nicht, egal wie teuer das Hotel ist. Dann stieg sie hinter Ralf die marmorne Treppe hinauf.

*

Manchmal landet man einfach auf der falschen Party. Man stolpert in etwas hinein, ohne genaue Vorstellungen, was einen erwartet, und dann spürt man es auch schon – dass man fremdelt, dass sich alles falsch anfühlt. Kein Wort stimmt mehr, kein Satz, keine Geste.

Anne war auf einer Luxusparty gelandet. Ein harter Schnitt. Sie hatte geduscht und ihren schönsten Hosenanzug ausgewählt, die kleine Perlenkette angelegt und sich sogar Lockenwickler in die Haare gedreht, bis ihre Frisur filmreif das Gesicht umspielte. Zumindest nach außen hin wollte sie versuchen, das Beste aus dieser Situation zu machen. Doch sie konnte sich nicht freuen an dem luxuriösen Ambiente, das sie umgab. Innerlich fröstelte sie. Und zwar gewaltig. Sie hatte zwei Tabletten auf einmal genommen, weil ihr Rücken sich wieder meldete, das machte sie auf eine gnädige Weise benommen.

»Na, also, jetzt seht ihr wieder so aus, dass man sich mit euch blicken lassen kann«, knurrte Ralf, als Anne mit den Kindern das Elternzimmer betrat. »Ihr saht ziemlich runtergekommen aus, wisst ihr das eigentlich? Egal, ich habe einen Tisch in der ›Sansibar‹ bestellt. Da gibt es die besten Weine der Insel. Klasse Laden. Wird euch gefallen.«

Er lag auf der hellblauen Couch und hatte den Fernseher angestellt. Es lief eine Sendung über Panzer, unten liefen die Börsenkurse durchs Bild. Anne sah sich um. Das Zimmer war in hellen Farben eingerichtet, mit kostbaren Antiquitäten. An den Wänden schimmerten Seidentapeten, der hellgelbe Teppichboden sah aus wie neu, die Sofagruppe war perfekt auf die übrigen Farben abgestimmt. Schwere, blaugelb gestreifte Satingardinen bauschten sich vor den geöffneten Fenstern. Ihr Blick wanderte zu dem breiten Doppelbett. Auf den Kopfkissen lagen Pralinen. Wie sollte sie nur die Nacht Schulter an Schulter mit einem Mann verbringen, der sie betrogen hatte?

»Ab durch die Mitte«, sagte Ralf, stellte den Fernseher aus und nahm die Füße vom Sessel. »Die ›Sansibar‹ ist in Rantum, direkt am Meer. Dort trifft sich das Who is Who der Insel! Ihr werdet Augen machen!«

Jaja, Big Daddy zeigt uns die Welt, dachte Anne. Toller Hecht. Der trumpft mal richtig auf. Also gut, dann nur immer rein ins Vergnügen, und hoffen wir, dass es auch wirklich vergnüglich wird. Als sie in Ralfs Sportwagen stiegen, war ihre Laune schon deutlich besser. Wenigstens würden sie zum Meer fahren. Das war doch was. Und ein Besuch im Promizoo war immer noch besser als dieser sterile Schuppen.

Im Schritttempo fuhren sie durch Kampen, das aussah, als hätte die bessere Gesellschaft dort ein Familientreffen arrangiert. Der Ort schien nur aus Restaurants, Bars und Nobelboutiquen zu bestehen. Vor den Lokalen hingen Trauben von schicken Menschen, die lautstark miteinander schwatzten, in den edlen Shoppingtempeln herrschte Hochbetrieb. Elegante Paare flanierten über den Bürgersteig, Musik und Gelächter erfüllte die Luft.

»Da vorn ist das ›Pony‹, die angesagteste Disco«, erklärte Ralf weltmännisch, »da können wir nachher noch einen Cocktail trinken und ein bisschen tanzen. So richtig gut ist es da sowieso erst nach Mitternacht.«

Und wieso weißt du das alles, Schlaumeier?, dachte Anne. Warst du etwa schon mal hier? Doch sie sagte nichts. Schließlich schien Ralf sich ehrlich Mühe zu geben. Tanzen waren sie seit Jahren nicht mehr gewesen.

»Dürfen wir auch tanzen?«, fragte Emily.

Ralf lachte überlegen auf. »Nee, ist nur für Erwachsene, ihr geht nach dem Essen hübsch in die Heia. Der Portier hat ein Babyphon, falls ihr so was noch braucht. Und morgen früh könnt ihr euch im Kinderclub amüsieren. Ich habe schon alles organisiert.«

Sofort spürte Anne einen tiefen Unwillen in sich aufsteigen. So sah also der Familienurlaub aus? Die Kinder wegorganisieren, damit Papi seine Ruhe hatte? Doch obwohl sie innerlich aufbegehrte, riss sie sich zusammen. Kein Streit in Gegenwart der Kinder, das hatte sie sich fest vorgenommen. Sie sah stumm aus dem Fenster. Eine schmuckes Reetdachhaus reihte sich an das nächste, doch anders als in Keitum wirkte hier alles adrett und aufgeräumt. Doch, es war hübsch, irgendwie.

Ihr war heiß. Sie ließ das Fenster einen Spalt herunter und genoss den kühlen Fahrtwind. Als sie Kampen hinter sich gelassen hatten, gab Ralf Gas. Wie ein Rennfahrer raste er über die schmale schnurgerade Straße, hupte einen Radfahrer beiseite und schimpfte über die »blöden Touris«. Ein Leuchtturm tauchte links in den Dünen auf, der schwach blinkte. Anne fielen die Walfänger ein, von denen Oma Lina gesprochen hatte. Ja, stolz waren sie, die Friesen. Stolz und etwas verschlossen, aber mit dem Herzen auf dem rechten Fleck. Und dann war da noch dieser Friese mit Namen Jörn, … den sie schnellstens vergessen musste.

Die Sonne ging gerade unter, als sie den schmalen Fußweg hochliefen, der zur ›Sansibar‹ führte. Wie eine Skihütte sah das Lokal aus, es duckte sich in eine imposante, nahezu bergige Dünenlandschaft, davor waren lange Biertische und einige Strandkörbe aufgestellt. Auch hier herrschte Hochbetrieb. Lauter schöne Menschen, die sich alle zu kennen schienen. Man begrüßte sich mit Küsschen auf die Wange, die Gespräche gingen zwischen den Tischen hin und her. Kinder spielten im Sand, Hunde liefen schwanzwedelnd zwischen den vielen Beinen hindurch. Eine Schar von Kellnern flitzte mit vollen Tabletts umher, fast auf jedem Tisch stand Champagner in silbernen Kübeln.

»Sieh doch, da vorn, das ist doch … und da hinten, die Schauspielerin, Mann, die sieht ja in Wirklichkeit noch viel besser aus«, flüsterte Ralf Anne aufgeregt zu.

Anne betrachtete neugierig die Szenerie. Oh ja,

dies war eine große Party. Aber sie fühlte sich wie ein Zaungast. Wäre das anders gewesen, wenn sie ohne Ralf hergekommen wäre? Sie wusste es nicht. Doch sie wollte auch nicht undankbar sein. Dies war doch genau das, was sie gewollt hatte. Eine Prise von jenem Leben, das in den Zeitschriften so verführerisch, so unwiderstehlich wirkte. Tun wir mal so, als ob wir dazugehören, nahm sie sich vor. Tun wir mal so, als sei das für uns gedacht. Sie blinzelte in die rötlichen Sonnenstrahlen.

»Lass uns kurz zum Meer gehen, ja?«, bat sie. »Der Sonnenuntergang ist so wunderschön …«

Die Kinder rannten schon voraus auf dem Holzsteg, der durch das Dünengras zum Strand führte. Anne und Ralf folgten ihnen schweigend. Unwillkürlich seufzte Anne, als sie das Meer sah. Anders als auf der Wattseite war es hier aufgewühlt und rollte ungestüm auf den breiten Sandstrand zu, wo sich die Wellen schäumend brachen. Ein grandioser Anblick. Späte Schwimmer planschten noch im Wasser, und auch einige Strandkörbe waren noch belegt. Plötzlich hatte sie Lust, endlich das Salzwasser auf der Haut zu spüren. Sie zog ihre Schuhe aus und rannte hinter den Kindern her.

»Anne, was machst du denn …«, hörte sie noch Ralfs Protest, doch ihre Füße liefen schon über den Sand, der die Wärme eines sonnigen Tags gespeichert hatte, und dann war sie am Wellensaum angelangt und watete in die Gischt. Sie war wie elektrisiert. Eine Möwe segelte über ihren Kopf hinweg und stieß einen Schrei aus, einen Freudenschrei, so klang es. Sie bückte sich nach einer Muschel und betrachtete die zarten Windungen. Das Meer hatte viele Geheimnisse.

»Es ist herrlich, komm doch!«, rief sie Ralf zu, der auf dem Holzsteg stehen geblieben war.

»Mami, dürfen wir ins Wasser?«, fragte Robert, der mit bloßen Füßen und seinen Schuhen in der Hand übermütig umhersprang. »Es ist gar nicht kalt!«

»Ja, dürfen wir baden?«, bat auch Emily. »Es sind noch andere Kinder im Wasser!«

»Geht nicht«, antwortete Anne bedauernd, obwohl sie sich selbst am liebsten die Klamotten vom Leib gerissen und in die Fluten gestürzt hätte. Der Wind, das Meer, das im Licht der untergehenden Sonne rosig aufleuchtete, der würzige Geruch der Brandung, all das gab ihr ein Gefühl von Freiheit, das sie fast gierig aufsog. Wunderbar! Für immer hätte sie hier bleiben mögen, die ganze Nacht. Am Strand schlafen, vom Geräusch der Wellen und vom Schrei der Möwen geweckt werden, beim ersten Sonnenstrahl ins Meer springen.

Vom Steg aus machte Ralf ihr hektische Zeichen. Der hat nur seinen kostbaren Tisch im angesagten Restaurant im Kopf, dachte sie bedauernd.

»Abmarsch, es ist Zeit fürs Essen«, sagte sie und machte sich auf den Rückweg. Murrend folgten ihr die Kinder.

Ralf empfing sie mit finsterer Miene. »Deine Hosenbeine sind nass«, sagte er tadelnd. »Und so willst du in die ›Sansibar‹?«

»Ich nicht, das war deine Idee«, erwiderte sie entnervt. Sollte das jetzt den ganzen Urlaub so weiter gehen? Dieser mühsam unterdrückte Kleinkrieg? Ihr Hochgefühl verflog.

Verstimmt stapften sie zurück zum Restaurant. Sie bekamen einen Platz in einer Ecke des Lokals, von der aus man einen guten Blick auf das glamouröse Treiben hatte. Tisch an Tisch drängte sich in dem holzgetäfelten Raum, an den eine Veranda grenzte. Überall sah man lachende Gesichter, das Stimmengewirr schwoll immer weiter an, so schien es Anne, und die Kellner hatten Mühe, sich überhaupt einen Weg zu bahnen, denn überall wurden sie festgehalten, mit immer neuen Bestellungen bedrängt.

Jeder hier schien sich für etwas ganz Besonderes zu halten, alle setzten sich effektvoll in Szene, und oft drehten sich die Köpfe, wenn ein bekanntes Gesicht durch den Raum schwebte, das huldvoll lächelte. Dies war eine Bühne, ohne Zweifel, und Anne war entschlossen, eine gute Zuschauerin zu sein.

Ein Tennisstar erschien Hand in Hand mit einer rassigen Beauty, eine strohblonde Fernsehmoderatorin stöckelte im schneeweißen Hosenanzug vorbei, und ein farbiger Schlagersänger, ein Veteran seiner Zunft, winkte breit lachend nach rechts und links.

Während Anne und die Kinder begannen, in den Speisekarten zu schmökern, konnte Ralf sich gar nicht wieder beruhigen.

»Hier kann man Kontakte knüpfen, davon kann man nur träumen«, raunte er.

»Ja, es ist faszinierend. Aber wie wär's mit ein bisschen Kontakt mit der Familie?«, sagte Anne. »Die Kinder haben dich vermisst …«

»Nicht meine Schuld«, erwiderte Ralf achselzuckend. »Also, was wollt ihr essen?«

Anne war etwas eingeschüchtert durch die schwindelerregenden Preise und entschied sich erst mal für einen Salat. Der Appetit war ihr ohnehin vergangen. Die Kinder hatten Spaghetti Bolognese auf der Karte entdeckt. Ralf dagegen schwadronierte über die sagenhaften Rotweine und hielt gerade einen Exkurs über die ideale Temperatur für alten Bordeaux, als eine wohlbekannte Stimme Anne zusammenzucken ließ.

»Haben die Herrschaften schon gewählt?«

Sie blickte auf und stürzte in das blaueste Blau der strahlendsten Augen unter dem nördlichen Himmel. Das konnte doch nicht wahr sein! Fassungslos starrte sie in Jörns gebräuntes Gesicht. Er trug eine Jeans und ein weißes Hemd, in der Hand hielt er ein leeres Tablett. Kein Zweifel: Der »Nichtsnutz« fuhr nicht nur den lieben langen Tag mit seinem Boot herum, er verdiente sein Geld – als Kellner! Das Blut schoss ihr ins Gesicht.

»Da sind Sie ja endlich«, raunzte Ralf, der Jörn kaum beachtete. »Das hat ja Stunden gedauert. Hoffentlich ist das Essen besser als der Service. Wir nehmen einen Salat Niçoise, zweimal Spaghetti Bolognese, eine große Flasche Mineralwasser, zwei Fanta – haben Sie das? Und eine Seezunge, filetiert, dann ein Bœuf à la mode und den Bordeaux Deux Marnis von 84, aber nicht zu kalt. Und danach die Dessertkarte.«

»Bitte«, fügte Anne mit heiserer Stimme hinzu.

»Was?« Ralf sah seine Frau irritiert an.

»Man sagt ›bitte‹«, wiederholte sie.

Sie wagte nicht aufzusehen, denn diese Augen, diese strahlend blauen Augen waren mehr, als sie in diesem Moment ertrug. Ihr Herz bummerte im Akkord an ihre Rippen, sie konnte kaum atmen, und noch immer spürte sie eine tiefe Röte auf den Wangen. Wenigstens konnten die Kinder sie nicht verraten, die hatten Jörn zum Glück nie zu Gesicht gekriegt.

»Die Dame nur einen Salat?«, erkundigte sich Jörn mit leicht spöttischem Unterton. Offenbar hatte er sich schneller wieder gefangen als Anne. »Haben Sie keinen Appetit?«

Sie hob den Kopf und ertrank aufs Neue in seinen meerwasserhellen Augen. »Ich – ich hatte ein exzellentes Mittagessen«, sagte sie mit belegter Stimme. »In der ›Alten Liebe‹, aber das werden Sie nicht kennen.«

»Sieh an, die ›Alte Liebe‹. Na, wer nicht will, der hat schon«, sagte Jörn spitz, drehte sich um und verschwand.

»Unverschämtes Personal hier«, knurrte Ralf.

»Ach was, so sind sie, die Friesen«, erklärte Anne trotzig. »Die meinen es nicht so.«

»Dürfen wir aufstehen?«, fragte Emily. »Da hinten ist ein Spielplatz. Ihr könnt uns ja Bescheid sagen, wenn das Essen da ist.«

»Es gibt auch eine Rutsche!«, bekräftigte Robert.

»Ja, geht nur, ich hole euch dann«, sagte Anne, ohne Ralfs Meinung abzuwarten.

Dann saßen sie stumm da und taten eine Weile so, als ob sie jeden Gast einzeln in Augenschein nehmen müssten. Anne hielt es kaum auf ihrem Platz. Sich von Jörn bedienen zu lassen – wie krass war das denn? Mit den Augen suchte sie seine kräftige, aufrechte Gestalt in den Menschenmassen. Ob Oma Lina wusste, dass er hier einen Knochenjob machte? Es musste die Hölle sein, all diese verwöhnten Menschen zufriedenzustellen, in der Enge des überhitzten Lokals. Am Nebentisch unterhielten sich zwei sehr blonde Damen über ihren Ärger mit den Putzfrauen, während sie einen Mops mit Wiener Schnitzel fütterten.

»Ich habe nicht die Absicht zu Kreuze zu kriechen«, sagte Ralf plötzlich unvermittelt. »Wir ziehen den Urlaub hier durch, und ich erwarte von dir etwas gute Laune. Du siehst aus, als hätte dir jemand die Petersilie verhagelt.«

»Den gemeinsamen Urlaub habe ich doch wohl deinem schlechten Gewissen zu verdanken, oder?«, bemerkte Anne kühl. »Sag mir jetzt bitte, wer diese Frau war und wie lange ihr schon …«

»Bitte sehr, das Wasser, die Fanta und der Wein«, unterbrach Jörn sie und stellte Flaschen und Gläser auf den Tisch. »Dazu eine Aufmerksamkeit des Hauses – mariniertes Gemüse und ein paar Dips. Ich hoffe nur, dass wir mit der ›Alten Liebe‹ konkurrieren können.«

Er grinste vergnügt. Flehentlich sah Anne ihn an. Hatte er eigentlich bemerkt, wie unglücklich sie war? Anmerken ließ er sich jedenfalls nichts. Scheinbar unbeteiligt, geradezu lässig stand er da und wartete, dass

Ralf den Wein probierte. In diesem Wanderzirkus der Reichen und der Schönen sieht er aus wie das einzige echte Exemplar, dachte Anne. Ein ganzer Kerl. Und er bewahrt seinen Stolz. Auch wenn er hier kellnert.

»Zu kalt«, presste Ralf hervor, nachdem er den Wein hörbar geschlürft und gekaut hatte, eine Angewohnheit, die Kennerschaft demonstrieren sollte und Anne immer schon auf die Nerven gegangen war.

»Soll ich Ihnen eine andere Flasche bringen?«, fragte Jörn mit unbewegtem Gesicht.

»Was denn sonst?«, gab Ralf angriffslustig zurück.

»Nun mach aber mal ’nen Punkt«, protestierte Anne. »Du siehst doch, was hier los ist. Der Mann hat genug zu tun. Und so heiß wie es hier ist, wird der Wein in fünf Minuten genau richtig sein.« Sie wandte sich mit einem angestrengten Lächeln an Jörn. »Bitte, Sie können mir einschenken.«

Ohne sein Pokerface auch nur um einen Millimeter zu verziehen, goss Jörn erst ihr, dann Ralf das Glas voll und murmelte ein »Wohl bekomm’s«, bevor er sich zurückzog.

»Denn jedes Mädel hat nun mal nen Hang zum Küchenpersonal«, giftete Ralf sarkastisch. »Scheinst ja ein Herz zu haben für diese Bauerndeppen. Wie nett.«

»Prost«, sagte Anne statt einer Antwort und nahm einen viel zu großen Schluck von dem Wein, obwohl sie wusste, dass die Kombination von Schmerztabletten und Alkohol nicht gerade das Schlaueste war. Auch Ralf trank aufs Neue und rollte verstimmt mit den Augen.

»Das Trinkgeld kann der vergessen«, ätzte er. »Apropos Geld: Wo sind die zehntausend Euro abgeblieben? Hast du sie schon verjubelt oder hast du sie im Koffer versteckt?«

Das Geld! Wie hatte sie nur das Geld vergessen können? Noch immer lag der Umschlag hinter der Fußleiste in der »Alten Liebe«! Anne griff zum Glas, um Zeit zu gewinnen.

»Ich höre?«

»Also … das Geld, ich, ich habe es auf mein Konto eingezahlt. Hier auf Sylt, bei einer Sparkassenfiliale.«

Ralf sah mit einem Mal aus wie ein kleiner Junge, dem man die Bauklötze weggenommen hat. Mit der flachen Hand hieb er auf den Tisch.

»Das wird ja immer besser«, erregte er sich. »Seit wann hast du denn ein eigenes Konto?«

Anne hatte so wenig ein eigenes Konto wie grüne Haare. Doch die Ausrede funktionierte bestens. Nun war Ralf erst mal abgelenkt. Bei Geld kannte er sich aus, das war sein Beruf. Und selbstverständlich regelte er immer alles, von der Steuererklärung bis zum Haushaltsbudget. Dass sie ein Konto hatte, war so etwas wie Majestätsbeleidigung.

»Ich habe das Konto – vor einem Jahr eingerichtet«, verteidigte sich Anne, während sie ihr Hirn und ihre Fantasie auf Hochtouren laufen ließ. »Immer, – wenn meine Mutter mir etwas Geld geschenkt hat oder wenn ich Überstunden in der Buchhandlung gemacht habe, dann habe ich das Extrageld darauf eingezahlt. Ich … ich wollte eine hübsche Summe sparen und dich damit überraschen.«

Unfroh lachte Ralf auf. »Das ist dir gelungen.«

»Ich wollte dir eine Reise schenken – zum zehnten Hochzeitstag. Nach Italien, an den Gardasee. Weißt du noch, das kleine Hotel, wo wir unsere Hochzeitsreise verbracht haben? Es war so romantisch …«

Das klang so gut, dass selbst Ralf nichts dagegen vorbringen konnte. Anne staunte über ihren Erfindungsreichtum. Auch wenn es ihr überhaupt nicht lag zu lügen. Aber das hier war ein Notfall. Wer weiß, dachte sie, eines Tages brauche ich das Geld vielleicht noch. Die Existenz eines Fluchtgeldes gab ihr ein sicheres Gefühl.

»Wir hatten über deine Affäre gesprochen«, nahm sie den Gesprächsfaden wieder auf. »Hörte sich so an, als wäre die Dame eine Art Accessoire für den gehobenen Bedarf gewesen.«

»Ach ja. Die Stunde der Wahrheit! Über das Geld sprechen wir noch. Aber jetzt erst mal Klartext. Gut, ich hätte dich lieber geschont, aber du möchtest es ja nicht anders«, erwiderte Ralf unwillig. »Sie ist neu in der Firma, ziemlich helle, mit einem Abschluss in Volkswirtschaft. Ein hübsches Ding, und ich bin schließlich auch nur ein Mann. Sie hat mir bei einem großen Projekt geholfen, ist ziemlich aufgeweckt, die Kleine. Und wenn man zuhause nicht satt wird, geht man eben auswärts essen.«

Er lehnte sich zurück und drehte sein Glas in den Händen, als wollte er die Farbe des Weins prüfen. Anne wusste nicht, was schlimmer war: Die brutale Gelassenheit, mit der er ihr seinen Seitensprung offenbarte, oder die Tatsache, dass er solch eine Affäre ganz normal fand. Es war so demütigend und so ungerecht: Wie sollten sie denn ein Liebesleben haben, wenn er immer erst mitten in der Nacht nach Hause kam und dann Müdigkeit vorschützte? Einen technischen K. o., bevor es überhaupt losging? Wütend griff sie zum Glas. Ohne nachzudenken trank sie es auf einen Zug aus.

»Soll ich dir eine Cola bestellen? Bei deinem Trinktempo ist dieser edle Tropfen hoffnungslos vergeudet«, bemerkte Ralf.

Anne betrachtete ihn irritiert. Seine Gesichtszüge verschwammen so merkwürdig, was war denn los? Außerdem drehte sich alles.

»Ich geh mal zur Toilette, mir ist nicht gut«, hauchte sie. Mit dem letzten Rest Energie, die sie noch hatte, erhob sie sich.

»Und hol auch gleich die Kinder«, schnaubte Ralf wütend. »Ist doch keine Art, dass sie nicht am Tisch sitzen bleiben.«

Anne hörte ihn nur noch wie durch einen Nebel. Wankend schob sie sich zwischen den Tischen hindurch, steuerte den Ausgang an und stand schwer atmend auf der Treppe, um nach den Kindern Ausschau zu halten. Es war fast dunkel, doch sie hörte von weitem Kindergeschrei. Irgendwo da hinten mussten sie sein, die Süßen. Wenn ihr bloß nicht so furchtbar schlecht gewesen wäre! Krampfhaft hielt sie sich an dem Holzgeländer fest.

»Fehlt Ihnen was? Kann ich Ihnen helfen?«, hörte sie mit einem Mal Jörns Stimme.

Besorgt stand er vor ihr und fasste sie am Arm. Anne versuchte Haltung zu bewahren, doch es war zwecklos. Eine überirdische Macht zog ihr die Beine unter dem Körper weg, sie taumelte kraftlos an die Schulter des weißen Hemdes, in die Arme von Jörn, der sie geistesgegenwärtig auffing.

»Die Kinder«, ächzte sie, »wo sind die Kinder?« Dann versank alles in grauer Watte, und die Party, diese falsche Party war vorbei.

*

Die Zeit heilt alle Wunden, weiß der Volksmund. Irgendwann verheilen selbst die schlimmsten Verletzungen und hinterlassen nur Erinnerungen und Narben, die zusehends verblassen. Doch Annes Wunde war frisch. Allzu frisch.

Als sie erwachte, benommen noch, von einem rasenden Kopfschmerz in die Kissen gepresst, fiel ihr als Erstes wieder Ralf ein, sein kaltes Geständnis ohne jeden Anflug von Reue. Dann der Rotwein. Und dann Jörn. Jörn! Was war passiert? Sie hatte einen kapitalen Filmriss, so viel war sicher. Hatte er sie wirklich aufgefangen? Wie war es weitergegangen?

Sie sah auf ihre Armbanduhr. Halb zwölf schon! Von Ralf und den Kindern war kein Mucks zu hören. Etwas wackelig schleppte sie sich ins Badezimmer und stellte die Dusche an. Eiskaltes Wasser ließ sie über ihren Nacken laufen, über ihre Schultern, über ihr Gesicht. Genau richtig. Sie brauchte einen kühlen Kopf, wenn sie die nächsten Tage überstehen wollte. Sie befand sich mitten in einem furchtbaren Schlamassel.

Denk nach, ermunterte sie sich. Was willst du? Vergeben und vergessen? Eine Paartherapie? Die Scheidung? Sie erschauerte. Schon das Wort Scheidung flößte ihr Angst ein. Als alleinerziehende Mutter die Kinder mit dem kleinen Gehalt aus der Buchhandlung durchbringen, von Ralfs gnädigen Unterhaltszahlungen abhängig sein, wenn er denn überhaupt zahlte, und das alles mutterseelenallein – wollte sie das?

Als es klopfte, stellte sie hastig die Dusche aus und wickelte sich in den flauschigen Hotelbademantel.

»Anne? Alles in Ordnung?« Es war Ralf, der seinen Kopf zur Tür hereinsteckte. Täuschte sie sich, oder hatte er tatsächlich eine schuldbewusste Miene aufgesetzt? Seine Stimme jedenfalls hörte sich an wie beim Wolf im Märchen, nachdem er Kreide gefressen hatte.

»Geht schon«, murmelte sie. »Es war wohl alles etwas viel. Bin ich etwa ohnmächtig geworden? Wie hast du mich hierher gebracht?«

»Schatz, lass uns den gestrigen Abend vergessen«, sagte Ralf, kam einen Schritt näher und begann nervös, mit den Shampoofläschchen neben dem Waschbecken zu spielen. »Und alles andere auch. Lass uns noch mal von vorn anfangen. Die Kinder sind im Kinderclub und toben längst am Strand herum, wir machen uns einfach einen schönen Tag, ja?«

»Klingt toll«, erwiderte Anne ohne Überzeugung.

»Ich warte nebenan, dann gehen wir einen Kaffee trinken – wenn du möchtest.«

Anne runzelte die Stirn. So sanftmütig heute? Was hatte das zu bedeuten? Ralf stellte die Fläschchen an ihren Platz zurück und kratzte sich zur Abwechslung am Kinn.

»Wir haben eine Krise, okay? Und wir kommen da auch wieder raus«, beteuerte er. »Denk mal darüber nach, dass wir eine Familie sind, wir haben zwei bezaubernde Kinder, wir haben uns etwas aufgebaut. Das sollten wir nicht beim ersten Problem wegwerfen. Was meinst du?«

»Ich bin in zwanzig Minuten soweit«, erwiderte Anne. »Kannst du solange warten?«

»Auch dreißig«, sagte Ralf lächelnd und machte einen Schritt auf sie zu. Ganz nah stand er jetzt vor ihr, sie konnte sein Rasierwasser riechen. Er berührte ihre Wange. Unwillkürlich hob Anne die Schultern und zuckte zurück. Es war noch zu früh für Zärtlichkeiten, das spürte sie deutlich. Allerdings hatte sie das ungute Gefühl, dass es vielleicht auch schon zu spät dafür sein könnte. Konnte man wirklich noch mal bei Null beginnen? Ging so was? Immer noch lächelnd legte Ralf einen Finger auf ihre Lippen.

»Also bis gleich, Prinzessin«, flüsterte er. »Und nimm einen Bikini mit.«

Während Anne sich die Haare föhnte und ihre Blässe mit ein wenig Rouge übertünchte, staunte sie über sich selbst. Prinzessin. So hatte er sie früher immer genannt. Ganz früher. Ralf hatte damit etwas in ihr zum Klingen gebracht. Es war der Sound von damals, als sie sich kennen gelernt hatten, als er noch aufmerksam und zartfühlend gewesen war. Und so ritterlich, dass er sofort den Schwiegermutterbonus eingefahren hatte. Kind, der wird dich auf Händen tragen!, hatte ihre Mutter geschwärmt. Wenn du den nicht nimmst, bist du selbst schuld!

Sie hatte ihn genommen. Und es war ja auch lange gut gegangen. Vielleicht würde es wieder gut werden. Hatte er nicht Recht? Die Kinder, die Familie, das war ein starkes Argument. Das warf man nicht einfach weg. Sie zog ein rotes Kleid an, das sie sich extra für den Urlaub gekauft hatte, ein hübscher Fetzen, der ihr Dekolleté bestens zur Geltung brachte. Dazu rote Riemchensandalen. Na also, sagte ihr Spiegelbild. Das wird schon wieder. Sie streckte ihrem Spiegelbild die Zunge raus. Dann packte sie Handtücher und ihren schönsten Bikini in eine Badetasche.

Vielleicht fanden sie ja ein Stück Strand, an dem sie ungestört sein würden. Wo sie über ihre Ehe sprechen konnten. Was sie störte, was sich ändern musste. Vielleicht war jetzt der berühmte ruhige Moment gekommen. Einer, in dem die erlösende Aussprache sie wieder einander näher brachte. Vielleicht … sie atmete tief. Alles auf Anfang. Millionen Frauen hatten das schon vor ihr geschafft, warum nicht auch sie?

Ralf hatte es offenbar in der Suite nicht mehr ausgehalten, er wartete in der Lobby auf sie. Ziemlich fein sah er aus für einen Strandtag, fand Anne, weiße Hose, blaues Oberhemd, nagelneue weiße Sneakers. Extra für mich hat er sich so herausgeputzt, dachte sie gerührt. Und er sieht gut aus, doch, das muss man ihm lassen.

Eine graue Maus war er in den fast zehn Jahren nicht geworden.

Als sie zu ihm ging, legte er sofort die Zeitung beiseite, in der er gelesen hatte, und sprang auf. »Süß siehst du aus, mein Engel! Komm, ich habe ein hübsches Café entdeckt.«

Er legte einen Arm um sie und führte sie hinaus. Der Himmel war wolkenlos, der Wind strich nur ganz leicht über ihre nackten Beine. Wortlos schlenderten sie durch die Sonne, doch es war nicht mehr das feindselige Schweigen des vergangenen Tages, sondern das vertraute Schweigen eines Paars, das sich gut kennt. Geht doch, dachte Anne. Alles wird gut, hämmerte sie sich ein. Er gibt sich Mühe, immerhin, also tue ich es auch. So einfach ist das.

»Dies nennt man übrigens die Whiskeymeile«, erklärte Ralf, als sie in die Straße einbogen, durch die sie gestern gefahren waren. »Aber man kriegt auch den besten Kaffee der Insel. Vorher …«

Er zog Anne zu einem kleinen Juweliergeschäft. Es war ein hochfeiner Laden in einem besonders edel aufgeputzten Reetdachhäuschen mit blauweiß gestreiften Markisen, in dem es zuging wie in einem Taubenschlag. In den Schaufenstern glitzerte und glänzte es, und drinnen drängte sich eine vornehmend weibliche Klientel.

»Wir haben bald unseren zehnten Hochzeitstag«, raunte Ralf. »Und wenn du schon so großzügig bist mit der Reise, kann ich es doch auch sein, oder? Was möchtest du, Prinzessin? Einen Ring? Eine Kette? Oder einen Armreif?«

Sprachlos sah Anne ihn an. Das klang so gar nicht nach Ralf, dem Sparbrötchen. Sonst setzte es immer nur Ermahnungen, wenn sie mal Wünsche äußerte. War seine Spendierlaune auch nur schlechtes Gewissen? So wie dieser ganze Urlaub? Oder wollte er etwas wiedergutmachen?

»Sieh mal, dieser Ring«, er deutete auf die Auslage im Schaufenster. »Ein Aquamarin, so einen hast du dir doch immer schon gewünscht.«

Noch immer zögerte Anne. Wollte er sie kaufen? Dann spähte sie in das Ensemble aus Samtkissen, auf denen kostbarste Preziosen lagerten. In der Mitte, auf einem nachtblauen Kissen, lag der schönste Aquamarinring, den sie je gesehen hatte. Ein Brummer. Ja, dieser Ring war fantastisch. So wie der Preis. Sie schüttelte den Kopf.

»Viel zu teuer!«, entfuhr es ihr.

»Ach was, er passt wunderbar zur Farbe deiner Augen. Los, wir gehen da jetzt rein.«

Als sie fünf Minuten später den Luxusladen wieder verließen, funkelte der Aquamarin an Annes linker Hand. Doch obwohl sie sich tatsächlich seit langem genau solch einen Stein gewünscht hatte, war ihr nicht ganz wohl dabei. Irgendwie wurde sie das Gefühl nicht los, dass alles Teil eines Spiels war. Es ging alles zu leicht, Ralfs gute Laune, dieser Ring, es fühlte sich nach Taktik an. Da war diese Wunde. Und die heilte nicht so schnell. Schon gar nicht mit großen Gesten.

»Ralf! Was verschlägt Sie denn hierher?«

Anne beschirmte ihre Augen mit der Hand und blinzelte in das blendende Sonnenlicht. Das war Tom Kladen, Ralfs Chef! Ein großer, dunkelhaariger, breitschultriger Mann, den Anne von Zeit zu Zeit auf den Firmenpartys getroffen hatte. Sie mochte ihn nicht besonders. Er war einer dieser Angeber, die Ralf bewunderte und die er nachahmte wie ein kleiner Junge. Die gleichen Anzüge, die gleichen Schuhe, sogar die gleiche Aktentasche musste es sein. Und als Tom Kladen sich ein Sportcoupé gekauft hatte, musste auch Ralf sich unbedingt eins zulegen.

»Tom, na, das nenn ich einen Zufall!«, sagte Ralf eine Spur zu laut, »wollen Sie auch die gute Nordseeluft schnuppern?«

Sein Chef setzte eine fast beleidigte Miene auf. »Kommen Sie, habe ich Ihnen wirklich nie erzählt, dass ich hier ein Ferienhaus habe? Oh, hallo, Anne, Entschuldigung, ich wollte nicht unhöflich sein. Wie geht es Ihnen?«

Anne war völlig überrumpelt. Na klar wusste Ralf, dass sein großes Vorbild hier ein Haus hatte. Und natürlich musste er genau dorthin fahren, wo der Chef chillte. Sie fühlte sich auf einmal regelrecht betrogen. Sylt war kein Zufall, Sylt war auch kein Familienurlaub, es war nur ein weiterer Versuch von Ralf, irgendwie dazuzugehören.

»Danke, danke, mir geht es gut. Ist Ihre Frau auch da?«, fragte sie gezwungen.

Tom Kladen verzog das Gesicht. »Sie ist zum Vorbräunen auf Mallorca und kommt nächste Woche nach. Solange mache ich mir hier ein paar schöne Junggesellentage.« Er zwinkerte Ralf zu.

Das wurde ja immer besser. Wusste der mehr? Waren die beiden Männer Komplizen, was außerhäusliche Vergnügungen betraf? Sie fühlte sich immer unwohler.

»Dann viel Spaß noch«, sagte sie schnell und zog an Ralfs Arm. »Nichts für ungut, aber wir wollten gerade einen Kaffee trinken gehen.« Und zwar allein, fügte sie in Gedanken hinzu. Doch Ralf machte sich los.

»Kommen Sie einfach mit«, lud er seinen Chef ein. »Wir gehen zu Greta in den ›Rauchfang‹, da gibt es einen fantastischen Latte Macchiato.«

Annes Stimmung sank auf Halbmast. Toll. Das also war der schöne Tag zu zweit. Wie romantisch. Es fehlte nicht viel, und sie hätte den Ring von sich geschleudert.

»Wenn Sie so viel Wert drauf legen ...«, erwiderte Tom Kladen gedehnt.

Sie steuerten das Straßencafé vor dem »Rauchfang« an. Hinter einer niedrigen Hecke standen Stehtische und französische Bistromöbel, die allgemeine Party des Vortages wurde schon am Mittag mit unverminderter Betriebstemperatur fortgesetzt. Weingläser klirrten, Austern wurden auf hohen Metallgestellen mit gecrushtem Eis serviert, riesige Garnelen lagen auf den Tellern. Gekicher und Geplauder erfüllte die Luft. Die Gesichter waren gerötet von der Sonne und den Getränken.

Sie suchten noch nach einem freien Tisch, als Anne helle Stimmchen hörte. Ein kleiner Trupp Kinder zog auf dem Bürgersteig an ihnen vorbei, mit Eimern und

Schaufeln beladen. Alle trugen sie blaue Base Caps, auf denen »Strandkrone« stand. Zwei hübsche junge Frauen begleiteten sie und unterhielten sich angeregt, für die Kleinen hatten sie keinen Blick. Ganz am Ende der Prozession entdeckte Anne Emily und Robert, die missmutig vor sich hinschlurften. Der Kinderclub schien nicht gerade ein Joker zu sein.

»Anne?« Ralf zeigte auf einen leeren Stuhl. »Was ist denn?«

»Die Kinder …«, rief sie und deutete mit dem Kinn auf die Gruppe.

»Die haben ihren Spaß, so komm doch endlich!« Ralfs Stimme klang ungeduldig.

Nein, Spaß hatten die Kleinen nicht. Den hatten sie bei Oma Lina gehabt. Widerstrebend setzte sich Anne. Sie sah Emily und Robert hinterher, die gerade hinter einer Hausecke verschwanden. Die armen Kleinen. Das war also ihr groß angekündigter Familienurlaub. Teilnahmslos trank sie ihren Latte Macchiato und hörte den beiden Männern zu, die begonnen hatten, über die aktuellen Bewegungen der Aktienkurse zu debattieren. Das ödeste Thema unter der Sonne.

Sie hätten längst am Strand liegen können. Wie hatte sie sich darauf gefreut, mit den Kindern zu baden und Sandburgen zu bauen, in der Sonne zu dösen und mit Ralf zu reden, stattdessen hockte sie hier und musste sich sturzlangweilige Fachsimpeleien anhören.

»Sie müssen mich mal besuchen kommen, rufen Sie einfach durch, wenn Sie Lust haben«, sagte Tom Kladen schließlich zerstreut und sah auf die Uhr. »Ich hab noch einen Termin mit einem Immobilienmakler, mein Haus hier wird mir allmählich zu eng, ich suche was Neues. War nett, Sie zu treffen, ciao.«

»Gern, wann denn? Morgen vielleicht?«, klammerte sich Ralf wie ein Ertrinkender an diesen Strohhalm.

»Wir melden uns in den nächsten Tagen«, sagte Anne hastig, der nicht entgangen war, wie gönnerhaft und letztlich desinteressiert Tom Kladen geklungen hatte.

»Und jetzt?«, fragte sie, als sie endlich wieder allein waren.

Ralf verschränkte die Arme. »Wir könnten was essen, hast du keinen Hunger?«

Aber Anne wollte nur noch weg. »Lass uns endlich irgendwohin gehen, wo wir ungestört sind«, schlug sie vor. »Falls du das überhaupt willst.«

Als hätte jemand einen Schalter umgelegt, wechselte Ralf sofort die Tonlage. »Entschuldige, das war wirklich blöd von mir. Aber Tom ist nun mal mein Chef. Sei mir nicht böse. Wir gehen jetzt schnurstracks an den Strand und suchen uns ein stilles Plätzchen, nur wir beide.«

Er bezahlte eilig, sah sich noch einmal suchend um, dann legte er wieder den Arm um Annes Schulter.

Der Weg zum Strand war ziemlich lang. Schon nach ein paar Metern auf dem sandigen Pfad zog Anne die Schuhe aus. Der Wind hatte sich gelegt, die Sonne brannte jetzt heftig vom wolkenlosen Himmel. Die weite Dünenlandschaft und der endlose Himmel darüber beruhigten sie. Hier konnte sie wieder frei atmen.

»Weißt du«, sagte Ralf versonnen, »es fällt mir halt schwer abzuschalten. Der Job hat mich in den letzten

Jahren so aufgefressen, dass ich gar nicht mehr wusste, was für eine wunderbare Frau ich habe. Dabei ist es doch eigentlich unübersehbar.«

Seine Hand rutschte von Annes Schulter und streichelte die Stelle zwischen ihren Schlüsselbeinen. Sie ließ es geschehen. Einfach so tun, als wären sie ein ganz normales Paar. Einfach über die störenden Dinge hinwegsehen. Das war sowieso ihre Strategie gewesen die letzten Jahre. Darin hatte sie Übung.

»Soll ich dir das mal abnehmen, Prinzessin?«

Dankbar überließ sie ihm die Badetasche. Fast war sie wieder versöhnt. Und dieser Kladen, das war ja möglicherweise wirklich ein Zufall gewesen. Sie durfte nicht ungerecht sein. Ralf hatte seine Macken, aber wer war schon ohne Fehler? Sie etwa? Angestrengt dachte sie darüber nach, welche Fehler sie haben könnte. Ungeduld? Oder war sie zu kritisch? Wie viele perfekte Ehen kannte sie denn?

Als der Strand ins Sicht kam, war sie einmal mehr überwältigt. Das Meer war hier schlicht ein Ereignis. Kein Vergleich zu den südlichen Stränden, an denen sie bisher gewesen war. Man spürte eine Urkraft, eine Urgewalt gleichsam. Hoch türmten sich die Wellen, der Horizont verschwamm zu einem verheißungsvollen, dunstig weichen Streifen. Sie konnte die Friesen verstehen, dass sie auf große Fahrt gegangen waren. Auch wenn es gefährlich gewesen war und viele nicht zurückkehrten. Diese raue See übte einen geradezu hypnotischen Reiz aus. In der Ferne sah sie einen weißen Kutter und sie bekam eine Gänsehaut. Ob das Jörn war?

»Wie hast du mich eigentlich gefunden gestern Abend?«, fragte sie so harmlos wie möglich.

»Dieser Bauerntrampel hat dich gerettet. Er kam angelaufen und sagte, du lägst in einem Raum neben der Küche. Er hat dich da auf eine Couch gelegt. Dann haben wir dich zum Auto getragen.«

Wieder überlief Anne ein Schauer. Mit einem Mal kam die Erinnerung zurück. Jörns besorgter Blick, sein weißes Hemd, der Moment, als sie in seine Arme gesunken war. Oha. Obwohl ihr so grottenschlecht gewesen war, hatte sie es dennoch genossen, sich einfach gehen zu lassen. Weil sie wusste, dass er sie nicht fallen lassen würde.

»Möchtest du einen Strandkorb?«

Anne nickte. Ralf bestach den Strandkorbvermieter in seiner kleinen Bude mit einem ziemlich großen Schein, nachdem der versichert hatte, es sei alles schon belegt.

»Das sind gerissene Wegelagerer hier auf Sylt, aber mit Geld lässt sich das regeln«, verkündete Ralf großspurig.

Anne übte sich in der Nachsicht, die sie sich vorgenommen hatte und verkniff sich jeden Kommentar. Sie wollte jetzt sowieso nur noch Wasser, Sonne und Sand, alles andere zählte nicht. Nachdem sie ihren Strandkorb gefunden hatten, zog sie blitzschnell ihren Bikini an, während Ralf sich umständlich auskleidete, alles sorgfältig zusammenfaltete und eine funkelnagelneue Badehose präsentierte, die er darunter trug.

Anne mochte nicht warten, sie rannte los, zum Wasser. Selig warf sie sich in die Fluten, ließ sich von den

Wellen tragen, tauchte unter einer besonders großen hindurch und ließ sich dann auf dem Rücken treiben. Das Wasser trug sie mühelos. Die Welt war in Ordnung, na ja, fast. Sie hob die linke Hand und betrachtete den Aquamarin, der nass an ihrem Finger glänzte. Sein blaues Feuer loderte.

»Hallo Nixe«, hörte sie mit einem Mal Ralfs Stimme dicht an ihrem Ohr. Er umfasste ihre Taille und zog ihren Kopf zu seinem Gesicht. »Hier kommt ein Pirat, der dich entern will!«

Dann küsste er sie auf den Mund. Anne schloss die Augen. Seine Lippen schmeckten salzig, und als sie die ihren öffnete, spürte sie nach langer, langer Zeit wieder ein Begehren. Die letzten Tage wurden einfach weggeschwemmt, verloren sich in der Brandung, jetzt zählte nur der Augenblick. Sie presste sich an Ralf, wie an einen Rettungsanker. Rette mich, dachte sie, rette mich aus diesem Schlamassel. Ja, sie wollte alles vergessen, wollte sich nur noch hingeben.

»Komm Kleines, wir machen eine Siesta im Strandkorb«, flüsterte Ralf.

Hand in Hand wateten sie durch die Brandung in Richtung Strand.

»Um Himmels willen, was ist DAS denn?«, rief Ralf plötzlich aus.

Anne folgte seinem Blick. Ihre rechte Hüfte schillerte inzwischen in kräftigen Lilatönen. Sie sah aus, als wäre sie mindestens von einem Zehntonner überfahren worden.

»Das war – ein Unfall«, lispelte sie. Sollte sie alles

beichten? Jörn, Doktor Bornhold? Nein, die Geschichte mit Jörn war zu kompliziert. »Ich erzähl es dir in einem ruhigen Moment«, fügte sie spitzbübisch hinzu und küsste ihn leicht auf die Lippen.

»Dich darf man aber auch keinen Moment aus den Augen lassen«, sagte Ralf mit gespielter Empörung. »Ich glaube, ich sollte dich mal nach allen Regeln der Kunst verarzten.«

Sie warfen sich in den Strandkorb und schmiegten sich aneinander. Was für eine wunderbare Einrichtung doch so ein Strandkorb ist, dachte Anne. Ein bisschen Privatsphäre inmitten von hunderten Touristen. Sie sah auf das Meer, ließ ihren Blick über die Schaumkronen wandern, die auf den Strand zurollten. Kinder hüpften in der Brandung auf und nieder. Ringsum waren hübsche Strandburgen, mit Muscheln verziert. Genauso eine würde sie mit Robert und Emily bauen, nahm sie sich vor. Heute mussten sie noch diesen dämlichen Kinderclub ertragen, morgen aber würden sie zu viert losziehen. Eigentlich war jetzt ein guter Moment für eine Aussprache. Sie schluckte.

»Sag mal«, begann Anne zögernd, »habe ich irgendetwas falsch gemacht in den letzten Jahren? Ich meine – wenn du auf andere Gedanken kommst, andere Frauen ...«

»Nein, nein, das ist es nicht«, unterbrach Ralf sie heftig und strich ihr eine nasse Strähne aus dem Gesicht. »Ich bin es, der einen Fehler gemacht hat, okay? Und ich habe eingesehen, dass es ein Fehler war. Ich weiß, es ist nicht leicht, aber – verzeihst du mir?«

Eng, ganz eng lagen sie beieinander. Anne konnte jedes einzelne Wassertröpfchen sehen, das über Ralfs Brust lief. Seine Nähe, wie lange hatte sie die vermisst.

»Ist es wirklich vorbei?«, fragte sie.

Eine Möwe strich dicht an ihnen vorbei, als sei sie neugierig, was die beiden im Strandkorb so taten.

Ralf fuhr sich nervös durchs Haar. »Aus und vorbei«, beteuerte er. »Ich war ein richtiger Idiot. Aber das passiert mir nicht noch einmal.«

Anne sah geistesabwesend einer Familie zu, die den Strandkorb nebenan bezogen hatte. Die Mutter verteilte gerade Äpfel, der Vater goss Mineralwasser in Plastikbecher, die Kinder sprangen um sie herum. So sah eine richtige Familie aus. Und genauso wollte sie es auch: einfach eine Familie sein.

»Vergeben und vergessen«, flüsterte sie.

»Meine Prinzessin«, erwiderte Ralf sanft und drückte sie an sich. »Wir werden traumhafte Tage verbringen. Versprochen.«

Die Zeit heilt alle Wunden. Der riesige blaue Fleck an ihrer Hüfte würde verblassen, und irgendwann würde auch die Verletzung heilen, die Ralfs Affäre hinterlassen hatte. Sie war ganz sicher. Nein, sicher war sie nicht. Aber sie wünschte es sich mit aller Kraft. Ein Eisverkäufer kam vorbei. Sie kauften sich Schokoladeneis, das sie genüsslich aßen, dann küssten sie sich wieder. Diesmal schmeckten die Küsse süß.

*

Nichts geschieht zufällig, sagen Menschen, die an ein unabänderliches Schicksal glauben. Alles hat seinen tiefen Sinn, auch wenn er sich nicht auf den ersten Blick offenbart. Nüchterne Zeitgenossen wenden ein, dass niemand seinem Schicksal unterworfen und dass jeder seines Glückes Schmied sei. Anne fand, dass die zweite Variante weitaus besser passte. Sie musste ihr Schicksal selbst in die Hand nehmen. Auch wenn ihre Gedanken immer wieder zu Oma Lina wanderten. Und zu Jörn. Wie seltsam, dass sie nach ihrer Flucht ausgerechnet in der »Alten Liebe« gelandet war. Nur ein Zufall?

»Heute schwänzt ihr den Kinderclub, wir gehen alle zusammen zum Strand«, verkündete Anne beim Frühstück. Sie hatten sich alle vier extra fein gemacht, denn schon am frühen Morgen sah man hier aus wie aus dem Ei gepellt. Es ging ausgesprochen nobel zu in dem hellblau gestrichenen Raum mit den strahlend weißen Möbeln. An den Nachbartischen saßen fast nur Paare. Die Kinder schienen alle bereits im Kinderclub zu sein.

»Au ja, danke, Mami«, sagte Emily erleichtert.

»Der ist nämlich voll doof«, ergänzte Robert.

»Und vorher hole ich das Auto«, sagte Anne schnell, »außerdem muss ich bei Oma Lina noch bezahlen. Das habe ich nämlich total vergessen.«

Sie fühlte sich energiegeladen und glücklich. Die letzte Nacht war zärtlich gewesen. Und leidenschaftlich. Auch wenn Anne sich eingestand, dass sie nicht richtig bei der Sache gewesen war. Fallenlassen konnte sie sich noch nicht. Der Gedanke, dass Ralf mit einer anderen Frau geschlafen hatte, ließ sich selbst durch die zärtlichsten Liebkosungen nicht vertreiben.

»Super, Oma Lina!«, rief Robert. »Dürfen wir mit?«

Sehr gerade saß er an dem in edlem Damast eingedeckten Tisch und gab sich sichtlich Mühe, formvollendet zu speisen. Er hatte sogar versucht, sein Brötchen mit Messer und Gabel zu essen, bis Anne ihm erklärte, dass er es ruhig in die Hand nehmen dürfe. Die gedämpfte Eleganz des Frühstücksraums, das Tafelsilber, das üppige, mit Blumen dekorierte Buffet und die blasiert aussehenden Kellner hatten die Kinder ziemlich verunsichert.

»Ich verstehe gar nicht, warum du so einen Wirbel um diese alte Hexe machst«, murrte Ralf. »Lass uns einen Abschleppdienst bestellen. Und das Geld kannst du doch überweisen.«

Bittend legte Anne eine Hand auf Ralfs Arm.

»Es dauert nicht lang«, erwiderte sie. »Möchtest du nicht mitkommen?«

Ralf runzelte die Stirn, dann hellte sich seine Miene auf.

»Nein, bloß nicht. Aber wenn du so viel Wert darauf legst …«, lenkte er ein. »Fahrt nur, ich setze mich auf die Terrasse und lese Zeitung, bis ihr wiederkommt.«

Wenig später winkte er den dreien nach, die sich auf den Weg nach Keitum machten. Vorsichtig steuerte Anne den Sportwagen durch die Whiskeymeile. Sie musste sich eingestehen, dass sie sich auf Oma Lina freute. Und dass sie fast erleichtert war, ohne Ralf hinzufahren. Sie drehte das Autoradio auf und sang ausgelassen mit. Ein Hochgefühl hatte sie erfasst. Vielleicht könnten sie ja noch öfter Oma Lina besuchen. Warum schließlich nicht? Die Straße schlängelte sich nun durch saftige Wiesen, es duftete nach Blumen und Heu. Tief atmete Anne diesen Geruch ein.

»Dürfen wir ins Watt?«, fragte Emily. »Bitte, nur ganz kurz, ja?«

»Und zu dem Frosch«, krähte Robert vergnügt. »Der wartet bestimmt schon auf uns!«

»Ein paar Minuten habt ihr«, antwortete Anne. »Aber macht euch nicht zu dreckig. Sonst fallen sie in der ›Strandkrone‹ in Ohnmacht.«

Sie hasste sich selbst für diesen Satz. Kinder liebten es nun mal, in Matsch und Modder zu spielen. Kinder brauchten kein Tafelsilber und keine arroganten Kellner. Und den sturzblöden Kinderclub brauchten sie schon gar nicht. Doch trotz der Ermahnung hopsten die Kinder glücklich auf dem Rücksitz herum.

»Mama, du bist die Beste«, rief Emily.

»Die Allerbeste!«, bekräftigte Robert.

Als sie in Keitum in den holperigen Weg zur »Alten Liebe« einbog, hatte Anne fast das Gefühl, nach Hause zu kommen. Richtig warm ums Herz wurde ihr. Hier hatte sie vor ein paar Tagen Zuflucht gefunden, eine kleine, paradiesische Ewigkeit lang, und dafür würde sie Oma Lina ewig dankbar sein. Langsam zuckelte sie über den Weg. Von weitem schon sah sie, dass in der »Alten Liebe« etwas Besonderes vor sich ging. Einige Leute standen davor, und es hatten mehrere

Autos neben der kleinen Kate geparkt. Eine Feier vielleicht?

Nachdem sie ausgestiegen waren, stoben die Kinder sofort los, als hätten sie nur darauf gewartet, endlich den Kinderclubs dieser Welt zu entrinnen. Anne ging neugierig zum Haus. Nein, wie eine Festgesellschaft sahen diese Leute nicht aus. Sie hielten Aktenordner und Papiere in der Hand und begutachteten die »Alte Liebe« mit ungewöhnlich aufmerksamen Blicken. Was hatte das zu bedeuten? War das eine Touristengruppe? Eilig ging Anne an den Fremden vorbei ins Haus und fand Oma Lina in der Küche. Kraftlos hockte sie auf einem Stuhl, die Hände hatte sie im Schoß gefaltet, nachdenklich sah sie aus dem Fenster.

»Oma Lina?«, fragte Anne zaghaft.

Die alte Frau sah auf. Ein Lächeln huschte über ihr Gesicht.

»Na, min Deern, lassen Sie sich doch noch mal blicken in der alten Bude? Sie sind doch was Besseres gewohnt.«

Anne konnte nicht anders, sie ging auf Oma Lina zu und umarmte sie herzlich. Verdutzt ließ die Wirtin es geschehen.

»Es gibt keinen schöneren Ort auf der Welt als die ›Alte Liebe‹«, sagte Anne. »Aber was ist hier los? Was sind das für Leute?«

Oma Lina zuckte resigniert mit den Achseln. »Kaufinteressenten«, erwiderte sie knapp. »Der Herr Makler hat sie hierher gebracht.«

»Kaufin …«, echote Anne entgeistert, doch sie brachte

das Wort nicht über die Lippen. Das waren wirklich keine guten Neuigkeiten! Die bloße Vorstellung, dass alles, was Oma Lina hier erschaffen hatte, in fremde Hände übergehen sollte, brachte sie fast um den Verstand.

»Das darf doch nicht wahr sein!«, entfuhr es ihr.

»Dschä, nur keine Aufregung«, sagte Oma Lina ohne jede sichtbare Gefühlsregung. »Jörn hat das eingefädelt. Da kann man nix machen. Die Pension wirft kein Geld mehr ab. Is'n Zuschussbetrieb. Und der Bengel will hier kein Geld mehr reins-tecken. Also wird verkauft. So ist das. Wird wohl so'n Luxushaus draus. Für'n reichen Festländer. Hier bleibt kein S-tein auf dem anderen, so viel is mal klar.«

Wieder sah sie teilnahmslos aus dem Fenster. Doch Anne ließ sich nicht täuschen. Unter der glatten Oberfläche tobte ein Sturm in Oma Linas Herzen. Ihr Elternhaus – ausverkauft. Ihr Lebenswerk – bald schon vernichtet. In Panik betrachtete Anne den alten Gasherd, den Küchenschrank, den blankgescheuerten Holztisch. Das alles würde im Müllcontainer landen, das wusste sie so gut wie Oma Lina. Auch die Sofas, die Petroleumlampen, das alte Telefon. Der Gedanke daran drehte ihr den Magen um. Doch wie sollte sie das alles aufhalten? Was konnte sie schon tun?

»Jörn fällt es bestimmt nicht leicht, sein Elternhaus zu verkaufen«, versuchte sie Oma Lina zu trösten. »Bestimmt ist er – in einer Zwangslage.«

Die Wirtin wurde noch finsterer.

»Geld braucht er, immer nur Geld. Außerdem …«

»Ja?«

»Er will die Erinnerungen loswerden«, raunte Oma Lina. »Die bösen Erinnerungen …«

Jetzt wurde es spannend. Anne setzte sich zu ihr an den Tisch. Würde sie jetzt endlich erfahren, was in dieser Familie vorgefallen war?

»Welche Erinnerungen denn?«, fragte sie.

Aber Oma Lina war mit den Gedanken weit, weit weg. Mechanisch fegte sie die immer selben Brotkrümel auf der Tischplatte von rechts nach links und von links nach rechts. Ihr Atem ging schwer. Dann begann sie zu erzählen.

»Er war neun Jahre alt, ein guter Junge, und er liebte seinen Vater über alles. Er wollte so werden wie er. Mein Mann war Fischer, Krabbenfischer, damals lohnte sich das noch. Jörn folgte ihm auf Tritt und Schritt. Und er fuhr oft mit raus, morgens um drei schon, wenn es noch dunkel war.«

Sie stockte. Im Haus war es unheimlich still.

»Dann kam diese unselige Woche. Es s-türmte und regnete von morgens bis abends. An Fischen war nicht zu denken. Doch Jörn bettelte den ganzen Tag: Vater, lass uns doch rausfahren. So schlimm ist es doch gar nicht. Nach ein paar Tagen hatte er meinen Uwe so weit. In aller Herrgottsfrühe zogen sie los, obwohl mir das gar nicht recht war.«

Die kleine Katze kam angeschlichen und glitt auf Annes Schoß. Das kleine Fellknäuel zitterte. Während Anne es streichelte, fuhr Oma Lina fort, so leise, dass Anne Mühe hatte, sie überhaupt zu verstehen. Die

Wanduhr in der Gaststube schlug an. Nicht mehr lange würde sie den Rhythmus des Hauses vorgeben.

»Als sie mittags immer noch nicht zurück waren, setzte ich mich aufs Fahrrad und fuhr zum Hafen. Noch immer regnete es, der S-turm warf mich fast um, und ich war bis auf die Knochen nass, als ich am Hafen ankam. Gerade legte ein Rettungsschiff an. Darauf war Jörn, er heulte und schrie. Er war gar nicht zu beruhigen. Mein Mann aber …«

Leise schluchzte sie vor sich hin. Es war ein Anblick, den Anne kaum ertragen konnte. Das war eine Tragödie, gegen die ihre eigenen Probleme wie Kinderkram wirkten.

»Er …?«

»Er wurde nie gefunden. Der Kutter war untergegangen, nur Jörn hat überlebt. Er hat seinen eigenen Vater auf dem Gewissen!«

Die letzten Worte hatte Oma Lina heftig hervorgestoßen. Sie stand so abrupt auf, dass ihr Stuhl umfiel. Mit steinerner Miene machte sie sich am Herd zu schaffen und begann, wie besessen in einer kalten Suppe zu rühren.

Anne saß da, wie mit Wasser übergossen. Das war es also. Das war das schreckliche Geheimnis dieser Familie. Und so sehr sie Oma Lina auch verstehen konnte, dass sie einen Schuldigen suchte für das unbegreifliche Unglück, das sie heimgesucht hatte, so ungerecht fand sie die Art und Weise, wie sie Jörn dafür verantwortlich machte. Einen neunjährigen Jungen, der selber Todesängste durchgestanden, der seinen Vater verloren hatte und statt Trost nur den biblischen Zorn seiner Mutter zu spüren bekam. Bis heute.

»Das ist – eine schreckliche Geschichte«, sagte sie mit fester Stimme. »Aber Sie müssen ihm verzeihen. Er kann nichts dafür. Er war doch noch ein Kind …«

Oma Lina erwiderte nichts darauf. Noch immer rührte sie in dem Topf herum. Anne wartete. Aber es kam nichts mehr. Für Oma Lina war der Fall erledigt. Auf ewig würde sie ihrem Sohn grollen, der Schmerz saß zu tief. Anne stand auf.

»Oma Lina«, begann sie vorsichtig, »ich wollte noch bezahlen, das hatte ich in der Hektik ganz vergessen. Wie viel – soll ich Ihnen geben?«

Sie zückte ihr Portemonnaie. Doch Oma Lina seufzte nur und machte eine wegwerfende Handbewegung.

»Das war für Gotteslohn«, erwiderte sie leise. »Sie und die Kinners, das war mein einziger Lichtblick in letzter Zeit.«

Plötzlich durchfuhr Anne der Blitz einer Erleuchtung.

»Gibt es denn schon einen Käufer?«, fragte sie.

»Die überlegen noch«, knurrte Oma Lina, froh, dass sie das Thema wechselten. »Die wollen den Preis drücken. Weil die Renovierung angeblich so teuer sein soll.« Erbittert schlug sie mit der Faust auf den Tisch. »Zweihundert Jahre steht dieses Haus!«, rief sie aus. »Hat Wind und Wetter und Sturm und Regen ausgehalten! Und jetzt sagen sie, das wäre eine Bruchbude!«

Eine Träne erschien in ihrem Augenwinkel.

Anne atmete schwer. »Ich kann nichts versprechen«,

sagte sie mit erstickter Stimme. »Aber ich probier mal was.«

Es würde schwer werden, doch sie musste es versuchen. Wenn Tom Kladen ein Haus auf Sylt hatte, wollte Ralf bestimmt auch eins. Sie musste ihn einfach überzeugen, dass dieses Haus genau das richtige war. Sie musste!

»Ach, min Deern, falls Sie mit Jörn s-prechen wollen, das hat keinen Sinn«, flüsterte Oma Lina. »Das is'n mieser Sturkopp.«

»Hatte ich nicht vor. Aber ich komme wieder«, versprach Anne, »bald schon.«

Dann stürmte sie hinaus. Sie musterte kurz die Leute vor dem Haus und marschierte dann auf einen alert aussehenden jungen Mann im dunkelblauen Anzug zu, der gerade auf das Dach zeigte. Sein Scheitel war wie mit dem Lineal gezogen, seine jungenhaften Gesichtszüge glänzten vor lauter Selbstgefälligkeit. Ekelhafter Typ, dachte Anne.

»Wenn Sie so ein historisches Reetdach den Denkmalschutzauflagen entsprechend erneuern lassen, hält es mindestens …«, sagte er gerade gespreizt.

»Guten Tag, ich bin Anne Berger«, schnitt Anne ihm das Wort ab und streckte ihm die Hand hin. »Ich interessiere mich für das Haus. Haben Sie ein paar Unterlagen für mich?«

Herablassend sah der Makler sie an. »Da kommen Sie zu spät, junge Frau. Wir haben den Kreis der ernsthaften Interessenten bereits eingegrenzt.«

»Ist das nicht eine Frage des Geldes?«, fragte Anne

kalt. »Mir gefällt das Haus. Und ich bin bereit, einiges dafür hinzulegen.« Leise sprach sie weiter: »Und ein Extrabonus für Sie ist immer drin.«

Unsicher starrte der Mann sie an. Dann überreichte er Anne widerwillig einen Stoß Blätter. »Hier, das Exposé«, sagte er unfreundlich. »Aber Sie müssen sich beeilen.«

»Das werde ich auch tun«, herrschte Anne ihn an. Was bildete dieser geschniegelte Lackaffe sich ein?

Sie lief hinter das Haus, wo sie Emily und Robert fand, die in den Dünen buddelten.

»Abmarsch, wir müssen zurück nach Kampen«, rief sie ihnen zu. »Keine Sorge, bald seid ihr wieder hier!«

Mit einem Kavalierstart brauste sie los. Ihr Herz hämmerte wie wild. Pokerte sie zu hoch? Würde Ralf das schlucken? Sie musste es ihm als Liebesbeweis verkaufen. Als Unterpfand seiner Reue. Ja, so könnte es klappen.

»Wann dürfen wir denn wieder hin?«, fragte Emily.

»Schneller, als ihr denkt«, sagte Anne und gab Gas.

Als sie vor der »Strandkrone« hielten, war Ralf nirgendwo zu entdecken. Anne lief zur Suite, doch auch dort war er nicht. Im Laufschritt machte sie sich auf die Suche, klapperte jedes Straßencafé ab, die Kinder im Schlepptau. Schließlich fand sie Ralf vor dem »Rauchfang«, mit einer Tasse Kaffee und der obligatorischen Zeitung.

»Hier bist du«, keuchte sie. »Ich habe dich überall gesucht!«

»Schon gut, du hast mich ja gefunden«, beschwichtigte Ralf sie. »Hat ja lang genug gedauert. Und? Läuft der Wagen wieder?«

»Nein. Aber ich muss mit dir reden. Kinder, ihr spielt da vorn im Sand, ja?«

Als die Kinder sich getrollt hatten, holte Anne tief Luft.

»Sylt gefällt dir doch, oder?«, begann sie ihre Mission. Ohne Ralfs Antwort abzuwarten, fuhr sie fort: »Was hältst du davon, wenn wir uns hier ein Haus kaufen? Ein kleines natürlich. Wir könnten es ja nach und nach abbezahlen. Ich meine …«, sie machte eine Kunstpause, bevor sie ihren ultimativen Trumpf ausspielte, »Tom Kladen hat hier auch was. Der Mann hat schließlich Geschmack. Und eine Spürnase. So eine Immobilie auf Sylt ist eine todsichere Geldanlage.«

Völlig überrumpelt starrte Ralf sie an.

»Jetzt bestellen wir erst mal was«, sagte er langsam. »Du meinst also …?«

Er winkte eine junge, hübsche Kellnerin heran, die ihn auffällig freundlich anlächelte, und orderte einen zweiten Kaffee. Doch Anne hatte keine Zeit für Eifersucht. Sie hatte nur ein Ziel: Oma Linas Haus zu retten. Als die Kellnerin verschwunden war, rückte sie ganz dicht an Ralf heran.

»Vielleicht hilft es uns aus unserer – Krise«, sagte sie so schmeichelnd wie sie konnte. »So ein Ferienhaus an der See, das ist doch das Beste für die Familie. Wir könnten öfter herfahren, so oft wir wollen. Auch die Kinder sind glücklich hier.« Bei Oma Lina, fügte sie in Gedanken hinzu. Dass die Wirtin ein Zimmer im Haus behalten sollte, das würde sie Ralf erst später beibiegen. »Nun, was sagst du?«

»Das kommt ein bisschen plötzlich«, erwiderte Ralf gedehnt. Unschlüssig rieb er sich das Kinn. »Andererseits …«

»Ja?«

»Hast du denn etwas Bestimmtes im Auge?«

Mit dem ganzen Mut der Verzweiflung stieß Anne hervor: »Die ›Alte Liebe‹ steht zum Verkauf. Sie ist herrlich. Und die Kinder fühlen sich wie zuhause dort!«

Ralf fiel fast die Kaffeetasse aus der Hand. Wütend sah er seine Frau an.

»Was? Diese baufällige Ruine? Geht's noch?«, sprudelte er drauflos. »Außerdem ist in dem kleinen, spießigen Kaff doch tote Hose. Sieh dich um: Hier spielt die Musik. Hier tobt das Hully-Gully. Die 'Alte Liebe', ha!« Er spuckte die Worte aus wie einen alten Kaugummi.

Anne überlegte fieberhaft. Los, doch, lass nicht locker. »Die Kaufinteressenten, die ich da gesehen habe, sahen aber gar nicht spießig aus«, verteidigte sie sich. »Und der Makler sagte, Keitum ist viel angesagter als Kampen. Ein Geheimtipp – noch. Ich meine, würdest du etwa eine Aktie kaufen, die bereits auf dem Höhenflug ist? Nein, du würdest immer auf etwas setzen, was noch steigen kann!«

Verdattert betrachtete Ralf erst Anne, dann seine Kaffeetasse. »Hm, meine kleine Frau ist also ein Cleverle, richtig? Und hat sogar hinter meinem Rücken mit einem Makler gesprochen. Ich muss schon sagen, das ist ein starkes Stück!«

»Dann sieh dir das starke Stück mal an«, sagte Anne ungerührt und warf das Exposé auf den Tisch.

Ohne ein Wort griff Ralf danach und blätterte langsam die Seiten durch. Während Anne den Kaffee herunterstürzte, den die Kellnerin gebracht hatte, ließ sie ihn nicht aus den Augen.

»Wir könnten es ja anfangs vermieten, dann finanziert es sich so gut wie von selbst!«, schlug sie vor. »Und später haben wir dann unser eigenes Liebesnest. Tom Kladen wird Augen machen, wenn er das erfährt. Wir könnten Grillpartys veranstalten für ihn. Wir könnten …« Ihr fiel nichts mehr ein.

Ralf legte das Exposé zurück auf den Tisch. »Renovierungsbedürftig steht da«, grunzte er. »Das bedeutet so viel wie Neubau.«

Mit brennenden Augen starrte Anne ihn an. »Tu's für mich«, hauchte sie. »Lass uns wenigstens noch einmal hinfahren. Bitte.«

Entnervt trank Ralf seinen Kaffee aus und winkte der Kellnerin, der er ein saftiges Trinkgeld gab.

»Also gut«, sagte er. »Wenn dir so viel daran liegt … aber erwarte nicht zu viel.«

Selig rief Anne die Kinder. Und schon brausten sie los. Lieber Gott, betete Anne auf dem Beifahrersitz, lass es wahr werden. Lass ihn Feuer fangen. Lass Oma Lina nicht im Altenheim landen. Lass mich diesen Traum leben.

Als sie wenig später vor der »Alten Liebe« hielten, waren die Leute verschwunden, nur der Makler war noch da und redete vor der Haustür auf Oma Lina ein, die mit gesenktem Kopf vor ihm stand. Anne winkte Ralf, ihr zu folgen, und lief zu den beiden.

»Dies ist mein Mann, Ralf Berger, ein wahrer Fan der Insel«, erklärte sie geschäftsmäßig. »Und ein Interessent, den Sie sicher gern in die engere Wahl nehmen.«

Man gab sich die Hand. Anne bemerkte sofort, dass die beiden Männer einen Draht zueinander hatten. Dieser smarte Immobilienhai war genau Ralfs Kragenweite. Einer aus der Angeberliga. Einer, den Ralf nur zu gern beeindrucken wollte.

»Ziemlich marodes Teil, das Sie da in der Kurve haben«, sagte Ralf von oben herab.

Anne sah, wie Oma Lina zusammenzuckte. Solch ein Businesstalk war nichts für sie. Das musste sie ihr ersparen.

»Kinder, wollt ihr nicht Oma Lina in der Küche helfen? Vielleicht hat sie ja Milch mit Honig für euch«, rief sie und zwinkerte der Wirtin verschwörerisch zu.

Wie auf Kommando zogen Oma Lina und die Kinder ab. Währenddessen hatte Ralf sich schon ganz in die Rolle des verwöhnten Immobilienfachmanns eingefunden.

»Das ist ein kapitaler Problemfall. Kann man die Hütte wenigstens abschreiben?«, fragte er. »Mit einer Einliegerwohnung? Und sicher gibt es doch auch Zuschüsse vom Denkmalschutz? Und der Preis ist doch moderat? Sie werden die Ruine wohl nicht so leicht an den Mann bringen, hier brummt es nicht wie in Kampen.«

»Da täuschen Sie sich«, erwiderte der Makler abweisend und ließ seine Fingerknöchel knacken. »Keitum kommt gewaltig. Sie sind alle schon da, Multiplikatoren aus Wirtschaft, Politik und Medien. Es gibt exquisite Restaurants, ein Fünf-Sterne-Hotel, edle Boutiquen, alles, was man für den gehobenen Bedarf braucht. Da können Sie froh sein, wenn Sie überhaupt noch was ergattern. Allerdings haben sich ein paar sehr potente Herrschaften bereits Optionen auf das Haus gesichert. Der Markt ist eng. Der frühe Vogel fängt den Wurm, und Sie sind ziemlich spät dran.«

Sahne, das läuft Sahne, dachte Anne entzückt. Mit solchen Sprüchen ließ sich Ralf aus der Reserve locken, das wusste sie. Sie weckten seinen sportlichen Ehrgeiz. Konkurrenz belebt das Geschäft. Der uralte Trick zog immer.

Sie gingen langsam um das Haus herum, und der Makler pries die Top-Lage, das historische Ambiente, den unverbaubaren Meerblick, wobei er immer wieder betonte, dass längst auch Andere diese Vorzüge erkannt hätten. Als sie das Haus umrundet hatten und zur Terrasse gelangten, blieb Anne wie angewurzelt stehen. Dort, an dem Tisch mit der rotkarierten Decke, saß Jörn. Lebensecht und in Farbe. Der Wind spielte in seinem Haar, seine Miene war finster. Es gab kein Entrinnen, er hatte sie bereits entdeckt und fixierte Anne mit einem verständnislosen Blick.

»Was will der Kerl denn hier?«, schnaubte Ralf. »Will der etwa auch kaufen?«

»Er ist der Besitzer, zusammen mit seiner Mutter«, erwiderte der Makler und dämpfte seine Stimme. »Ein echter friesischer Dickschädel. Aber den koche ich noch weich. Der braucht das Geld, wissen Sie. Der steht am Abgrund. Lieber heute als morgen will er das Haus loswerden.«

Jörn hatte sich erhoben und sah misstrauisch von einem zum anderen.

»Herr Hansen, hier ist noch jemand, der eventuell Interesse hat«, rief der Makler ihm zu. »Darf ich vorstellen: das Ehepaar Berger.«

»Wir kennen uns bereits«, knurrte Ralf. »Kaum zu glauben, dass ein simpler Kellner über so einen Besitz verfügt.«

Langsam kam Jörn auf ihn zu geschritten und baute sich drohend vor ihm auf. Ralf hatte laut genug gesprochen, dass Jörn jedes Wort verstanden hatte. Jedes einzelne, unverschämte Wort.

»Und wenn ich keinen Cent mehr hätte«, grollte Jörn, »Sie sind der Letzte, dem ich mein Haus verkaufen würde.«

Auch wenn Anne erschrak über Jörns Feindseligkeit, wurde ihr doch schlagartig klar, dass es nur noch dieser Kampfansage bedurft hatte, um Ralf endgültig Blut lecken zu lassen. Das ließ er sich nicht gefallen. Nicht von einem Mann, der ihm den Respekt verweigerte und noch dazu seiner Frau zur Seite gestanden hatte, als es ihr nicht gut ging. Das Duell hatte begonnen. Und das war das Beste, was hatte passieren können.

»Tja, sieht so aus, als hätten Sie die schlechteren Karten«, sagte Ralf überheblich. »Ihr Kasten ist doch ein Ladenhüter. Sie werden mich noch auf Knien anbetteln, dass ich es nehme.«

Niemals, dachte Anne. Jörn ist ein stolzer Friese. Und Ralf übertrieb mittlerweile gewaltig. Dicke Hose machen, ja, das konnte er. Wie absurd, dass sie zu ihm gehörte, zu einem Mann, dessen markiger Auftritt ihr jetzt nur noch peinlich war. Jörn war ihr auf einmal viel näher. Sein Stolz, seine Unbeugsamkeit imponierten ihr mehr, als ihr lieb war. Und seit sie wusste, welch eine Hölle seine Kindheit gewesen sein musste, mit den furchtbaren Schuldgefühlen, die auf ihm lasteten, konnte sie ihn immer besser verstehen.

»Jungs, nicht so heftig«, zwitscherte sie, um der Unterhaltung die Schärfe zu nehmen. »Noch ist ja nichts entschieden. Wir sehen uns die ›Alte Liebe‹ jetzt mal von innen an.«

Sie fasste Ralf am Arm und zog ihn ins Haus. In der Küche fanden sie Oma Lina und die Kinder, die am Tisch hockten und sich ein Butterbrot schmecken ließen. Heiße Milch dampfte in den Tassen, und auf den Gesichtern von Emily und Robert spiegelte sich das pure Glück. Kein Zweifel, sie gehörten hier hin.

»Papa, stimmt das – wir kaufen die ›Alte Liebe‹?«, fragte Emily kauend.

»Mal sehen«, brummte Ralf und streifte die Einrichtung mit einem abfälligen Blick. »Herrje, hier muss man ja ganz von vorn anfangen.«

Anne ahnte, dass er in Gedanken längst eine Entrümpelungsfirma wüten ließ. Sie schickte Oma Lina einen Er-meint-es-nicht-so-Blick. Die sagte kein Wort. Dabei wusste Anne, dass die Wirtin erleichtert sein musste angesichts der Aussicht, dass »min Deern« hier wohnen würde. Zumindest in den Ferien. Doch Ralf war kein Mann nach ihrem Geschmack. Ganz und gar nicht.

»Bitte, bitte, bitte«, japste Robert.

Ralf schaute sich schweigend die dunklen Deckenbalken an, die alte Petroleumlampe, den abblätternden Putz. Dann nahmen sie das ganze Haus in Augenschein. Der Makler folgte ihnen. Sie begutachteten jedes einzelne Zimmer, auch die, die Anne noch nicht gesehen hatte: Oma Linas Schlafzimmer, ein nahezu klösterliches, weiß getünchtes Gemach mit einem Kreuz über dem Bett. Diverse Gästezimmer, deren Möbel mit weißen Betttüchern verhängt waren. Und ein winziges, urgemütliches Zimmer, dessen Wände mit Schiffsbildern bedeckt waren. Jörns Zimmer, durchfuhr es Anne, hier ist er aufgewachsen, hier hat er seine Kindheit verbracht. Ach, Jörn.

»Ein Elternzimmer, zwei Kinderzimmer«, murmelte Ralf. »Die vier übrigen könnte man als Einliegerwohnung abtrennen. Man müsste neue Bäder einbauen. Und die Küche komplett neu machen. Eine Wand einreißen, einen Tresen reinbauen. Und einen Pool in den Garten, daneben die Grillecke.«

Genau, entrümpeln, entkernen, eine Grillecke für Tom Kladen einrichten – und dann sieht das Haus so unpersönlich aus wie jedes andere Haus auf der Welt auch, dachte Anne seufzend. Aber bis dahin floss noch viel Wasser durchs Watt. Sie hatte ja auch noch ein Wörtchen mitzureden. Jetzt aber schwieg sie. Je mehr

Ralf das Gefühl hatte, die Regie zu übernehmen, desto besser. Die Katze kam zu ihr und strich schnurrend um ihre Beine. Anne nahm sie auf den Arm. Auch sie durfte ihr Zuhause nicht verlieren, dachte Anne. Haustiere waren im Altenheim bestimmt verboten.

»Ja, so könnte man das machen, Sie haben wirklich einen untrüglichen Sinn für innenarchitektonische Konzepte«, schleimte der Makler hemmungslos vor sich hin, als sie die Stiege wieder herunterkamen und sich in der Gaststube umsahen. »Man braucht etwas Fantasie, zugegeben, aber die haben Sie offenbar, Kompliment.«

»Ach was, lassen Sie mal stecken, zufällig suche ich eine geeignete Anlage auf der Insel«, wiegelte Ralf ihn ab. »Habe ein bisschen Spielgeld zu investieren. Aber normalerweise hätte ich keinen Schritt in so einen verratzten Schuppen gesetzt. Ich tue es nur meiner Frau zuliebe.«

Ohne Vorwarnung legte er einen Arm um Annes Schulter und presste sie an sich. Wie einen Besitz. Genau in diesem Moment kam Jörn von der Terrasse herein. Mit großen Augen sah er Anne an, die sich hilflos in Ralfs Klammergriff befand. Er machte auf dem Absatz kehrt.

»Und diesen Kellner mache ich auch noch platt«, sagte Ralf großspurig und ließ Anne los.

Nichts geschieht zufällig, dachte Anne. So viele Zufälle auf einmal gibt es nicht. Das Schicksal schlug zu, und zwar mit Macht. »Zufällig« suchte Ralf eine Immobilienanlage? Mit einem mulmigen Gefühl sah sie Jörn nach, der mit den Händen in den Hosentaschen davonstapfte. So sehr sie sich auch die »Alte Liebe« wünschte, seinen Stolz durfte niemand brechen. Schon gar nicht Ralf.

*

Manchmal wandeln wir auf verschlungenen Pfaden, auch wenn wir denken, frohgemut eine gerade Straße entlang zu spazieren. Anne hatte gerade den Eindruck, alles laufe nach Plan. Noch konnte sie ihr Glück kaum fassen. Ralf hatte tatsächlich angebissen. Und wenn nicht irgendetwas Schwerwiegendes dazwischenkam, gab es vielleicht bald etwas Neues, Wunderschönes, Aufregendes in ihrem Leben: ein Haus auf Sylt! Mit Familienanschluss! Ein Leben lang Ferien auf Sylt-Krokan!

»Komm, wir sehen uns das Dörfchen mal an«, sagte sie, als der Makler sich verabschiedet hatte. »Wir könnten eine Kleinigkeit im ›Robbengatter‹ essen. Das ist eine echte friesische Kneipe. Überhaupt – du wirst sehen, es ist herrlich hier.«

Auch wenn Ralf weit davon entfernt war, ihre Begeisterung zu teilen, willigte er ein, Keitum näher in Augenschein zu nehmen. Sie holten die Kinder vom Dachboden, wo sie Verstecken gespielt hatten, und zogen los. Keitum war wirklich wunderschön, das musste selbst Ralf zugeben, als sie eine Weile umhergeschlendert waren. Die verwinkelten Straßen, die blühenden Bauerngärten mit ihren uralten Bäumen, die herausgeputzten Häuser mit den blau und grün gestrichenen Fensterläden, all das verströmte Behaglichkeit und war doch alles andere als spießig, wie selbst Ralf fand.

Sie flanierten an gediegenen Läden vorbei, sahen sich die exquisiten Möbel eines teuren Einrichtungshauses im Schaufenster an. Nur ein Buchladen fehlt, stellte Anne fest. Dabei wollen die Leute in den Ferien doch lesen! In ihrer Buchhandlung wurde sie immer wieder gefragt, was sie als schönen Urlaubsschmöker empfehlen könnte. Hier einen Buchladen aufmachen, dachte sie, das müsste eine Goldgrube sein!

Immer weiter wanderten sie. Am Ortsrand begannen saftige Wiesen, auf denen Kühe und Schafe weideten. Nachdem Emily und Robert eine Weile ein Lämmchen durch den Zaun mit Löwenzahn gefüttert hatten, machten sie kehrt. Vor dem »Robbengatter« blieb Anne stehen.

»Sieh doch, wie gemütlich das aussieht«, sagte sie und zeigte auf das weißgetünchte Lokal, vor dessen Fenstern Glycinien und Efeu malerisch wucherten.

»Sieht eher nach ›heiß und fettig‹ aus«, murrte Ralf. »Und nach fiesen Matjes.«

»Ach was, bestimmt findest selbst du etwas für deinen verwöhnten Gaumen«, erwiderte Anne. »Nun komm mal runter von deinem hohen Ross.«

Sie betraten die holzgetäfelte Gaststube, die über und über mit Tauen, Netzen und Buddelschiffen dekoriert war. Beim ersten Mal hatte Anne all das gar nicht wahrgenommen, umso entzückter war sie jetzt. Abenteuer lag in der Luft, Fernweh und Piratenromantik. So, genau so hatte Anne sich immer eine echte Seefahrerkneipe vorgestellt. Ein magischer Ort, wo die Friesen alles angehäuft hatten, was sie von großer Fahrt mitgebracht hatten. Die Geheimnisse fremder Länder, die Geheimnisse des Meeres. Auch die Kinder waren hin und weg.

»Guck mal, Mama, da hängt ein ausgestopfter Fisch!«, rief Robert und zeigte an die Decke, wo furchterregende Meeresbewohner ihre Rachen aufsperrten.

»Den kriegst du zum Nachtisch«, ätzte Emily. »Oder den daneben, den mit den Stacheln! Papa, guck doch, ist das ein Stachelrochen?«

Aber Ralf hatte keinen Blick für die maritime Dekoration. Gebannt sah er zu einem runden Tisch in einer Ecke am Fenster. Dort saß niemand anderes als Tom Kladen. Er war in Begleitung einer ausgesprochen hübschen, blonden jungen Frau, vertraut steckten sie die Köpfe zusammen und lachten leise. Ihre Finger waren zärtlich ineinander verschlungen. Mit versteinerter Miene sah Ralf den beiden Turteltauben zu.

»Na, was sagst du, sogar Tom Kladen fühlt sich hier wohl«, wisperte Anne. »So schlecht kann das Lokal ja wohl nicht sein. Aber wer ist denn die Frau? Ralf? Hörst du mir überhaupt zu?«

In diesem Moment drehten Ralfs Chef und seine hübsche Begleiterin ihnen die Gesichter zu. Anne spürte plötzlich, dass etwas nicht stimmte. Ralf sah aus wie vom Donner gerührt, Tom Kladen grinste gequält, und die junge Frau errötete tief, während sie ihre Hand schnell wegzog. Ertappt, dachte Anne, wir haben etwas entdeckt, was wir nicht sehen sollten.

»Na, wenn das nich die junge Frau is, die Oma Lina und ihren Bengel überlebt hat!«, polterte es neben ihnen los.

Der Wirt war mit einem großen Tablett in die Gaststube gekommen, auf dem er zwei Teller mit gebratener Scholle und zwei Gläser Weißwein balancierte. Er trug noch immer seine speckige Lederweste und lachte dröhnend.

»Hallo«, sagte Anne. »So sieht man sich wieder.«

»Moment, ich bring den Herrschaften da drüben mal eben den Pannfisch, dann können Sie sich was Anständiges zu Essen aussuchen!«

»Willst du Tom nicht Hallo sagen?«, flüsterte Anne Ralf zu. »Er hat uns sowieso schon gesehen.«

Widerstrebend ging Ralf zu dem Tisch. »Hallo Tom, hallo Maike«, presste er mit heiserer Stimme hervor.

»Hallo Ralf«, erwiderte die junge Frau mit rauchiger Stimme. Sie wirkte ausgesprochen befangen, so wie Tom Kladen. Unruhig kratzten ihre blutrot gelackten Fingernägel auf einem Bierdeckel herum. Und die Stimme, diese rauchige Stimme …

Ein heißer Blutstrom durchschoss Annes Körper. Mit der tödlich sicheren Intuition der betrogenen Ehefrau wurde ihr klar, dass diese blonde junge Frau mit dem schuldbewussten Gesichtsausdruck der Grund für ihre Eheprobleme war. Kein Zweifel: Das war die Frau aus dem Hotel. Die Frau, der es nichts ausgemacht hatte, mit einem verheirateten Mann ins Bett zu gehen und vielleicht sogar seine Ehe zu zerstören. Und ganz offensichtlich hatte sie bereits ein neues williges Opfer gefunden.

»Maike ist hier auf Sylt geboren, wussten Sie das?«, fragte Tom Kladen mit gespielter Munterkeit. »Eine waschechte Friesin. Sie kommt aus Hörnum, ganz im Süden der Insel.«

»Na, denn guten Appetit«, sagte der Wirt mit seiner Polterstimme, während er Teller und Gläser auf den Tisch stellte. »Lassen Sie sich's schmecken. Die Herrschaften kennen sich? Tja, die Welt is klein!«

»Ob wir uns kennen? Das kann man wohl sagen«, stieß Anne hervor.

»Und, junge Frau? Erst mal'n Bier?«, fragte der Wirt jovial, während er sich Anne zuwandte. »Und für die Kinder einen Apfelsaft?«

Völlig aufgelöst drückte Anne die Kinder an sich. Keinen Augenblick länger hielt sie es hier aus. Nicht in Gegenwart dieses Pärchens, nicht in Gegenwart dieser männermordenden Blondine, die so mir nichts, dir nichts in fremde Ehen einbrach. Noch immer sagte Ralf kein Wort. Wenn Anne nicht so aufgewühlt gewesen wäre, hätte sie vielleicht Schadenfreude empfunden. Doch stattdessen geriet sie immer mehr in Panik.

»Einen hübschen Ring haben Sie da«, sagte Maike, die versuchte, die grässliche Situation zu überspielen. Sie zeigte auf Annes Hand.

»Ein Aquamarin. Den hat mir mein Mann geschenkt. In Kampen. Wir haben bald unseren zehnten Hochzeitstag«, krächzte Anne.

Maikes Augen verengten sich ein wenig. »Wirklich ein ausgefallenes Stück. Herzlichen Glückwunsch.«

»Also, was is nun? Bier und Apfelsaft?«, wiederholte

der Wirt seine Frage. »Sie können sich ja an den Nebentisch setzen.«

»Wir – wir möchten lieber draußen sitzen«, antwortete Anne hastig. »Das Wetter ist so schön …«

»Wo Sie Recht haben, haben Sie Recht, junge Frau«, pflichtete der Wirt ihr bei. »Wer weiß, wie lange es noch hält. Hier auf der Insel kann das Wetter von einem Tag auf den anderen umschlagen. Für die nächsten Tage ist sogar Sturm angesagt.«

Im Gänsemarsch verließen Anne, Ralf und die Kinder das Lokal und hockten sich in den kleinen Vorgarten an einen wackeligen Tisch. Ein Schatten hatte sich über sie gelegt, obwohl die Sonne schien. Nie im Leben hätte Anne damit gerechnet, ausgerechnet hier Ralfs Affäre zu begegnen. Und noch weniger hatte Ralf solch eine Begegnung vorausgesehen. Sein Mund war zu einem schmalen Strich zusammengekniffen, mit flackerndem Blick starrte er vor sich hin.

»Ich esse jetzt einen Matjes, und dazu trinke ich ein großes Bier«, sagte Anne. Sie blätterte in der Karte. Mit aller Kraft versuchte sie zu überspielen, dass sie gerade einen brutalen Faustschlag in den Magen bekommen hatte. Oder vielmehr unter die Gürtellinie. Alle ihre Versuche, das Geschehene zu vergessen, waren zunichte.

»Auf der Kinderkarte gibt es Pfannkuchen mit Apfelmus, wollt ihr?«

Robert und Emily nickten.

»Aber Oma Lina macht das bestimmt viel besser«, sagte Robert vorlaut.

»Oma Lina, Oma Lina«, brach es unbeherrscht aus Ralf heraus. »Habt ihr kein anderes Thema?«

Verschreckt sahen die Kinder sich an. Die armen Kleinen, dachte Anne, Die müssen es jetzt ausbaden, dass der Herr Papa krumme Sachen macht. Schweigend warteten sie auf den Wirt, schweigend vertilgten sie das Mittagessen. Ralf stürzte eine Flasche Rotwein wie Wasser hinunter. Als die Kinder zum Nachtisch ein Eis löffelten, tauchte Tom Kladen auf. Von seiner attraktiven Begleiterin war nichts mehr zu sehen.

»Toller Laden, was?«, sagte er leutselig. »Hausmannskost de luxe. Darf ich mich einen Moment setzen?«

Er rückte einen Stuhl heran und setzte sich. Ralf mied seinen Blick.

»Ein herrliches Fleckchen Erde«, tönte sein Chef. »Kampen ist mir mittlerweile zu Schickimicki. Ich habe mir heute Morgen hier in Keitum was angesehen, eine ziemlich runtergekommene Pension, aber mit Potenzial.«

So fühlt es sich also an, wenn der Himmel einstürzt, durchzuckte es Anne. Wie viele Pensionen gab es hier schon? Und wie viele standen zum Verkauf?

»Ach ja?«, fragte Ralf. »Wo ist sie denn?«

»Direkt am Deich«, verkündete Tom Kladen gut gelaunt. »Top-Lage, historisches …«

»… Ambiente, unverbaubarer Meerblick«, ergänzte Anne tonlos.

Verdutzt schaute Tom Kladen sie an. »Ja, genau. Woher wissen Sie …?«

»Weil wir soeben von dort kommen«, erwiderte Anne,

ohne mit der Wimper zu zucken. »Und weil wir fest vorhaben, dort in den nächsten Jahren unsere Ferien zu verbringen.«

Mit offenem Mund saß Ralfs Chef da. Dann begann er zu lachen.

»Na, das nenn ich einen guten Witz. Die Hütte ist doch erst seit zwei Tagen auf dem Markt. Maike kennt den Besitzer und seine gruselige Mutter. Und so, wie es aussieht, wird unsere süße Maike das Ding für mich schaukeln. Die hat den Sohn des Hauses in Nullkommanichts um den Finger gewickelt.«

Nun waren es Anne und Ralf, denen der Mund offen stand. Nein, begehrte alles in Anne auf. Nein! Nicht das. Nicht so. Verzweifelt spürte sie, dass nicht nur Oma Lina und das Haus in Gefahr waren, sondern dass eine ganz und gar schreckliche Gefühlsregung ungestüm in ihr erwachte: Eifersucht. Und nicht etwa wegen Ralf. Maike und Jörn – hatte diese gewissenlose Schlange ihre Verführungskünste etwa auch bei Jörn ausgespielt?

Ich muss ihn warnen, durchfuhr es sie, ich muss … Aber mit welchem Recht hätte sie das tun sollen? Was ging sie das alles an? Kraftlos sank sie auf ihrem Stuhl zusammen. Es war alles aus. Schlimmer konnte es nicht mehr kommen. Sie fuhr zusammen, als etwas Weiches auf ihren Schoß sprang. Es war die kleine Katze aus der »Alten Liebe«, die offenbar einen Streifzug durch das Örtchen unternommen hatte. Angstvoll umarmte Anne das weiche, zitternde Wesen, als könnte es ihren Anspruch auf das Haus bekräftigen.

»Noch – ist – das letzte Wort – nicht – gesprochen«, sagte Ralf auf einmal sehr laut und sehr bestimmt.

Wie war das? Verblüfft betrachtete Anne ihren Mann. Das war eine Premiere. Noch nie hatte sie erlebt, dass Ralf seinem Chef widersprach, den er doch so anhimmelte. Er musste tief verletzt sein. Bis ins Mark. Es ging nicht um das Haus, das wusste sie, es ging um Maike, das war mehr als offensichtlich. Dies war eine Männersache. Wie zwei Kampfhähne fixierten sich die beiden Herren. Aus den Buddies waren Konkurrenten geworden. Erbitterte Konkurrenten.

»Wie Sie meinen«, sagte Tom Kladen mit smarter Geschmeidigkeit und stand auf. »Aber ich warne Sie: Wenn Sie mir in die Quere kommen …«

»… ist schon passiert«, sagte Ralf mit rauer Stimme.

»… kann das ernste Konsequenzen haben.«

Unheilvoll stand das Wort im Raum: Konsequenzen. Anne machte sich wenig Illusionen, wie diese Konsequenzen aussehen würden. Tom Kladen fackelte nicht lange, wenn er einen in Ungnade gefallenen Mitarbeiter loswerden wollte.

»Und jetzt einen Korn«, sagte Ralf, als sein Chef grußlos gegangen war.

»Mama, wieso kann man ein Korn trinken?«, wollte Robert wissen, der so wie seine große Schwester die ganze Zeit über mit großen Augen die Unterhaltung verfolgt hatte.

»Das ist Schnaps, du Dummerchen«, belehrte Emily ihren Bruder.

»Schnaps?«, rief Robert entsetzt.

»Damit kann man sich betrinken«, erläuterte Emily altklug den Sachverhalt.

»Will Papa sich etwa betrinken?«, fragte Robert fassungslos.

»Genau das«, knurrte Ralf. Alle Farbe war aus seinem Gesicht gewichen. Totenblass saß er da und ließ die Schultern hängen.

»Schnaps«, wiederholte Robert fasziniert.

»Schon im Anmarsch«, dröhnte der Wirt, der offenbar über ein exzellentes Gehör verfügte und zwei kleine Gläser mit einer wasserhellen Flüssigkeit auf den Tisch stellte. »Denn man Prost. Und Sie wollen wirklich den Kasten kaufen? Wenn Sie sich da man nicht übernehmen. Außerdem: Die Leute sagen, dass es da spukt.«

»Blödsinn«, widersprach Anne. »Das einzige Gespenst, das hier sein Unwesen treibt, ist dieser Tom Kladen!«

Der Wirt grinste von einem Ohr zum anderen. Er amüsierte sich prächtig. Endlich war mal was los, und er erfuhr es als Erster. Diese Gedanken standen ihm deutlich ins Gesicht geschrieben.

»Sie meinen dieses Bürschchen, das eben bei Ihnen am Tisch war?«, fragte er genüsslich. »Der schnürt hier schon seit zwei Tagen rum. Fragt alle aus über Oma Lina. Tja«, er seufzte tief, »lauter Fremde hier, man kennt sich kaum noch aus. Die Einheimischen versilbern ihre schönen Häuser, im Sommer kommen die neuen Besitzer, und im Winter ist hier Totentanz. Na ja, nix für ungut, ich meine, wenn's nach mir ginge, bekämen Sie die ›Alte Liebe‹, ehrlich.«

Er nahm ein Glas und prostete Ralf zu. »Und tschüss!«

Anne hatte genug. Das war zu viel. Sie konnte kaum noch einen klaren Gedanken fassen.

»Wir würden dann gern mal zahlen«, sagte sie.

»Nee, nee, lassen Sie mal s-tecken. Geht aufs Haus. Soll Ihnen Glück bringen«, protestierte der Wirt und wischte sich mit dem Handrücken die Lippen ab. »Aber ein'n nehmen wir noch, für'n Weg!«

Eilig ging er ins Haus und kam diesmal mit drei Gläsern zurück.

»So, junge Frau, der ist für Sie«, befand er und hielt Anne ein Schnapsglas hin. »Können sich gleich mal dran gewöhnen. Wenn man bei den Friesen was werden will, muss man da durch. Sie kriegen die ›Alte Liebe‹, das hab ich im Urin. Auch wenn die annern mit Geldscheinen nur so rumwedeln – Sie haben bei Oma Lina 'n S-tein im Brett! Und bei Jörn sowieso!«

Oha. Anne wagte gar nicht, Ralf anzusehen. Aber der war gottlob so umnebelt und mit sich selbst und seinem Ungemach beschäftigt, dass er gar nicht mehr hinhörte. Eine heiße Welle überlief sie. »Bei Jörn sowieso«, hatte der Wirt gesagt. Sie biss sich auf die Lippen. Wie gern hätte sie nach mehr gefragt. Hatte Jörn über sie gesprochen? Was hatte er erzählt?

»Auf die ›Alte Liebe‹«, sagte sie und erhob ihr Glas.

»Und auf die junge«, konterte der Wirt mit seinem öligen Grinsen. Anne hatte nur eine vage Vorstellung, was er damit meinte.

Ralf war mittlerweile nicht mehr in der Verfassung,

ein Auto zu lenken. Mit Mühe und Not lotste Anne ihn zum Wagen, verfrachtete ihn auf den Beifahrersitz und machte sich auf den Weg zum Hotel. Sie fühlte sich, als hätte sie stundenlang Gewichte gehoben. Auf dem Rücksitz schwatzten die Kinder aufgeregt miteinander, malten sich aus, was sie alles anstellen könnten, wenn sie erst einmal die »Alte Liebe« beziehen würden. Anne hörte ihnen gedankenverloren zu. Gab es noch Hoffnung? Sie wusste es nicht.

Müde und erschöpft kamen sie in der »Strandkrone« an. Ralf warf sich sofort aufs Bett und fiel schnarchend in einen tiefen Schlaf. Anne zog einen Bikini an und packte die Badesachen zusammen. Wenn Ralf seinen Rausch ausschlafen wollte – bitte sehr. Nichts wie weg! Auf Zehenspitzen verließ sie mit den Kindern die Suite. Sie wollte nur noch ins Meer, sich treiben lassen, das Salzwasser spüren. Über nichts nachdenken. Über gar nichts. Das Leben war schon wieder höllisch kompliziert geworden. Noch komplizierter als jemals zuvor.

Der Strandkorbvermieter erkannte sie sofort und hielt diskret die Hand auf. Anne ignorierte ihn, Wofür brauchte sie schon einen Strandkorb?

»Wir bauen eine schöne Burg«, rief sie den Kindern zu. »Aber erst mal stürzen wir uns in die Fluten!«

Sie breiteten ihre Handtücher aus, dann rannten sie übermütig in die Wellen. Wie gut das tat! Das Meer spülte alles fort, was an Anne klebte, die Hoffnungen und die Zweifel, die Eifersucht und die Ängste. Das hier, das war das Leben. Die Wellen, die Gischt, die anrollende Brandung. Robert prustete wie ein Babywal,

Emily planschte nach Kräften herum und spritzte ihrem kleinen Bruder Wasser ins Gesicht. Es folgte die erbittertste Wasserschlacht in der Geschichte der christlichen Seefahrt.

Glücklich warfen sie sich anschließend auf die Handtücher. Robert begann schon nach ein paar Minuten zu buddeln. Ehrgeiz hatte ihn gepackt. Hoch flog der Sand, den er mit seiner kleinen Schaufel zu einem Burgwall formte. Während Anne Emilys Rücken eincremte, hörte sie plötzlich ein Schluchzen.

»Emily?«, fragte sie.

Keine Reaktion.

»Liebes, was hast du denn?«, versuchte sie es erneut.

»Papi ist so komisch«, schniefte Emily und drehte sich um.

»Wie – komisch?«

Über Emilys kleines Gesicht liefen dicke Tränen.

»Er mag Oma Lina nicht, dabei ist sie sooo lieb, und außerdem will er sich betrinken, und mit uns hat er noch gar nicht gespielt. Nicht ein einziges Mal«, schluchzte sie. »Hat er uns denn gar nicht mehr lieb?«

Was sollte Anne nur darauf antworten? Emily hatte mit der ganzen Klarheit ihrer kindlichen Seele ausgesprochen, was hier schieflief. Nicht mehr und nicht weniger.

»Papa – hat Stress«, begann Anne. »Er muss immer so viel arbeiten, und jetzt braucht er erst mal seine Ruhe.« Sie überlegte. »Morgen wird er ganz bestimmt mit euch spielen, und wenn er Oma Lina erst mal richtig kennt, mag er sie auch. Bestimmt.«

Zweifelnd sah Emily ihre Mutter an. »Wirklich, Mami?«

»Aber klar«, beruhigte Anne ihre Tochter und nahm sie in den Arm.

Doch sie wusste, dass es reiner Zweckoptimismus war, den sie hier verbreitete. Dass Ralf sich tatsächlich ändern würde, war kaum mehr als Wunschdenken. Währenddessen lief die Uhr. Wenn sie nicht bald etwas unternahm, waren Oma Lina und die »Alte Liebe« Vergangenheit. Unwiederbringlich.

Dann fiel Anne etwas ein. Hektisch suchte sie in der Badetasche nach ihrer Geldbörse. Der Zettel, wo war der Zettel mit Jörns Telefonnummer? Den hatte er ihr doch gegeben, als er sie zu Oma Lina gebracht hatte. Es schien Wochen her zu sein. Mit fliegenden Fingern kramte sie Kreditkarten, Geldscheine und Quittungen heraus, bis sie endlich einen kleinen karierten Zettel zutage förderte, auf dem eine Handynummer stand. Jörns Nummer.

Sie verwünschte die Unbedachtheit, mit der sie auf dem Autozug ihr Handy ins Meer geworfen hatte. Wenn sie ihn doch bloß anrufen könnte. Jetzt, auf der Stelle. Alles erklären, etwas tun, irgendetwas. Die Katastrophe aufhalten, die sich ohne Frage gerade anbahnte. Vielleicht saß diese unerträgliche Maike schon mit Jörn zusammen und hielt seine Hand, während sie ihm süße Worte ins Ohr flüsterte. Worte, die Jörn überzeugen sollten, das Haus ihrem zahlungskräftigen Firmenchef zu überlassen. Das Blaue vom Himmel würde sie runterlügen, um ihm die »Alte Liebe« abzuschwatzen.

Um sich abzulenken, holte Anne eines der Bücher aus der Tasche, die sie lesen wollte. Ein Liebesroman. Seufzend schlug sie es auf.

»Mama, Mama, dürfen wir zu den Piraten?«

Mit sandigen Händen hielt Robert Anne einen Flyer unter die Nase. Darauf war ein Schiff mit Piratenflagge abgebildet, und darunter stand: »Zünftiges Abenteuer auf hoher See. Piratenfahrt inklusive Äquatortaufe und Grillfest mit selbst gefangenen Fischen. Abfahrt in List um 17 Uhr. Kosten pro Kind: 15 Euro.«

»Woher hast du das denn?«, fragte Anne stirnrunzelnd.

»Weiß nicht, irgend so ein Junge hat mir den Zettel gegeben«, antwortete Robert. »Dürfen wir, Mama? Bitte!«

Auch Emily hatte wie von Zauberhand ihren Kummer vergessen und war jetzt Feuer und Flamme für ein Piratenabenteuer.

»Sag ja«, bettelte sie. »ich wollte immer schon mal auf ein echtes Piratenschiff!«

Anne sah auf die Uhr. Es war Viertel vor vier. Auch wenn sie keine Ahnung hatte, wo List genau lag, eines wusste sie ganz genau: Jetzt waren die Kinder dran. Die Lütten, wie Oma Lina sagte. Die hatten genug Probleme mitbekommen, dafür sollten sie jetzt endlich mal etwas Schönes erleben. Etwas richtig Schönes. Ohne irgendwelche Schatten.

»Dann aber Beine in die Hand«, rief sie aus. »Wenn wir uns beeilen, schaffen wir es vielleicht so gerade!«

In Windeseile packten sie ihre Sachen zusammen und rannten los. Sogar Robert, der sonst liebend gern trödelte, gab alles. Hechelnd erreichten sie das Hotel. Umziehen? Keine Zeit. So, wie sie waren, sprangen sie in Ralfs Auto und düsten los. List – zwanzig Kilometer, las Anne auf einem Straßenschild, als sie am Ende der Whiskeymeile angelangt war. Das musste doch zu schaffen sein! Sie bog links ab und brauste schon bald durch eine wilde Dünengegend, die wie eine Mondlandschaft aussah.

Die Insel war viel rauer und naturbelassener hier. Wie ein wüstes Eiland, kaum bewohnbar. Karge Heidepflanzen überwucherten die Dünen, in zartem Lila leuchteten die Hügel, dazwischen bahnten sich riesige Wanderdünen ihren Weg. Einmal mehr bewunderte Anne die Friesen, dass sie der feindlichen Natur überhaupt so etwas wie einen Lebensraum abgetrotzt hatten. War schon ein bemerkenswerter Menschenschlag. Jörn fiel ihr ein. Unvorstellbar, was er hatte durchmachen müssen.

Endlich sahen sie das Ortsschild von List, ein hilfreicher Wegweiser führte sie zum Hafen. Jede Menge Schiffe lagen dort. Welches war das Piratenschiff? Anne fragte sich durch, und dann gelangten sie tatsächlich zu einem Kutter, vor dem ein großes Plakat »die abenteuerlichste Piratenfahrt unter Sylter Flagge« ankündigte. Hastig bezahlte Anne bei einem Jungen, der mit Kopftuch und Augenklappe ausstaffiert an der Mole auf Kundschaft wartete.

»Wollen Sie etwa auch mit?«, fragte er ungläubig, als Anne für drei bezahlte. »Ist doch was für Kinder!«

»Ich bin ein Kind – siehst du das nicht?«, gab Anne

schnippisch zurück und lief behände hinter den Kindern her, die bereits über die schwankende Gangway balancierten, die zum Schiff führte. Dort warteten etwa zwanzig Kinder, die aufgeregt durcheinander wuselten.

»Boah, eine Schatztruhe«, sagte Robert anerkennend und zeigte auf eine Holzkiste, die mit falschen Goldmünzen beklebt war. »Weißt du was, Mama? Ich klaue den Schatz, dann können wir die ›Alte Liebe‹ kaufen!«

»Immer mit der Ruhe«, befand Anne. »Hier hat der Kapitän das Sagen! Sonst wirst du geteert und gefedert! Und das würde ich dir nicht gerade wünschen.«

»Was ist geteert und gefedert?«, erkundigte sich Robert interessiert, doch in diesem Moment ertönte die Schiffsglocke.

»Alle Mann an Deck?«, schrie eine Männerstimme. »Wir legen ab! Mitgefangen, mitgehangen! Und wer meutert, hängt noch heute Abend am Besanmast!«

Verschüchtert griff Robert nach Annes Hand. Aber Emily schien das alles zu genießen.

»Yippieh! Wir entern gleich!«, schrie sie.

Dann wich sie vor einer imposanten Gestalt zurück, die mit schweren Schritten das Deck betrat. Das musste der Kapitän sein. Er trug eine Fantasieuniform mit blinkenden Goldknöpfen und einen Dreispitz auf dem Kopf, hatte einen Papagei auf der Schulter und hielt in der rechten Hand einen Degen. An den Füßen trug er kniehohe klobige Stiefel. Sein Gesicht war mit schwarzer Farbe geschminkt, seine Miene finster.

»Ihr verdammten Landrrrratten!«, schrie er. »Euch werde ich Manieren beibringen! Wenn ich was befehle, dann sagt ihr: Jawohl, Herr Kapitän! Also: S-trammges-tanden!«

»Jawohl, Herr Kapitän!«, kreischten die Kinder wohlig erschrocken und sprangen auf.

»Geht das nicht ein bisschen lauter?«

»Jawohl, Herr Kapitän!«, schrien die Kinder aus Leibeskräften.

Anne musste lachen. Das war ja ein strenger Pirat. Und den Kindern gefiel es außerordentlich. Wer auch immer dieser Typ war, er wusste, wie er die Kleinen in seinen Bann zog. Sie sah zurück zum Hafen, der sich immer weiter entfernte. Wie köstlich das war, den festen Boden hinter sich zu lassen. Die Probleme, die Komplikationen. Wenn man ihr eröffnet hätte, dass das Schiff bis nach Amerika fahren würde, sie hätte nichts dagegen gehabt. Hauptsache, sie und die Kinder waren beisammen.

»Hört mal zu, ihr Landrrrratten«, grollte der Kapitän. »Jetzt ist Schluss mit lustig. Erst muss das Deck geschrubbt werden, dann heißt es: Fische fangen. Und nicht zu knapp. Sonst ist Ebbe in der Kombüse. Habt ihr das vers-tanden, ihr Nichtsnutze?«

»Jawohl, Herr Kapitän!«, erscholl es aus zweiundzwanzig Kinderkehlen.

Anne unterdrückte ein Kichern. Was für ein herrliches Theater! Doch das Kichern verging ihr, als der furchteinflößende Kapitän direkt auf sie zu marschierte und mit seinem Degen auf sie zeigte.

»Ahaaa«, grölte er. »Ein Meuterer! Tod oder Gehorsam?«

»Gehorsam«, gluckste Anne.

»Und?«

»Jawohl, Herr Ka-pi...«

Sie stockte. Jetzt, von Nahem, erkannte sie ihn. Der finstere Pirat – das war Jörn! Sie hatte ihn nicht gleich erkannt in seiner Verkleidung und mit der schwarzen Schminke, doch jetzt blitzten sie unverkennbar die blausten, strahlendsten Augen der nördlichen Hemisphäre an. Und das Lächeln, das seinen Mund umspielte, dieses Lächeln hätte sie unter Tausenden erkannt. Sie schwankte leicht und umklammerte die Reling. Das also war sein Schiff, das also tat er, wenn er nicht gerade in der »Sansibar« kellnerte.

»Lauter!«, befahl Jörn, aber er zeigte lachend seine weißen Zähne, die aus der Schwärze seines Gesichtes noch intensiver aufblitzten.

Das war verrückt. Das war total verrückt! Anne wusste nicht, wo ihr der Kopf stand, hatte sie überhaupt noch einen Kopf auf den Schultern? Sie wusste nur eins: Dieser Jörn war großartig. Er war schlicht und einfach großartig.

»Los, doch, Mama«, feuerte Robert sie an und zupfte an ihrem T-Shirt. »Sonst wirst du geteert und gefedert!«

»Jawoll, Herr Kapitän!«, rief Anne und salutierte scherzhaft.

»Na, also, geht doch«, sagte Jörn verschmitzt und wandte sich wieder an die Kinder. »So, und nun wird das Deck geschrubbt. Nicht ein einziges S-täubchen will ich auf den Planken sehen!«

Der Junge, der die Tickets verkauft hatte, tauchte

mit einem ganzen Arm voller Besen und Scheuerlappen auf. Dann goss er einen Eimer Wasser auf die Holzbohlen. Mit Feuereifer stürzten sich die Kinder auf die Besen und die Scheuerlappen und legten los. Die Arme in die Hüften gestemmt, stand Jörn daneben und überwachte die Reinigungsaktion. Wie Oma Lina, dachte Anne belustigt. Der Apfel fällt nicht weit vom Stamm.

Und obwohl das alles ja strenggenommen nur Maskerade und Theater war, so spürte sie doch, dass dieser Jörn ein ganzer Mann war. Keine Angeber, Aufschneider, keiner, der sich mit Tricks und Taktiken beweisen musste. Die natürliche Autorität, die er auf diesem Schiff bewies, sein Talent, die Kinder zu begeistern, das war etwas vollkommen Echtes, das seine Wirkung auf Anne nicht verfehlte.

»Na, edles Fräulein, wollen wir uns nicht die Hände schmutzig machen?«, riss Jörns Stimme sie aus ihren Gedanken.

Sie lächelte ihn an. Es war ganz leicht. Ja, sie flirtete. Und sie genoss es, wie er vor ihr stand und versuchte, sie herumzukommandieren.

»Vielleicht könnte ich mich in der Kombüse nützlich machen?«, flötete sie.

»Na, gut, Smutje, dann zeig ich dir mal die Räume unter Deck«, erklärte Jörn. »Obermaat?«, wandte er sich an den Jungen mit der Augenklappe. »Du behältst die Landrrrratten unter Kontrolle. Wer nicht richtig schrubbt, fliegt über Bord, dass das mal klar ist!«

Die Kinder juchzten begeistert auf. Sie lagen alle

längst auf den Knien und säuberten die Planken, als gäbe es keine schönere Sache auf der Welt.

Zögernd folgte Anne Piraten-Jörn zu einer Luke, in die er geschickt hineinkletterte. Sollte sie, oder sollte sie nicht? Mit klopfendem Herzen kletterte sie hinterher. Unter Deck sah es gar nicht nach derber Piratenromantik aus. Überrascht nahm sie eine blitzsaubere, modern eingerichtete kleine Küche wahr, daneben führte ein enger Durchgang zu einem Raum, der ganz von einem breiten Bett ausgefüllt war, auf dem viele bunte Kissen lagen. Sehr einladend.

Auf diesem Schiff ein paar Tage übers Meer zu schippern musste himmlisch sein. Nur Wind und Wellen, das Toben der Elemente, und sich nachts in den Schlaf wiegen lassen. Aber das alles war nicht für sie gedacht. Unsicher blieb sie stehen.

»Na, wie gefällt Ihnen mein Zuhause?«, fragte Jörn mit normaler Stimme. Er hatte seinen Dreispitz abgesetzt und drehte ihn nervös in den Händen.

»Sehr, sehr gut«, antwortete Anne wahrheitsgemäß.

Hier also wohnte Jörn. Auf einem Schiff! Hatte Kommissar Zufall sie hierher geführt? Oder sollte das alles so sein? Gerade noch hatte sie überlegt, ihn anzurufen, und nun stand er vor ihr, einfach so. Jörn. Das Schiff schaukelte jetzt so stark, dass sie Mühe hatte, das Gleichgewicht zu halten.

»Bitte, setzen Sie sich doch«, forderte Jörn sie auf und zeigte auf das Bett. »Keine Sorge, ich habe nicht vor, Sie anzufallen.«

Schwankend ging sie zum Bett und nahm auf der

Kante Platz. Warum wirkte Jörn so feierlich? Was hatte er ihr zu sagen? Sie stützte sich rechts und links ab und machte sich sehr gerade. Was auch immer es war, diese Aussprache kam genau zum richtigen Zeitpunkt.

»Sie wollen also die ›Alte Liebe‹ kaufen?«, kam Jörn unvermittelt zur Sache.

Anne fuhr sich durchs Haar. Erst jetzt wurde ihr bewusst, dass sie aussehen musste wie ein gestrandetes Meerschweinchen. Das Salzwasser hatte ihr Haar strähnig trocknen lassen, und wenn überhaupt noch ein Rest Wimperntusche übrig geblieben war, so hing sie sicherlich neben ihrer Nase. Aber es gab Wichtigeres.

»Ich möchte die ›Alte Liebe‹ – retten« verbesserte sie ihn, »so, wie sie ist, mit allem, was sich darin befindet – Oma Lina und ihre Katze eingeschlossen.«

Erst, nachdem ihr dieser Satz entschlüpft war, ging ihr auf, dass sie kräftig fantasierte. Nie und nimmer würde Ralf das akzeptieren. Er würde das Haus zu Tode renovieren. Und als Erstes würde er Oma Lina rausschmeißen, das war so sicher wie das Amen in der Kirche. Aber das war ihr jetzt egal. Erst mal das Haus, dann würde man weitersehen.

»Klingt gut, aber unrealistisch«, kommentierte Jörn sie trocken. »Der geschätzte Gatte hat andere Pläne. Sagt jedenfalls der Makler.«

Hilflos saß Anne da. Es stimmte ja. Sie hatte sich in eine Traumwelt geflüchtet, die nicht existierte. Das Wunschdenken hatte ihr Urteilsvermögen getrübt. Sie fühlte sich wie eine Hochstaplerin. Einfach grässlich. Kleinlaut versuchte sie, sich zu rechtfertigen.

»Stimmt, mein Mann ist anderer Meinung. Aber ich – ich möchte, dass alles so bleibt, wie es ist.«

Sie spielte verlegen mit einem der bunten Kissen. Was tat sie hier? Was erzählte sie da? Ich bin kindisch, schalt sie sich. Eine Tagträumerin. Scheu sah sie auf und fühlte sich von Jörns Augen förmlich durchbohrt.

»Jedenfalls wäre es schrecklich, wenn diese Maike und Tom Kladen, und überhaupt …« Sie hatte sich hoffnungslos verheddert.

Es war stickig unter Deck. Sie bekam kaum noch Luft. Ganz dicht stand Jörn jetzt vor ihr. Sie musste daran denken, wie er sie aufgefangen hatte in der »Sansibar«, wie wundervoll es gewesen war, sich vertrauensvoll an seine breite Schulter sinken zu lassen.

»Sie kennen Maike?«, hörte sie Jörn überrascht fragen.

»Das will ich wohl meinen«, stieß Anne hervor. Blinde Wut schäumte unversehens in ihr hoch. Maike, das Luder! Sie musste Jörn warnen, sie musste einfach. »Erst hat sie meinen Mann verführt, dann Tom Kladen, und so wie es aussieht, sind Sie als Nächster dran.«

Sie konnte nichts dagegen tun, dass ihre Augen sich mit Tränen füllten. Völlig entgeistert stand Jörn da. Dann setzte er langsam seinen Dreispitz auf.

»Jetzt hören Sie mir mal gut zu«, sagte er mit mühsam unterdrücktem Ärger. »Seit Sie auf der Insel aufgetaucht sind, haben Sie nichts als Probleme gemacht. Sie und Ihr großkotziger Mann. Aber dass Sie jetzt auch noch Maike schlecht machen, ist die Höhe. Was haben Sie hier verloren? Gehen Sie endlich dorthin zurück, wo Sie hergekommen sind. Lassen Sie uns in Ruhe, verdammt! Mich, meine Mutter und unser Haus! Dieser Kladen hat ein gutes Angebot vorgelegt, und Sie werden ab jetzt nicht mehr dazwischenfunken, klar?«

Anne schluchzte los, ohne dass sie etwas dagegen tun konnte. Die Tränen sprangen ihr förmlich aus den Augen.

»Aber …«

»Ohne Wenn und Aber!«, fauchte Jörn, dann drehte er sich um und ging zurück an Deck.

Völlig benommen blieb sie zurück. So sah er sie also? Als Störenfried? Begriff er denn gar nicht, was gespielt wurde? Vertraute er ihr so wenig? Sie rieb sich die Tränen von den Wangen. Oder hatte er am Ende Recht? Mischte sie sich in Angelegenheiten ein, die sie nichts angingen?

»Mami, wir bekommen ein Diplom!«, empfing Robert sie mit stolzgeschwellter Brust, als sie ziemlich angeschlagen aus dem Schiffsbauch zurück an die Oberfläche krabbelte. »Weil wir das Deck so gut geschrubbt haben!«

»Uuuund – weiter geht's!«, ertönte auch schon Jörns Stimme, als sei nichts geschehen. »Alle Mann an die Netze! Fischschwarm backbord!«

Feinmaschige Netze flogen durch die Luft, Angeln wurden verteilt und dicke Maden. Die Mädchen kreischten entsetzt auf, doch schon spießten die ersten unerschrockenen Juniorpiraten die Köder auf und warfen die Angelschnüre aus. Jörn machte sich an einem rustikalen Grill zu schaffen und entzündete Kohle. Rauchschwaden trieben über die Planken.

»So, Kinners, gebt alles! Ich bin sehr, sehr hungrig!«, trieb Jörn die Kleinen an. »Sonst kommt einer von euch auf den Grill!«

Mit heißen Wangen zogen Emily und Robert an einem Netz, das sie ausgeworfen hatten, mit Leibeskräften zerrten sie daran, bis es aus dem Wasser auftauchte. Kleine, silbrige Fische zappelten darin. Gedankenverloren sah Anne ihnen zu. Für die Kinder war dies die Krönung ihrer Ferien. Lachend und glucksend hievten sie ihre Beute an Bord. Nicht gerade tierlieb war diese Aktion, doch Jörn ließ keinen Zweifel daran, dass auf hoher See andere Gesetze galten.

»Bestens, und ab damit in den Eimer hier. Ja, das macht Ihr gut, Ihr Landrrrratten! Nicht schlecht für den Anfang!«

Er legte Brotscheiben auf den Grill, die sogleich einen herrlichen Duft verströmten, dann waren die Fische dran. Anne konnte kaum hinsehen, wie er geschickt die Köpfe mit einem riesigen Messer abtrennte und einen Fisch nach dem anderen auf den Rost warf. Sein Assistent verteilte Wasser und Saft, und als auch die anderen Kinder ihre Ausbeute an Deck hatten, setzten sie sich alle im Halbkreis um das Feuer.

Auf Papptellern wurde das zünftige Mahl serviert, und Robert und Emily, die sonst eher zimperlich waren, aßen mit bloßen Händen und kauten begeistert. So sahen Abenteuerferien aus! Was war dagegen ein schickes Hotel mit gelackten Obern und elegant gedeckten Tischen? Doch in Annes Freude mischte sich abgrundtiefe Traurigkeit. Jörn musste sie hassen, so, wie er sie sah. Und es hatte offenbar keinen Zweck, ihn umstimmen zu wollen. Er würdigte sie keines Blickes, während er weiter den furchteinflößenden Piratenkapitän spielte.

Nach dem Essen waren Spiele dran. Die Kinder mussten mit Tauen aneinandergebunden um die Wette laufen, Seemannsknoten nachmachen, mit weißer Farbe Totenköpfe auf schwarze Stoffrechtecke malen. Dann legte sich Jörn eine Gitarre um und sang Piratenlieder. Das also konnte er auch noch. »Alle, die mit uns auf Kaperfahrt gehen, müssen Männer mit Bärten sein«, sang er mit tiefer Stimme, und »What shall we do with the drunken sailor«. Die Kinder fielen ein.

Wehmütig lehnte Anne an der Reling. Sie hatte einen großen Fehler gemacht. Schlimmer: Sie hatte alles zerstört. Nun musste sie zurückkehren in ihr altes Leben, und alles, was ihr hier widerfahren war, würde bald schon nichts weiter als eine Urlaubserinnerung sein. Sie presste die Lippen zusammen, um nicht loszuheulen wie eine mutterlose kleine Robbe.

Nach einer Ewigkeit tuckerte das Schiff wieder in den Hafen von List ein. An der Mole standen schon die Eltern der Kinder und winkten ihren Sprösslingen zu. Die schrien und johlten, erfüllt von ihren Erlebnissen, überzeugt, dass sie nun waschechte Piraten waren. Als sie ausstiegen, bekam jedes Kind eine Urkunde auf gelblichem Pergament. Unter einem Totenkopf mit gekreuzten Säbeln stand: »Piratendiplom« und ein handgeschriebener Text, der bestätigte, dass der stolze Besitzer von nun an piratentauglich war.

Als Anne an der Reihe war, kniff Jörn die Augen zusammen. »Lever dot as Slaav«, zischte er.

Verständnislos hob Anne die Augenbrauen.

»Lieber tot als Sklave«, übersetzte Jörn. »Altes friesisches Lebensmotto. Uns kriegt keiner klein. Und Sie schon gar nicht!«

Sie bekam zum Abschied kein Diplom, nur einen warnenden Blick, der soviel bedeuten mochte wie: »Verschwinden Sie!«

Ja, noch vor ein paar Stunden hatte Anne sich auf einer schnurgeraden Straße gewähnt. Doch sie hatte sich in einem Labyrinth verirrt, dessen Ausgang nicht in Sicht war. Nur eines wusste sie: Jörns Sympathien für sie, wenn sie denn jemals existiert hatten, waren mausetot. Und das war weit furchtbarer, als sie vor sich selbst zugeben mochte.

*

Man erkennt nicht immer sofort, dass man in eine Falle geraten ist. Gerade noch sieht es so aus, als halte man alle Fäden in der Hand, doch eigentlich hat man sich längst in diesen Stricken verfangen. Und erst, wenn man sich nicht mehr rühren kann, fällt es einem wie Schuppen von den Augen, dass die Situation bereits hoffnungslos ist.

Zu dieser Erkenntnis kam Anne allmählich, während sie von Bord ging. Die Kinder plapperten noch aufgeregt vor sich hin und erzählten sich gegenseitig immer wieder ihre Heldentaten, doch Anne nahm das Gefühl tiefster Hoffnungslosigkeit immer mehr gefangen. Die Falle, in die sie geraten war, war ihre Ehe. Dieser Gedanke schälte sich allmählich aus dem Chaos heraus, das in ihrem Innern ausgebrochen war. Mit aller Kraft beschwor sie noch einmal ihre Vision – mit Oma Lina in der »Alten Liebe« ewige Ferien zu verbringen, unter dem weiten Himmel von Sylt, mit den Kindern, die alle Freiheiten hatten, in einem Haus, das Wärme und Sicherheit bot.

Doch was sie erwartete, war etwas ganz anderes: noch eine gute Woche angestrengten Urlaubs mit Ralf, Restaurantbesuche, Kinderclub und verkrampfte Strandszenen inklusive, dann die Rückkehr in den heimischen Trott. Mit all den Fragezeichen, die in den letzten Tagen aufgetaucht waren. Mit der Ungewissheit, ob Ralf nicht schon bald wieder in Versuchung geraten würde. Vor allem aber mit einem Mann, der ihr fremder als je zuvor war.

»Da hinten ist ein Karussell! Dürfen wir?« Robert und Emily rannten schon los, vorbei an Fischbuden, kleinen Restaurants und Läden.

Der Hafen von List sah aus wie eine Kirmes, genau richtig für zwei Kinder, die nach ihrer großen Fahrt überhaupt keine Lust hatten, in die wohltemperierte Strenge des Hotels zurückzufahren. Anne schlenderte durch das Gewühl von Touristen hinter ihnen her. Es roch nach Zuckerwatte und Pommes, nach Fischbrötchen und gebrannten Mandeln. Große handgemalte

Schilder priesen Sylter Spezialitäten an, Familienväter ließen sich an Stehtischen mit Kindern an der Hand ihr Bier schmecken. Luftballonverkäufer zogen herum, ganze Cliquen gebräunter Frauen mit Sonnenbrillen im Haar und Drinks in der Hand tauschten den neuesten Klatsch aus.

Der Schein der untergehenden Sonne tauchte alles in ein magisches, rosiges Licht. Möwen segelten umher, auf der Suche nach Essbarem, das es hier reichlich gab. Der Wind war aufgefrischt und pustete sie kräftig durch. Sonnenschirme und Markisen flatterten knarrend über ihrem Kopf. Auch den Wind würde sie vermissen, dachte Anne. Die kühle Brise, die einen permanent umstrich und den Duft des Meeres mit sich trug.

Die Kinder waren schon auf das Karussell geklettert. Anne zahlte bei einem wettergegerbten alten Mann mit Schiffermütze und sah zu, wie die beiden Runde um Runde zogen. Auch sie drehte sich im Kreis. So sehr sie sich auch das Gehirn zermarterte, es gab keinen vernünftigen Ausweg. Wie es wohl Oma Lina ging? Ob sie schon ihre Sachen packte? Viel würde sie nicht mitnehmen können, wenn Jörn sie tatsächlich in ein Altenheim verfrachtete.

Zu gern wäre Anne einfach hingefahren, hätte eine Schürze umgebunden und einen Kuchen gebacken. Doch sicherlich wartete Ralf schon auf seine Familie, und wenn Jörn sie in der »Alten Liebe« traf, gäbe es vermutlich einen weiteren hässlichen Auftritt. Nein, kein Kuchen.

Nach vier Runden holte Anne die Kinder vom Karussell, und sie machten sich auf den Rückweg. Die Landschaft leuchtete fahl, ein paar letzte rötliche Sonnenstrahlen lagen über den Dünenkämmen.

»Mami, dürfen wir morgen noch mal aufs Schiff?«, fragte Emily. »Jetzt, wo wir Piraten sind …«

»Mal sehen«, antwortete Anne vage. Mit jedem Meter, den sie sich der »Strandkrone« näherten, sank ihre Stimmung weiter.

Es war fast acht Uhr, als sie zurückkamen. Schon von Weitem erkannte sie Ralf, der vor dem Hotel auf der Terrasse saß. Er war nicht allein. Das durfte doch nicht wahr sein! Sofort stiegen Anne wieder die Tränen in die Augen. In einem ultraschicken, knappen weißen Hosenanzug saß Maike mit ihm am Tisch. Eine Flasche Wein stand geöffnet vor ihnen, gerade prosteten sich die beiden zu. Es gab Anne einen Stich, als sie sie sah. Wie gut sie zusammenpassten – Ralf in einem funkelnagelneuen weißen Blazer zur gebügelten Jeans, sie in ihrem eleganten, schneeweißen Ensemble.

Sandig, mit wirren Haaren und verstromert wie sie war, trat sie zu ihnen. Maikes fast mitleidiger Blick streifte sie von oben bis unten, dann stand sie lächelnd auf.

»Guten Abend, Frau Berger. Hatten Sie einen schönen Tag? Na ja, war nett, Sie gesehen zu haben. Ich habe mit Ihrem Mann noch einmal über den Hauskauf gesprochen. Doch ich fürchte, dass Sie einfach zu spät dran sind.«

Anne ließ sich nicht im Mindesten beeindrucken von

ihrer samtweichen Stimme und der routinierten Freundlichkeit. Maike war und blieb eine Schlange, der man nicht über den Weg trauen konnte. Als sie endlich außer Sicht war, ließ Anne sich in den frei gewordenen Korbsessel sinken. Ein Kellner rückte Stühle für die Kinder heran. Sofort legten sie los und berichteten ihrem Vater von den Neuigkeiten aus der Welt der Piraten.

Unbewegt hörte sich Ralf alles an, dazwischen warf er Anne vorwurfsvolle Blicke zu. Dann bestellte er Limonade für die Kinder.

»Und du?«, fragte er grimmig.

»Ich habe nicht die Absicht, die Reste zu trinken, die ihr mir übrig gelassen habt«, sagte sie. »Ich denke, Champagner wäre genau richtig.«

Wenn schon Depri, dann wenigstens mit einem Glas Champagner. Sie konnte Ralf nicht einmal eine Szene machen wegen Maike, denn in Gegenwart der Kinder wollte sie auf keinen Fall ihre Enttäuschung darüber zeigen, dass Ralf nichts Besseres zu tun gehabt hatte, als sich mit seiner Geliebten zu treffen. Achselzuckend bestellte Ralf ein Glas Champagner.

»Ich wüsste zwar nicht, dass es etwas zu feiern gibt«, knurrte er. »Ich weiß nur, dass du hier dein eigenes Ding machst. Fährst einfach weg, ohne mir einen Ton zu sagen …« Dann zeigte er auf Annes linke Hand: »Wo ist denn der Ring?«

Fassungslos betrachtete Anne ihren Ringfinger. Der Aquamarin war weg! Ralfs Ring! Sie wusste genau, dass sie ihn am Morgen noch an der Hand gehabt hatte. Hatte sie ihn verloren? Aber wo? Am Strand vielleicht?

»Ich – äh, ich glaube, er ist oben in der Suite«, stotterte sie.

Ralf verzog das Gesicht. »Hoffen wir's. Und – hast du schon weitere Pläne? Ich meine, es wäre vielleicht angebracht, dass du mich einweihst, bevor ich wieder allein hier rumsitze.«

»Können wir was essen?«, fragte Emily. »Mein Magen knurrt wie verrückt!«

»Ja, gibt es hier Nudeln?«, fiel Robert ein.

Unruhig rutschten sie auf ihren Stühle herum. Die Süßen, dachte Anne gerührt, richtig Farbe haben sie bekommen! Ihr Haar war verstrubbelt vom salzigen Wind, und nach all den Abenteuern mussten sie einen Bärenhunger haben.

»Ihr könnt euch ein Sandwich aufs Zimmer bestellen«, sagte Ralf und sah auf die Uhr. »Mami und ich gehen aus.«

»Wie bitte?« Anne war wie vor den Kopf geschlagen. »Ohne die Kinder? Welche Pläne hat der Herr Gemahl denn geschmiedet? Falls du tanzen gehen willst, das müssen wir verschieben. Ich bin todmüde.«

»Tom Kladen veranstaltet eine Grillparty«, erwiderte Ralf knapp.

»Aber er hat dich doch unter Garantie nicht eingeladen, oder?«, sagte Anne erstaunt.

»Nein, aber Maike hat mir gesagt, wo er wohnt. Die wichtigsten Leute der Insel schlagen da heute Abend auf, alles Wirtschaftsbosse und reiche Anleger, das lasse ich mir nicht entgehen. Ich meine«, er legte eine Hand auf Annes Arm, »wenn wir wirklich deine Schnapsidee verwirklichen und uns hier was leisten wollen, dann müssen wir auch gesellschaftlich Fuß fassen. Außerdem kann es nicht schaden, wenn ich mich beruflich neu orientiere, so, wie Tom drauf ist. Dafür ist heute Abend die beste Gelegenheit. Kontakte ohne Ende.«

Anne schüttelte fassungslos den Kopf, während die Kinder gespannt ihre Eltern beobachteten.

»Dürfen wir im Bett essen? Bleibt der Kellner bei uns, bis ihr wiederkommt? Dürfen wir fernsehen, so lange wir wollen?«, fragten sie aufgekratzt durcheinander.

»Das mit Tom geht dem Ende zu«, fuhr Ralf fort, ohne auf die Kinder zu achten. »Schon zu lange hat er mich hingehalten, hat mir Beförderungen, Gehaltserhöhungen, einen Dienstwagen versprochen. Zum Vice President wollte er mich machen, die Stelle ist seit Wochen unbesetzt. Nichts davon ist passiert.«

Und außerdem hat er dir deine Tussi weggeschnappt, dachte Anne erbittert. Ihr gefiel die Idee überhaupt nicht, einfach uneingeladen auf der Party aufzuschlagen. Das konnte nicht gut gehen.

»Maike weiß übrigens, dass auch der Makler kommt«, sagte Ralf. »Also, wenn dir noch etwas an dieser Bude in Keitum liegt, solltest du dir überlegen, ob es nicht doch lohnt, hinzugehen.«

»Ihr könnt euch ruhig einen schönen Abend machen«, sagte Emily, die es offenbar höchst reizvoll fand, den Abend ohne Eltern, aber mit Sandwiches und Fernsehen bis ultimo zu verbringen. »Wir sind doch schon groß.«

Anne gab sich geschlagen. »Na, gut«, willigte sie ein.

So schnell sie konnte, duschte sie und zog ein schwarzes ärmelloses Etuikleid an, ein tief ausgeschnittenes Designerteil, das sie mal in einem Second-Hand-Shop erstanden hatte. Fürs ganz große Beauty-Programm reichte die Zeit nicht mehr, also föhnte sie ihre Haare nur trocken und steckte sie hoch. Dann legte sie ihre schönste Perlenkette an, die Lippen schminkte sie in leuchtendem Rot. Ralf nannte das den »Audrey-Hepburn-Look«. Er liebte es, wenn Anne sich so cool stylte. Zum Schluss schlüpfte sie in schwarze High Heels. Ja, so konnte sie sich sehen lassen.

Doch, gespannt war sie schon, wie es auf einer dieser Superpartys zuging, von denen man sich so viel erzählte. Im Sommer waren die Klatschblätter voll von Fotos, die bei diesen mondänen Einladungen geschossen wurden. Und Ralf hatte sie ohnehin überzeugt, seit er den Makler erwähnt hatte. Wo aber war der verflixte Ring? Sie schaute überall nach, im Badezimmer, auf dem Nachttisch, in der Kommodenschublade. Das Schmuckstück blieb verschwunden.

Ralf war glücklicherweise bereits viel zu sehr mit der Party beschäftigt, um darauf zu achten. Er küsste erleichtert die Kinder, lobte sie, weil sie so »pflegeleicht« waren, und schrieb ihnen seine Handynummer auf einen Zettel. Für den Notfall, wie er betonte. An der Hotelbar erstand er für ein Vermögen noch eine Flasche Champagner.

»Damit wir nicht mit leeren Händen kommen«, erklärte er, als er Annes entsetzten Blick registrierte. »Das ist eine Investition. Mehr nicht.«

Tom Kladens Haus lag am Rande von Keitum. Sie mussten mehrmals fragen, bis sie die richtige Straße fanden, dann wurde ihnen der Weg durch die vielen Luxuskarossen gewiesen, die rechts und links auf den Bürgersteigen parkten. Es sah so aus, als ob sich die oberen Hundert von Sylt hier eingefunden hatten. Schon von weitem hörte man Musik.

»Das muss es sein«, sagte Ralf.

Er zeigte auf den Giebel eines tipptopp renovierten Reetdachhauses, auf dem in hellblauen Buchstaben »Kladen Anno 2006« prangte. Vor einem Carport stand Tom Kladens Sportwagen, daneben eine Harley Davidson. Understatement war noch nie Sache seines Chefs gewesen.

»Die werden uns schon an der Haustür rausschmeißen«, jammerte Anne, der mulmig zumute war.

»Ach was, der hat bestimmt Personal für so was. Lass mich das machen.«

Sie klingelten, und tatsächlich öffnete ihnen eine ältere Dame in schwarzem Kleid und weißer Schürze.

»Wir haben uns leider verspätet«, redete Ralf drauflos. »Hier – der Champagner ist für meinen alten Freund Tom. Stellen Sie ihn einfach irgendwo hin. Wir finden allein in den Garten, ist ja nicht das erste Mal.«

Seine Taktik ging auf. Ohne Widerspruch nahm die ältere Dame die Flasche in Empfang und ließ sie eintreten.

Anne war nahezu geblendet von der verschwenderischen, wenn auch neureich wirkenden Pracht der Diele, die so gar nicht zu dem geklinkerten Reetdachhaus passen wollte. Alles war in weißem Marmor gehalten, goldfarbene Türklinken und goldgerahmte kostbare Bilder fielen ins Auge, üppige Blumensträuße standen in hüfthohen chinesischen Vasen. Ein livrierter Kellner mit einem Tablett trat auf sie zu und bot ihnen Champagner an.

Schweigend bedienten sie sich und drangen tiefer ein in diese Hochglanz-Höhle des Löwen. Sie durchquerten ein riesiges Wohnzimmer, das aus wenigstens drei normalen Zimmern zusammengelegt worden war. Auf dem hellblauen Teppichboden stand ein weißer Flügel, ausladende cremefarbene Sofas gruppierten sich um einen Marmorkamin im französischen Stil. An den Wänden prangten großformatige abstrakte Bilder, und an einem Esstisch aus Glas, der auf rötlichen Marmorsäulen ruhte, saßen einige Gäste und verspeisten lachend und schwatzend unförmige Fleischstücke, ohne auf die Neuankömmlinge zu achten.

Aus dem Garten klang lautes Stimmengewirr herüber, übertönt von Bossanova-Klängen, die von einer Liveband kamen. Anne fühlte sich immer unbehaglicher. Was würde Tom Kladen sagen, wenn er sie entdeckte? Und wie sollte sie bloß diese Maike ertragen? Sie nippte zaghaft an dem Champagner, der hier offensichtlich in Strömen floss. Wie dämlich von Ralf, ausgerechnet eine Flasche Champagner mitzubringen, dachte sie, der war hier schließlich kistenweise vorhanden.

Als sie auf die Terrasase traten, liefen sie als Erstes dem Makler in die Arme. Exakt gescheitelt wie am Morgen, in einem knapp sitzenden weißen Anzug und umgeben von einer Wolke After Shave stand er da und betrachtete Anne und Ralf mit dem größten Erstaunen.

»Das nenne ich Sportsgeist, dass Tom ausgerechnet Sie eingeladen hat«, lachte er schadenfroh. »Ich hatte nicht den Eindruck, dass Sie ausgedehnte private Beziehungen pflegen. Eher …«

»Wir arbeiten seit sechs Jahren zusammen, da gibt es immer mal Höhen und Tiefen«, schnitt Ralf ihm das Wort ab. »Ist ja eine tolle Hütte. Haben Sie noch mehr davon? Oder verticken Sie nur Bruchbuden wie die ›Alte Liebe‹?«

Augenblicklich wurde die Miene des Maklers abweisend. Anne ächzte unhörbar. Ralf hatte wirklich den Charme eines Elefanten im Porzellanladen.

»Er meint es nicht so«, ging sie schnell dazwischen und zeigte ihr gewinnendstes Lächeln. »Es ist ja nicht zu übersehen, dass Sie ein höchst erfolgreicher Geschäftsmann sind. Ich muss sagen, es war eine angenehme Überraschung, Sie kennen zu lernen. Sind Sie spezialisiert auf Sylter Immobilien? Oder arbeiten Sie auch auf dem Festland?«

Der Makler schien ein wenig versöhnt. »Nein, auch auf dem Festland. Wir sind eine große Firma mit Sitz in Hamburg, und wir verwalten auch große Mietshäuser und Hotels. Ich selbst ziehe aber mehr und mehr den privaten Bereich vor, Villen, Ferienhäuser, Schlösser. Man lernt so interessante Leute dabei kennen.«

Er grinste Anne anzüglich zu und ließ seinen Blick kennerhaft über ihr knallenges Kleid wandern, bis er auf ihrem Décolleté verweilte. Sie musste schwer an sich halten, um ihm nicht entgegenzuschleudern, dass sie keines der Flittchen war, die hier vermutlich sonst verkehrten.

»Und manchmal muss man harte Nüsse knacken«, lächelte sie, »so wie diese Oma Lina und ihren Sohn. Ich glaube, so was nennt man hier ›Sturköppe‹, oder?«

Als hätte sie den besten Witz aller Zeiten gemacht, wieherte der Makler los. »St-st-sturköppe«, wiederholte er prustend. »Sie sind köstlich!«

Ohne ihr Lächeln abzusetzen, sah sich Anne unauffällig um. Der Garten erstreckte sich über einen kleinen Hügel bis zu einer hohen Natursteinmauer. Überall standen weiße Stühle und weiß gedeckte Tische, unter einem Zeltdach spielte eine vierköpfige Band. Am Rande der Terrasse war ein voluminöses Buffet aufgebaut, das sich unter Hummer, Lachs und exquisiten Salaten bog.

So ging es also zu in der Welt der Reichen und Schönen. Die Herren waren ausnahmslos in Anzügen erschienen, die Damen trugen ausgefallene Kleider und stöckelten auf schwindelerregenden Stilettos über den Rasen. Der Geruch von Parfums und gegrilltem Fleisch zog durch die Luft. Neben der Band war ein niedriges Holzpodest aufgebaut, auf dem getanzt wurde. Es mussten mindestens hundertfünfzig Leute sein, die hier feierten, schätzte Anne. Und das alles ohne die Hausherrin, ohne Tom Kladens Frau. Schon irgendwie komisch.

In diesem Moment spielte die Band einen Tusch, und Tom Kladen erklomm das Podest. Mit ausgebreiteten

Armen stand er da und schrie: »Einen Augenblick Ruhe, bitte!« in die Menge. Sofort verstummte das Geplauder.

»Liebe Gäste!«, begann Ralfs Chef seine Rede. »Wie ihr alle wisst, ist das Geheimnis des Lebens stetige Entwicklung. Alles fließt, wie schon Heraklit wusste. Und so hat sich auch in meinem Unternehmen einiges getan: jede Menge, um genau zu sein.«

Er nickte einer blonden jungen Frau zu, die direkt vor ihm stand und ein feuerrotes Kleid trug. Auch von so weit hinten erkannte Anne, dass es Maike war. Sie begann zu frieren.

»Das letzte halbe Jahr war ein einziger Höhenflug für meine Firma«, rief Tom Kladen. »Ich bin schon zu lange im Business, um das für Zufall zu halten. Nein, das habe ich einem einzigartigen Talent zu verdanken, einem höchst bemerkenswerten High Potential.«

Anne spürte, wie Ralf sich straffte. Das war sein Erfolg, das wusste sie genau. All die Überstunden, all die Geschäftsreisen, sollten sie sich am Ende doch gelohnt haben? Kam jetzt die ersehnte Beförderung? Die Gehaltserhöhung, der Dienstwagen? Aber warum hatte er dann Ralf nicht eingeladen?

»Tja, ich sage nur: Frauen an die Macht!«, verkündete Tom Kladen und rückte seine Krawatte zurecht. »Und das um so mehr, wenn eine Frau noch dazu so attraktiv ist!«

Ralf stöhnte auf, Anne konnte es deutlich hören.

»Und deshalb«, sein Chef reichte Maike die Hand und zog sie zu sich aufs Podest, »fällt es mir ganz leicht, mich von einem Mitarbeiter zu trennen, dem es in letzter Zeit eindeutig an Fortune mangelte. Stattdessen begrüße ich Maike Bahnsen als neuen Vice President unserer Firma. Applaus für Maike Bahnsen!«

Alle klatschten, Pfiffe und »Bravos« schwirrten durch die Luft. Wie zu Eis erstarrt stand Ralf da, unfähig, sich zu rühren.

»Sie hat alles von mir gelernt«, flüsterte er, »sie hat mich ausgehorcht, wollte alle Interna wissen, alle Kontakte, angeblich, weil sie mir helfen wollte. Und jetzt das!«

Noch nie hatte Anne ihren Mann so hilflos gesehen, so verzweifelt. Man hatte ihn ausgebootet. Nach Strich und Faden benutzt und betrogen. Und diese widerliche Schlampe hatte Ralf auch noch heiß auf die Party gemacht, damit er bloß nicht ihren Triumph verpasste. Das war so niederträchtig, dass Anne wahre Mordgelüste spürte. Was wohl Maikes Morgengabe für Tom Kladen gewesen war? Die »Alte Liebe«? Und eine wilde Liebesnacht?

»Lass uns gehen, hier haben wir nichts mehr verloren«, zischte Ralf.

Seine Demütigung musste grenzenlos sein. Und obwohl Anne in den vergangenen Tagen wenig freundliche Gefühle für ihn gehegt hatte, empfand sie jetzt nur noch Mitleid. Das hatte Ralf nicht verdient, auch wenn schadenfrohe Gemüter sicherlich der Meinung waren, er bekomme jetzt die gerechte Strafe für seinen Seitensprung.

Ralf nahm ihre Hand, und sie traten den Rückzug an. Wenigstens hatten Maike und Tom Kladen sie nicht gesehen. Doch im Esszimmer wurden sie von einem grauhaarigen älteren Herrn gestoppt.

»Sie hier?«, fragte er. »Sie haben ja Mut, Ihrer eigenen Hinrichtung beizuwohnen.«

Ralf wollte sich an ihm vorbeischieben, doch der ältere Herr verstellte ihm den Weg. Wer das nur war? Wütend blitzte Anne ihn an. Er trug einen dunkelblauen Maßanzug, ein blütenweißes Hemd und eine blauweiß gestreifte Krawatte, auf der eine diamantbesetzte Nadel blinkte.

»Lassen Sie es gut sein, Dr. Wendland, meine Frau und ich wollten gerade gehen«, murmelte Ralf.

»Sehr erfreut, Sie kennen zu lernen, gnädige Frau«, sagte der elegante ältere Herr, ergriff Annes Hand und deutete einen Handkuss an. »Darf ich mich vorstellen: Hans Wendland, Hauptaktionär der Berenberg Trust Incorporated.«

Ungeduldig hörte Anne ihm zu. Wie lange dauerte das denn noch? Sie mussten schleunigst verschwinden, bevor der Hausherr sie mit Spott übergoss.

»Sieht so aus, als seien Sie neuerdings auf Jobsuche, oder?«, fragte Dr. Wendland plötzlich mit veränderter Stimme. Kalt und geschäftsmäßig klang er nun.

»Das hat Zeit. Tom muss mir erst mal eine saftige Abfindung zahlen«, versuchte Ralf seine Niederlage zu beschönigen.

»Ja, so gefallen Sie mir, immer selbstbewusst, immer stark. Wir sollten uns mal in Ruhe unterhalten«, schlug der ältere Herr vor. »Warum nicht jetzt gleich?«

»Hier etwa?«

Hans Wendland ließ ein altväterlich gutmütiges Lachen hören. »Ich habe einen guten Rotwein zuhause. Kommen Sie, mein Haus ist in Fußnähe. Hier ist es sowieso viel zu laut und zu voll. Nichts für einen alten Mann. Also?«

Fragend sah Ralf Anne an, und sie schloss zum Zeichen des Einverständnisses kurz die Augen. Ohne sich noch einmal umzusehen, folgten sie Dr. Wendland zum Ausgang. Dort blieb der Geschäftsmann kurz stehen.

»Sehen Sie sich das alles noch mal gut an«, sagte er sarkastisch. »Tom Kladen wird nicht mehr lange seine Freude daran haben. Wenn ich erst mal seinen besten Mann habe, muss er sich warm anziehen.« Er beugte sich vertraulich zu Anne und Ralf vor. »Entschuldigen Sie meine Ausdrucksweise, gnädige Frau, aber mit diesem Flittchen wird er keine Erfolge feiern können. Seine Tage sind gezählt.« Dann hielt er Anne galant die Tür auf, und alle drei verschwanden sie in die dunkle Nacht.

Wir erkennen meist zu spät, wenn wir in eine Falle geraten. Und Anne wusste nicht, ob die Rettung nahe war oder sie sich in einem besonders tückischen Strick verfangen würde, den Ralf sich bereitwillig um die Füße wickeln ließ.

*

Anne war ratlos. Alles lief aus dem Ruder. Ihre Ehe, ihre Familie, jetzt war auch noch Ralfs Job in Gefahr, und sie sehnte sich sowieso immer mehr nach einem ganz anderen Leben, das wurde ihr immer deutlicher. Mit jedem Tag, den sie auf Sylt verbrachten, rückte das Ende näher, und sie hasste den Gedanken, dass sie bald schon auf den Autoreisezug rattern würden, der sie weg von der Insel brachte, weg von den Träumen und Fantasien, die immer mehr Besitz von ihr nahmen.

Es ist schon schwer zu begreifen, dass das Leben jahrelang wie ein träge dahinfließender Fluss verläuft, ohne besondere Vorkommnisse, ohne nennenswerte Ereignisse. Und dann, wie aus heiterem Himmel, überstürzen sich die Dinge. Stromschnellen tauchen auf, Wasserfälle und Sturzbäche unterbrechen den ruhigen Fluss, und dann heißt es, seine nackte Haut retten, wenn man nicht untergehen will.

Anne hätte dringend eine Schwimmweste gebraucht. Sie hatte das Gefühl, dem Toben der Elemente schutzlos ausgeliefert zu sein. Seit sie Ralf mit Maike ertappt hatte, war so viel passiert wie die ganzen letzten Jahre nicht. Und sie war überhaupt nicht darauf vorbereitet, plötzlich um ihr Leben zu paddeln.

So lächerlich, so dumm es auch sein mochte, sie wollte nichts anderes, als in Oma Linas kleiner Pension aufzuwachen, das Geräusch der Wellen zu hören, ihre Tage im Paradies auf Erden zu verbringen. Und vor allem wollte sie den Kleinen die glücklichste Kindheit der Welt bescheren. Sie wusste natürlich, dass das unmöglich war. Trotzdem ...

Sie gähnte benommen. Erst um zwei Uhr morgens waren sie ins Hotel zurückgekehrt. Hans Wendland hatte sie mit den teuersten Rotweinen abgefüllt, und am Ende hatten die Männer noch eine Zigarre geraucht, vor dem flackernden Kaminfeuer, während Anne immer wieder eingenickt war in ihrem genoppten Ledersessel. Was sie besprochen hatten, daran erinnerte sie sich nur noch dunkel. Zahlen und Namen waren gefallen, die ihr rein gar nichts gesagt hatten.

Die schlafenden Kinder hatten sie im verkrümelten Elternbett vorgefunden, vor dem laufenden Fernseher, umgeben von Chipstüten, die ihnen der Zimmerservice offenbar bereitwillig gebracht hatte. Also hatte Ralf die Nacht im Kinderzimmer verbracht, während Anne auf der Couch genächtigt hatte. Und sogleich die Quittung dafür bekam: Schlaftrunken rieb sie sich den schmerzenden Rücken. Die weiche Couch war Gift für ihre Bandscheibe.

Die Kinder schliefen noch immer tief und fest. Sicher hatten sie bis weit nach Mitternacht ihre Pyjamaparty zelebriert. Kein Wunder, dass sie so lange durchgehalten hatten – zwei große Flaschen Cola standen auf dem Couchtisch. Anne musste lächeln. Wenigstens hatten die Kleinen ihren Spaß gehabt. Sie stand auf und versuchte sich zu strecken, doch der Schmerz schränkte ihre Bewegungsfreiheit empfindlich ein. Ohne Tabletten würde sie diesen Tag nicht durchstehen. Ob überhaupt noch welche in der Packung waren?

Leise, um die Kinder nicht zu wecken, erhob sie sich und ging ins Badezimmer. Während sie die Tabletten aus ihrem Reisenecessaire holte, stutzte sie. Das war doch Ralfs Stimme? Sie schlich zur Verbindungstür zum

Kinderzimmer und horchte. Ja, er schien zu telefonieren. Und auch wenn es gegen alle ihre Prinzipien verstieß, legte sie das Ohr an die Tür.

»Wie konntest du …? Nein, verstehe ich nicht. Verdammt! Ich … Maike, Schatz, warum … Heute? Nein, – ja. Ich versuch's. Wenningstedt? Wo denn … ach, so. Um vier? Ja, könnte klappen. Muss jetzt Schluss machen. Sie werden bestimmt gleich wach. Bis nachher. – Ja, ich dich auch.«

Ich dich auch? Als wäre ihr siedend heißes Öl ins Gesicht geschüttet worden, wich Anne zurück. Das war also ihr reumütiger Ehemann. Telefonierte heimlich mit Maike und säuselte »Schatz« und Schlimmeres in den Hörer, während nebenan seine eigenen Kinder schliefen. Oder hatte sie sich verhört? Ich werde ihn auf die Probe stellen, beschloss sie halb ohnmächtig vor Zorn. Heute Nachmittag in Wenningstedt. Wo immer das war, sie würde da sein.

So schnell sie konnte, tapste sie zurück ins andere Zimmer und ließ sich ächzend wieder auf die Couch sinken. Mit einem Rest Cola, der scheußlich schmeckte, spülte sie gleich zwei Tabletten herunter.

»Mama?«

Robert war aufgewacht und lief zu ihr. Sie zog ihn an sich.

»Geht ihr heute Abend wieder aus?«, fragte er und kuschelte sich an sie.

»War echt super«, ließ sich Emily vom Bett aus vernehmen. Sie rekelte sich wie ein kleines Kätzchen. »Weißt du, wir sind wirklich schon groß.«

Ich weiß, ich weiß, dachte Anne. Wieder musste sie daran denken, dass die Kinder schon in ein paar Jahren gehen würden. Und dann würde sie allein mit Ralf zurückbleiben. Eine grüne Witwe, die auf ihren Mann wartete, der rund um die Uhr arbeitete und den einen oder anderen schwachen Moment mit einer jüngeren, hübscheren Frau verbrachte. Immerhin hatte er sich gerade heimlich mit Maike verabredet, obwohl er doch Besserung geschworen hatte. Diese Geschichte war noch lange nicht vorbei. Und danach? Es würde andere Maikes geben. Und dafür nahm sie in Kauf, auf ihren Traum zu verzichten?

»Wann fahren wir wieder zu Oma Lina?«, fragte Robert und schmiegte sich noch enger an sie.

Anne antwortete nicht. Vielleicht unterschrieb Tom Kladen schon heute Morgen den Kaufvertrag. So wie er Ralf nach all den Jahren kurzerhand in hohem Bogen rausgeworfen hatte, wartete er sicher nicht lange, um ihm auch noch das Haus wegzuschnappen. Maike hatte wahrlich ganze Arbeit geleistet. Und sie trieb ein doppeltes Spiel. Wenn sie nicht sogar an noch mehr Spielen beteiligt war. Wie hatte sie Ralf den Job wegnehmen können und ihn trotzdem dazu gebracht, dass er sich mit ihr traf? Sie musste ihm ja Wunderdinge versprochen haben. Liebe am Nachmittag? Einen heißen Quickie in den Dünen?

»Einen wunderschönen guten Morgen!«

Mit diesen Worten kam Ralf ins Zimmer stolziert. Er trug Boxershorts, T-Shirt und eine Unschuldsmiene zur Schau, die der reine Hohn war. Anne betrachtete ruhig den Mann, der sie gewissenlos hinterging. War das Hass, was sich in ihr regte? Nein, eher Verachtung. Die Loyalität, die sie gestern Abend empfunden hatte, als er von seinem Rauswurf erfuhr, hatte sich in Nichts aufgelöst. Er würde zum nächsten Chef wechseln, ihn bewundern und nachahmen. Vermutlich würde er schon bald diamantbesetzte Krawattennadeln tragen.

»Gut geschlafen?«, fragte sie mit aller Freundlichkeit, die ihr jetzt noch zur Verfügung stand. Sie wollte sich um keinen Preis etwas anmerken lassen. Sie musste ihn in Sicherheit wiegen, damit er keinen Verdacht schöpfte.

»So gut man eben in einem Kinderbett schlafen kann«, antwortete Ralf launig. »Außerdem hatten wir ja die ausreichende Bettschwere, Wahnsinn, dieser Wendland hat wirklich ein paar sensationelle Flaschen in petto.«

»Hat er dir eigentlich etwas Konkretes vorgeschlagen?«, erkundigte sich Anne.

Ralf zögerte. »Hm, ja, schon. Sogar einen sensationellen Job. Hochbezahlt, große Verantwortung, Traumjob. Nur …«

Anne wurde hellhörig. »Was ist der Haken?«

Er setzte sich zu ihr auf die Couch und griff nach ihrer Hand. »Ich müsste in die Schweiz gehen. Nach Zürich.«

»Da gibt es Käse!«, sagte Emily. »Und Schokolade! Gehen wir mit?«

Unbehaglich druckste Ralf herum. »Wie soll ich sagen, erst mal nicht. Er möchte eine Probezeit, ein Jahr lang. Dann erst will er sich endgültig entscheiden. Aber ich kann natürlich zwei, dreimal im Monat nach Hause fliegen. Du wirst sehen, das kriegen wir hin.«

Anne hatte keine Worte. Das bedeutete ja nicht mal eine Wochenend-Ehe! Ralf schien das wenig zu stören. So leichtfertig ließ er seine Familie allein? Wenn er schon von »zwei-, dreimal« sprach, so würde es am Ende doch so sein, dass er höchstens einmal im Monat vorbeischaute.

»Ich will aber Käse! Und Schokolade! Dürfen wir im Bett frühstücken?«, fragte Robert.

»Kommt nicht in die Tüte«, befand Ralf. »Auf, auf, macht euch fertig, es gibt nur noch zwanzig Minuten Frühstück.«

Sie waren die letzten Gäste, das Buffet wurde bereits abgeräumt, als sie in großer Hast den Frühstücksraum betraten. So klaubten sie sich die verbliebenen Reste auf ihre Teller und setzten sich. Die Kellner ließen sich deutlich anmerken, dass die späten Frühstücksgäste ihnen überhaupt nicht passten. Mit widerwilliger Miene servierten sie Kaffee und Orangensaft.

Anne aß kaum etwas. Sie musste sich von dem Schock erholen, dass Ralf ernsthaft erwog, ein Jahr lang auf seine Familie zu verzichten. Auf seine Frau. Seine Kinder. In einem Jahr konnte viel passieren. Und dann war da noch dieses Rendezvous mit Maike.

»Irgendwelche Pläne für heute?«, fragte sie betont harmlos. »Für den Kinderclub ist es sicher zu spät. Wie wäre es mit einem ausgedehnten Strandtag zu viert?«

Ralf tat so, als müsse er intensiv nachdenken. Dabei

hatte er doch ein Date. Wie würde er ihr das verkaufen? Gespannt wartete sie.

Er rieb sich das Kinn. »Ich müsste heute Nachmittag noch mal zu Wendland«, sagte er, ohne Anne anzusehen.

»Schon vergessen, Schatz? Wir haben Urlaub«, protestierte Anne.

»Sei nicht albern. Ohne das nötige Kleingeld werden wir uns künftig weder Urlaub leisten können, noch aufwendige Immobilientransaktionen«, blaffte Ralf. »Wendland hat mir ein ziemlich gutes Angebot gemacht. Zürich ist der Hot Spot der Finanzwelt. Das lasse ich mir nicht entgehen.«

Resigniert zuckte Anne mit den Schultern. »Dann fahre ich dich zu ihm und dann nach Keitum. Meine Tabletten sind alle, der Arzt, der mich dort wegen meines Rückens behandelt hat, muss mir ein neues Rezept schreiben.«

So, Schlaumeier, dachte sie schadenfroh, jetzt bist du dran. Ralf sah völlig entgeistert aus. Hinter seiner Stirn arbeitete es, Anne sah es mit Wohlgefallen. Na, was machst du nun?

»Nimm doch ein Taxi dorthin und mach auch gleich den Wagen wieder flott«, schlug er vor. »Ich meine, der kann ja nicht ewig da rumstehen.«

Guter Schachzug, dachte Anne. Ralf findet eben immer ein Schlupfloch.

»Das kann aber dauern«, sagte sie gedehnt. Ralf sollte ruhig glauben, dass er ewig Zeit mit Maike haben würde, während sie in Keitum festhing.

»Macht doch nichts«, erwiderte er lässig. »Kannst ja mit deiner Deichhexe einen Kaffee trinken, während du wartest. Und die Kinder sind doch sowieso ganz wild darauf, im Watt herumzulaufen, oder?«

»Ja, ja!«, bekräftigten die Kleinen.

Damit war die Sache abgemacht. Alles lief wie am Schnürchen. Aber freuen konnte Anne sich nicht. Heute war der Tag der Entscheidung, das wurde ihr schockartig klar. Und dann? Wenn sie wirklich Ralf und Maike bei einem Schäferstündchen ertappte, war jede Hoffnung dahin, dass sie bei Ralf bleiben konnte. Sie hatte Angst. Große Angst. Beklommen packte sie die Badetasche.

Auf dem Weg zum Strand spielte Ralf den Superdaddy. Er trug Emily und Robert abwechselnd auf den Schultern, spielte Fangen mit ihnen und gab sich so gut gelaunt und aufgeräumt wie lange nicht mehr. Wenn Anne nicht den Grund für seine Prachtlaune gekannt hätte, wäre sie fast darauf reingefallen. Aber es waren weder sie noch die Kinder, die ihn so fröhlich stimmten. Es war Maike. Ich dich auch. Sie schluckte die Tränen hinunter.

Der Tag war kühler als die vorherigen, dicke Wolken trieben über den Himmel, doch die Sonne kämpfte sich immer wieder durch. Sie nahmen einen Strandkorb, dann rannte Ralf mit den Kindern ins Meer. Er tobte und tollte mit ihnen herum, als hätte er nie etwas anderes getan. Bei einem fliegenden Händler kaufte er ihnen aufblasbare Delfine, mit denen sie sich sofort wieder ins Wasser stürzten. Das Mittagessen bestand aus

Würstchen und Pommes, die Ralf aus der »Sturmhaube« holte, einem kleinen Restaurant in den Dünen.

So sah der perfekte Tag aus. Und doch war alles Lüge. Mit angezogenen Beinen hockte Anne im Strandkorb und besah sich ihre Hüfte. Mittlerweile schimmerte sie in blassen Grüntönen. Immer wieder sah sie auf die Uhr. Der Countdown lief. Heute würde sie Gewissheit bekommen. Vielleicht eine traurige Gewissheit.

Um halb drei brach Ralf sein Familienprogramm unvermittelt ab. Sie packten alles zusammen und stiefelten los zur »Strandkrone«. Annes Aufregung wuchs. Drei Millionen Ameisen krabbelten in ihrem Magen herum, während Ralf ausgiebig duschte. Wenningstedt lag nicht weit entfernt, hatte sie beim Portier erfahren. Er würde gegen viertel vor vier losfahren. Bis dahin musste sie wieder hier sein.

»Ich bestelle schon mal ein Taxi«, rief sie ins Badezimmer. »Der Arzt hat nur bis halb vier Sprechstunde. Viel Glück. Wann kommst du denn wieder?«

»So ums sechs, halb sieben, schätze ich«, schallte es aus der Dusche zurück.

Sie hatte keine Zeit zu verlieren. Anne packte die Kinder in das wartende Taxi und nannte als Ziel die »Alte Liebe«. Die Kinder jubelten. Dort angekommen, sagte sie der erstaunten Oma Lina, sie hätte etwas Dringendes zu erledigen. Ob die Kinder ein, zwei Stunden bei ihr bleiben könnten?

»Sicher, sicher«, sagte die Wirtin. »Aber …«

Anne umarmte sie nur, dann sprang sie ins Taxi und trieb den Fahrer zur Eile an. Um halb vier hielten sie in der Nähe der »Strandkrone«. Um zwanzig vor vier trat Ralf aus dem Hotel, geschniegelt und gestriegelt. Er stieg in seinen Sportwagen und raste los.

»Folgen Sie diesem Wagen«, wies Anne den Taxifahrer an. »Wir dürfen ihn auf keinen Fall aus den Augen verlieren!«

»Ach nee«, sagte der Fahrer bedächtig, »spielen wir James Bond?«

»Fahren Sie endlich los!«, schrie Anne. »Es geht um Leben und Tod! Ich zahle Ihnen das Doppelte!«

Der Fahrer gab Gas. Doch es war gar nicht so leicht, Ralf zu verfolgen. Wie ein Wahnsinniger bretterte er durch die verkehrsberuhigten Straßen.

»Zahlen Sie mir auch die Strafmandate?«, brummte der Fahrer unwillig.

Anne reichte ihm einen Fünfzig-Euro-Schein nach vorne. »Reicht das?«

Schweigend steckte der Mann das Geld ein und beschleunigte. Kurz nach dem Ortsschild von Wenningstedt bog Ralf nach rechts ab. Die Ampel schaltete auf Rot, doch der Fahrer hielt nicht, sondern bog ebenfalls ab.

»Danke«, sagte Anne atemlos. »Aber Vorsicht, fahren Sie nicht zu dicht auf.«

Der Sportwagen fuhr nun langsamer und hielt auf einem Parkplatz direkt an den Dünen. Anne setzte ihre Sonnenbrille und ein Basecap auf, das sie von Emily stibitzt hatte. Wenigstens von Weitem war sie nicht auf den ersten Blick zu erkennen, hoffte sie. Sobald Ralf ausgestiegen war, kam Maike auf ihn zugelaufen, die in einem Kleinwagen auf ihn gewartet hatte. Sie umarmten sich kurz, dann gingen sie Hand in Hand auf die Dünen zu.

»Warten Sie hier! Fahren Sie nicht weg! Es wird nicht lang dauern!«

Kopfschüttelnd sah der Fahrer Anne nach, die in einigem Abstand hinter Ralf und Maike her lief. Dann stellte er den Motor aus, nicht ohne ein »immer diese verrückten Festländer!« zu ächzen.

Annes Herz klopfte wie wild. Wie vertraut die beiden waren. Ralf hatte jetzt seinen Arm um Maike gelegt. Sie trug ein gestreiftes kurzes Kleid, ihre hellen Haare leuchteten. Ein kräftiger Wind wehte, der immer stärker wurde. Dunkle Wolken türmten sich am Horizont. Für eine Sekunde dachte Anne an die Kinder, doch sie beruhigte sich sofort mit dem Gedanken, dass sie nirgendwo besser aufgehoben waren als bei Oma Lina.

Plötzlich sahen Ralf und Maike sich um. Reflexhaft kniete Anne sich hin und tat so, als müsse sie sich ihre Schuhe binden. Sie sah vorsichtig auf. Nein, die beiden hatten sie nicht entdeckt. Das war gerade noch mal gut gegangen! Dann stieg das Paar über den niedrigen Drahtzaun, der rechts und links von dem schmalen Weg zum Strand gespannt war, und lief in die Dünen. Anne wusste, dass das streng verboten war. Überall standen Schilder, dass aus Naturschutzgründen hier nur die ausgewiesenen Wege benutzt werden durften.

Aber es gab keine andere Möglichkeit, sie musste hinterher. Entschlossen stieg sie ebenfalls über den Zaun und lief geduckt auf das verbotene Gelände. Malerisch erstreckten sich die Dünen vor ihr wie ein Miniaturgebirge. Hügel und Mulden wechselten einander ab. Wer hier niederkauerte, war praktisch unsichtbar. Und unliebsame Beobachter gab es auch nicht, da sich alle anderen an das Verbot hielten.

Sie lauschte. War da ein Kichern, ein Flüstern? Dann sah sie Maikes Blondschopf kurz auftauchen, worauf er gleich wieder verschwand. Halb besinnungslos vor Aufregung hielt Anne den Atem an. Sie ging in die Hocke und wartete. Nach ein paar Minuten robbte sie vorsichtig in die Richtung, wo sie Maike gesehen hatte.

Als sie über den nächsten Dünenkamm lugte, bot sich ihr ein Bild, das sie so nicht erwartet hatte. Nicht so eindeutig. So schrecklich. So obszön. Ralf hatte Maikes Kleid hochgeschoben, seine Hände lagen auf ihren nackten Brüsten, während er sie gierig küsste. Anne schluckte. Das war einfach widerlich. Männer sind Schweine, dachte sie bitter. Und doof wie Brot. Wie konnte er nur, nachdem sie ihn so schamlos ausgenutzt hatte?

Nun machte sich Ralf auch noch an seiner Hose zu schaffen. Anne hielt es nicht mehr aus. Sie stand auf und lief auf die beiden zu.

»Schluss, Ende!«, schrie sie. »Schämt ihr euch nicht?«

Sofort fuhren Ralf und Maike auseinander und starrten Anne entsetzt an, die sich herausfordernd vor sie hingestellt hatte und mit größter Verachtung auf sie nieder sah. Hastig zog Maike ihr Kleid herunter.

»Anne, verdammt, was machst du denn hier?«, brüllte Ralf.

»Das müsste ich dich eigentlich fragen«, erwiderte Anne leise.

Mit hängendem Kopf stand sie da und spürte, dass die Gewissheit, die sie so sehr gewollt hatte, von nun an eine zerstörerische Macht entfalten würde. Nein, sie triumphierte nicht. Stattdessen stürzte alles zusammen, wie ein baufälliges Haus, das ein Windstoß erfasst hatte. Das Gebälk gab knirschend nach, Wände stürzten ein, Dachziegel segelten zu Boden, wo sie zerbarsten. Dies war der Schlusspunkt. Das Ende ihrer Ehe.

Ralf sprang auf und auch Maike erhob sich langsam. In ihren Augen glitzerte es gefährlich.

»So, so«, sagte sie betont langsam, »da steht also die brave Ehefrau, was?«

Sie stapfte auf Anne zu und hielt ihr die rechte Hand unter die Nase.

»Und was ist das?«, fragte sie.

Verwirrt betrachtete Anne ihre Hand. An ihrem Ringfinger funkelte ein Aquamarin. Nicht irgendein Aquamarin. Ein kostbares Einzelstück, von dem es kein zweites geben konnte. Es war Annes Ring, kein Zweifel.

»Und wissen Sie, wo ich ihn gefunden habe?«, fragte Maike triumphierend.

Anne wusste keine Antwort.

»Bei meinem alten Freund Jörn!«, platzte es aus Maike heraus. »In seiner Koje! Ich habe ihn heute Morgen auf seinem Schiff besucht, um ein wenig über die ›Alte Liebe‹ zu plaudern. Und da lag der schöne, schöne Ring unter seinen Kissen! So, und jetzt sind Sie dran, Sie feine Ehefrau!«

Um Anne drehte sich alles. Das konnte doch nicht sein! Oder hatte sie – jetzt fiel es ihr wieder ein. Das Gespräch mit Jörn bei der Piratenfahrt, als sie auf der Bettkante saß, hatte sie nervös mit einem Kissen gespielt.

Drohend trat nun auch Ralf auf sie zu. »Du bist mir eine Erklärung schuldig, oder?«

Eine Bö blies Anne heftig ins Gesicht. Über den Himmel zuckte ein Blitz. Sturm kam auf, die ersten dicken Tropfen klatschten auf sie nieder. Sollte sie alles erklären? Würde Ralf ihr glauben? Wie eine Betrügerin stand sie da, dabei war er es doch, der sie hinterlistig und bösartig betrog. Der Regen peitschte ihr nun unbarmherzig in die Augen und mischte sich mit ihren Tränen.

»Das ist ein Missverständnis«, rief sie schluchzend. »Aber darum geht es hier auch gar nicht. Ralf, mit dir bin ich durch! Werde glücklich mit deiner Schlange!«

So schnell sie konnte, rannte sie zurück. Immer wieder stolperte sie, rappelte sich auf, heulend, schluchzend, während Blitz und Donner über den Dünen wüteten. Der Wolkenbruch verwandelte den Sand in einen einzigen Brei. Tief sank sie ein, hastete trotzdem weiter durch den Matsch und gelangte endlich auf den Strandweg.

Der Fahrer hatte tatsächlich gewartet. Völlig durchnässt wie sie war, ließ sie sich auf den Rücksitz fallen. »Zur ›Alten Liebe‹«, keuchte sie. »Schnell!«

Ohne weiteren Kommentar ließ der Fahrer den Wagen an und kurvte in Richtung Keitum. Schnell ging es allerdings nicht vorwärts. Die Straße stand bereits unter Wasser, und der Regen fiel so dicht, dass man kaum zwei, drei Meter weit sehen konnte. Mehr als Schritttempo konnten sie beim besten Willen nicht fahren. Wenn nur die Kinder in Sicherheit waren! Anne strich sich völlig aufgelöst die nassen Haarsträhnen aus dem Gesicht. Das Gewitter brach nun in aller Heftigkeit los.

Bestimmt sitzen sie bei Oma Lina in der Küche und lassen sich eine heiße Milch schmecken, dachte Anne. Dennoch hatte sie ein ungutes Gefühl. Dies war ein Unglückstag. Der Himmel tobte, als wollte er die Menschen für ihre Sünden bestrafen. Was wohl Ralf und Maike gerade taten? Die Sache mit dem Ring war eine Katastrophe. Lachten sie sich ins Fäustchen, dass sie einen so überzeugenden Trumpf in der Hand gehabt hatten? Wie stand sie nur da?

Es dauerte eine Ewigkeit, bis sie endlich Keitum auftauchen sah. Sturzbäche liefen über die Straßen, der Asphalt war mit Schlamm bedeckt. Der Weg zu Oma Lina bestand nur noch aus Pfützen.

»Tschä, junge Frau, den Rest müssen Sie laufen, da komm ich nich durch«, sagte der Fahrer bedauernd. »Sonst sitze ich gleich fest.«

»Schon gut. Hier. Und danke.«

Sie gab dem Mann noch einen Schein, dann versuchte sie, den Wagenschlag zu öffnen. Der Wind drückte fest dagegen, doch sie stemmte die Tür mit aller Kraft auf und schlüpfte hinaus. Sofort stand sie bis zu den Knöcheln im Wasser. So schnell sie konnte, rannte sie zum Haus. Gleich würde sie die Kinder in die Arme schließen. Und später musste sie ihnen erklären, dass es aus war mit der heilen Familie. Später.

Triefend riss sie die Haustür auf und hetzte in die Küche. Es war niemand da. Sie horchte, doch keine Stimme, kein Laut waren zu hören, nur der Regen, der auf das Dach prasselte und der Wind, der an den Fensterläden rüttelte. Sie sah hinaus. Mit schreckgeweiteten Augen entdeckte sie Oma Lina in den Dünen. Sie trug einen Gummimantel und sah aufs Meer. Wo waren Emily und Robert?

Alarmiert durchquerte sie das Haus, rief nach den Kindern, dann lief sie hinaus, zu Oma Lina. Verzweifelt sah die alte Frau sie an. Nasse graue Strähnen klebten auf ihrem Gesicht, das kreideweiß war.

»Wo?«, schrie Anne. »Wo sind sie?«

Das Gesicht von Oma Lina verzerrte sich. Tränen liefen ihr über die Wangen. »Irgendwo im Watt!«, schrie sie in höchster Verzweiflung. »Mein Gott! Die Flut läuft auf! Ich hatte ihnen doch gesagt, dass sie nicht …«

»Egal!«, schrie Anne. »Wir müssen Sie finden!«

Sie ließ die schluchzende Wirtin stehen und rannte zum Haus zurück. Mit fliegenden Fingern wählte sie die Notrufnummer. Polizei, Feuerwehr, Küstenwache, alles musste jetzt versucht werden. Besetzt. Sie probierte es noch einmal und noch einmal. Immer nur das Besetztzeichen. Was sollte sie nur tun? Jörn, dachte sie plötzlich. Jörn war der Einzige, der jetzt noch die Kinder retten konnte. Sie riss ihre Geldbörse aus der Hosentasche und schüttete den gesamten Inhalt auf den Boden. Da! Der karierte Zettel! Die Handynummer!

Jörn war sofort dran.

»Anne Berger!«, brüllte sie in das schwarze Telefon.

»Die Kinder sind im Watt! Sie ertrinken! Bitte, Sie müssen mir helfen! Ich bin in der ›Alten Liebe‹!«

»Was?? Komme sofort!!«

Er hatte eingehängt. Hoffentlich war er in der Nähe. Vom Lister Hafen aus brauchte er mindestens eine halbe Stunde, und dann konnte es schon zu spät sein! Sie begann zu beten. Lieber Gott, lass sie nicht ertrinken. Rette sie!

Ohne irgendeinen Plan rannte sie wieder nach draußen. Von Oma Lina keine Spur. Keuchend schlug Anne den Weg Richtung Strand ein. Mit gewaltiger Kraft rollten die Wellen an, Sturmböen wühlten das Meer auf, und der Regen schüttete wie aus riesigen Eimern immer neue Wassermassen über alles. Und dann sah sie Oma Lina. Bis zu den Knien stand sie im Wasser und rief durch das Inferno nach Robert und Emily.

»Oma Lina!«, kreischte Anne.

Die alte Frau begab sich in Lebensgefahr! Anne wusste, dass das Watt tückisch war, dass es Stellen gab, wo man einsinken konnte. Außerdem stieg die Flut. Mit wenigen Sätzen war Anne am Strand und watete in das eiskalte Wasser.

»Oma Lina! Kommen Sie zurück! Das hat keinen Sinn!«

Plötzlich legte sich eine Hand auf ihre Schulter. Sie fuhr herum. Es war Jörn, der Gummihose und Gummistiefel trug, die Kapuze seiner gelben Öljacke tief ins Gesicht gezogen.

»Da drüben ist ein Boot«, schrie er. »Kommen Sie mit! Das ist die einzige Chance für Ihre Kinder!«

Er zeigte auf einen kleinen Holzkahn, der an einem etwas weiter entfernten Steg vertäut war und heftig auf und nieder schaukelte. Ohne lange zu überlegen, liefen sie dort hin, sprangen hinein und begannen zu rudern. Doch es schien aussichtslos. Nur Zentimeter, so kam es Anne vor, legten sie zurück. Unaufhörlich leckten die Wellen an dem Boot, schwappten über den Rand, drohten es kentern zu lassen. Wo aber sollten sie überhaupt suchen in diesem Inferno?

»Da!«, schrie Jörn.

Auf einer Sandbank, mitten in den sturmgepeitschten Wellen, standen Robert und Emily, eng aneinandergeklammert. Anne ruderte, bis sie Blut an ihren Händen spürte. Ein brennender Schmerz durchzog ihre Handflächen, doch sie achtete nicht darauf. Auch Jörn ruderte mit Bärenkräften. Näher, immer näher kamen sie der Sandbank. Das Wasser umspülte schon die Waden der Kinder. Weinend hielten sie sich aneinander fest.

»Wir haben sie gleich!«, brüllte Jörn.

Geschickt manövrierte er das Boot so, dass es direkt neben der Sandbank schaukelte. Anne streckte die Hände aus, und dann endlich konnte sie die weinenden und zitternden Kinder ins Boot ziehen. Sie presste sie schluchzend an sich.

»Mama! Mama!«, mehr konnten die Kleinen nicht von sich geben, wimmernd kauerten sie sich in Annes Arm.

Anne aber spähte zum Strand hinüber. Wo war Oma Lina?

»Jörn! Ihre Mutter«, schrie sie. »Sie ist noch irgendwo im Wasser! Wir müssen zu ihr!«

»Die kommt schon nicht um! Unkraut vergeht nicht!«, schrie Jörn zurück, der schon wieder seine Ruder ergriffen hatte und das Boot durch die hohen Wellen zum Steg steuerte.

»Blödsinn! Sie war da hinten! Verdammt noch mal – es ist Ihre Mutter!«

Durch den Regen hindurch starrten die beiden sich kurz an. Dann umklammerte Anne eines ihrer Ruder und steuerte gegen Jörns Bewegungen an, weg vom Steg, hin zu der Stelle, wo sie Oma Lina das letzte Mal gesehen hatte. Als sie auf Kurs waren, ruderte sie mit letzter Kraft weiter. Sie drehte den Kopf. Ein winziger heller Punkt tauchte in der Nähe des Strandes auf. Es war Oma Lina, der das Wasser nun bis weit über der Taille stand. Sie hatte die Hände über dem Kopf erhoben und kämpfte vergeblich gegen das Meer an.

Ihren Mann hat sie schon an die Nordsee verloren, dachte Anne in höchster Panik, jetzt will das Wasser auch noch sie selbst verschlingen. Das darf nicht passieren! Sie ruderte schneller, und auch Jörn bäumte sich ächzend und stöhnend gegen die Wassermassen auf. Als sie sich Oma Lina endlich bis auf wenige Meter genähert hatten, sprang Anne aus dem Boot. Sie wusste nicht, woher sie die Kraft nahm. Mit weit ausholenden Bewegungen schwamm sie durch die tosende Brandung auf die alte Wirtin zu und hakte sie mit beiden Armen unter.

»Ich stecke fest«, rief Oma Lina. »Das verfluchte Watt! Retten Sie sich und Ihre Kinder! Um mich ist es nicht schade!«

»Nein«, schrie Anne. »Nein!«

Sie zog und zog, ging dabei selbst fast unter, schluckte Salzwasser, hustete und spuckte, doch mit eisernem Griff hielt sie Oma Lina fest und zog weiter, Millimeter für Millimeter. Ein Blitz schlug ganz in der Nähe ein, der Donner war so nahe, dass Annes Ohren dröhnten. Dann war Jörn bei ihr. Er tauchte unter die Wellen und versuchte Oma Lina aus dem klebrigen Schlick zu befreien. Prustend kam er wieder nach oben, versuchte es aufs Neue.

Anne wusste kaum noch, wo oben und unten war. Die Welt bestand nur noch aus Salzwasser, das auf sie einstürzte, in ihren Augen und ihren Händen brannte, in ihre Lunge eindrang und sie mit einer unerbittlichen Urgewalt zu Boden riss. Lange würde sie nicht mehr standhalten können, ihre Arme, ihre Beine erlahmten allmählich. Sollte sie aufgeben? Wenigstens sich selbst in Sicherheit bringen? Aus dem Augenwinkel sah sie die Kinder am Strand stehen.

Nein! Aufgeben – niemals! Ein letztes Mal bäumte sie sich auf, bekam wie durch ein Wunder Oma Linas Arm zu fassen und suchte mit den Füßen festen Boden. Oma Linas Beine waren frei! Wie ein Stück Treibholz trieb ihr lebloser Körper in den Wellen. Zusammen mit Jörn gelang es ihr, die alte Frau zum Ufer zu ziehen. Ihre Augen waren geschlossen, ihre Gesichtshaut blau. War sie ertrunken? So kurz vor der Rettung? Zitternd und wimmernd hockte Anne sich neben sie und rieb die totenbleichen Wangen.

»Lassen Sie mich das machen!«

Hastig drehte Jörn seine Mutter auf den Bauch und schüttelte sie grob. Beide Hände presste er rhythmisch auf ihren Rücken. Hustend erbrach sie Wasser. Sie lebte! Die Kinder saßen starr vor Schreck daneben. Zweifellos standen sie unter Schock. Anne ließ sich in den matschigen Sand fallen, legte den Kopf auf die Knie und konnte gar nicht mehr aufhören zu weinen. Robert und Emily hockten sich neben sie. Bebend umarmte sie ihre Kinder.

»Danke«, schluchzte sie, als Jörn zu ihr herüber schaute.

Um seinen Mund zuckte es. »Wofür? Ich muss Ihnen danken. Sie haben meiner Mutter das Leben gerettet!«

Und dann beugte er sich zu Anne herüber und nahm sie so fest in den Arm, dass sie alles um sich vergaß, den Sturm, den Regen, das tobende Meer, es gab nur noch diese starken, kräftigen Arme, die sie festhielten und in denen sie hemmungslos weinen konnte.

*

Nicht immer finden sich die Menschen, die zusammengehören. Sie leben aneinander vorbei, erkennen nicht das starke Band, das sie verknüpft, machen sich auf die Suche nach anderen, nach neuen Bindungen. Aber manchmal gefällt es dem Schicksal, einen Fingerzeig zu geben, so eindringlich, dass niemand ihn übersehen kann.

Jörn hatte seine Mutter wiedergefunden, und sie ihn. Reglos lag Oma Lina auf einem Sofa in der Gaststube, mit einem dicken Federbett zugedeckt, das Anne oben aus einem der Zimmer geholt hatte. Jörn saß bei ihr und hielt ihre Hand.

»Min Jung«, flüsterte Oma Lina mit tonloser Stimme. »Min Jung.«

Anne fühlte Tränen in sich aufsteigen. All die Jahre hatten die beiden gestritten, einander bekämpft, tief verstrickt in eine Familienfehde voller Schuldzuweisungen und Vorwürfe. Jetzt aber war alles wie verwandelt. Und auch wenn wortreiche Liebeserklärungen beider Sache nicht war, so bedeutete doch Jörns Hand in ihrer Hand und ihr matt gemurmeltes »mein Junge« nichts anderes.

Der Sturm wütete immer noch, wahre Regensalven trommelten gegen die Fenster. Drinnen bullerte der alte Ofen vor sich hin, den Jörn bis obenhin mit Holzscheiten vollgepackt hatte. Die Petroleumlampen verbreiteten ein mildes, warmes Licht.

Sie sahen alle ziemlich seltsam aus, weil sie die nassen Klamotten ausgezogen und sich aus Oma Linas Schrank bedient hatten. Anne trug ein blauweiß geblümtes Kleid, das ihr mindestens drei Nummern zu groß war, die Kinder hatten sich warme Flanellnachthemden ausgesucht. Nur Jörn hatte etwas einigermaßen Passendes in seinem Kleiderschrank gefunden, auch wenn das enge lila Hemd und die Jeans mit Schlag nicht gerade der letzte Schrei waren.

Anne ging in die Küche, um Tee zu machen. Das Wasser kochte gerade. Sie spülte die Kanne aus, gab Teeblätter hinein und goss das dampfende Wasser darauf. Später würde sie einen Kuchen backen, sie musste einfach. Sie stellte die Kanne, Milch, Zucker und fünf Tassen auf ein Tablett und kehrte damit in die Gaststube zurück.

»Ach, min Deern …«, seufzte Oma Lina. »Danke.«

Auf dem Sofa gegenüber lagen Emily und Robert, ebenfalls eingemummelt in ein Federbett. Ihre Gesichter waren immer noch blass, der Schrecken steckte ihnen sichtbar in den Knochen. Eng kuschelten sie sich aneinander. Anne küsste sie auf die Stirn.

»Mama, bist du böse auf uns?«, fragte Robert.

»Dummes Zeug«, sagte Anne ärgerlich. »ich liebe euch, über alles, wie könnte ich da böse auf euch sein?«

»Wir wollten nur Muscheln sammeln, aber auf einmal waren wir mitten im Wasser«, erklärte Emily kleinlaut.

Besorgt sah Oma Lina hinüber. »Die Kinners, ach die Kinners«, schluchzte sie, während eine Träne ihr Gesicht herablief.

Sie hatten überlebt. Und das war jetzt das Wichtigste. Anne spürte ein tiefes Zusammengehörigkeitsgefühl. Wie in einer Familie. Sie alle hatten füreinander ihr Leben riskiert. Einer für alle, alle für einen. So, wie es sein musste.

Jörn lächelte. »Mannoman, euch Landrrrratten darf man aber auch keine Sekunde aus den Augen lassen!«, sagte er in seinem Kapitänstonfall.

Emily und Robert horchten auf. »Bist du ein Pirat? Mama, ist er der Piratenkapitän?«, fragten sie mit leuchtenden Augen.

»Ja, und zwar ein besonders mutiger und tapferer«,

erwiderte Anne. »Aber obwohl er ein rauer Gesell ist, muss man ihn vorsichtig behandeln. Wie ein rohes Ei.«

»Sonst werden wir geteert und gefedert«, sagte Robert, und ein winziges Grinsen erschien auf seinem blassen Gesicht.

Anne servierte den Tee, so gut es ging mit ihren Händen voller Pflaster. Jörn hatte die blutigen Blasen mit Jod verarztet und die Wunden mit Mull und Heftpflastern verklebt. Es brannte immer noch höllisch, aber was war das schon gegen das große Glück, wohlbehalten wieder hier zu sein? Sie fühlte sich überhaupt nicht als Gast. Eher so, als hätte sie schon immer hier gelebt. Komisch. Alles war so vertraut.

»Könnten wir vielleicht – eine Weile hier bleiben?«, fragte sie. »Ich möchte ungern …«

Sie verstummte. Das war nicht der richtige Moment für hochdramatische Eröffnungen. Aber sowohl Jörn als auch Oma Lina streiften sie mit einem Blick, der mehr zu wissen schien, als er preisgab.

»Sicher«, sagte Oma Lina. »So lange Sie wollen. Oder?« Fragend sah sie ihren Sohn an.

»Nix dagegen«, antwortete Jörn.

Er fuhr sich mit dem Handrücken über die Stirn und strich eine Strähne beiseite. Müde sah er aus, doch seine Augen, diese strahlend blauen Augen hatten einen eigentümlichen Glanz, als er Anne ansah.

Ein Pochen ließ sie auffahren. Es klopfte an der Terrassentür. Eine untersetzte Gestalt in einem unförmigen Gummimantel und mit einem Südwester auf dem Kopf spähte durch die regennassen Scheiben und winkte. In der Hand hielt die seltsame Gestalt eine große Tasche. Anne erkannte sofort Doktor Bornhold. Sie lief zu ihm, öffnete die Tür und ließ ihn eilig eintreten.

»Danke, besten Dank, junge Frau«, sagte er. »Na, was macht der Rücken?«

Er setzte den nassen Hut ab und warf ihn auf den Boden, wo sich sofort eine Pfütze bildete, dann zog er den Mantel aus und legte ihn daneben. Nur seine Arzttasche behielt er in der Hand.

»So ein Sauwetter! Ich dachte, ich schau mal vorbei, ob alles im Lot ist. Aber – was ist denn hier los?«

Verblüfft starrte er Oma Lina auf dem einen und die Kinder auf dem anderen Sofa an. Dann Annes Hände. »Was ist passiert, um Himmels willen?«

Mit verteilten Rollen erzählten sie alle durcheinander, wie die Kinder sich zu weit ins Watt gewagt hatten, wie die Flut wegen des Sturms in rasender Geschwindigkeit aufgelaufen war, schließlich die dramatische Rettungsaktion. Doktor Bornhold hatte sich derweil in einen Sessel sinken lassen und hörte schweigend zu, wobei er immer wieder den Kopf schüttelte.

»Jörn, alter Schwede, warum hast du mir denn nichts gesagt?«, fragte er vorwurfsvoll, als er sich alles angehört hatte. »Bist einfach abgehauen, also so was!«

»Ich war – gerade bei – Doktor Bornhold, als Sie mich anriefen«, erklärte Jörn stockend, wobei er Anne ansah. »Sein Keller war voller Wasser gelaufen, und wir waren dabei, Sandsäcke vor die Türen und Fenster zu legen. Deshalb konnte ich so schnell hier sein. Sonst …« Er stützte den Kopf in die Hände.

»Lass gut sein, Junge«, beschwichtigte Oma Lina ihn, »der Herrgott hat seine schützende Hand über uns alle gehalten. Und du, du hast deinen Mann ges-tanden. Vater wäre s-tolz auf dich gewesen.« Fest drückte sie die Hand ihres Sohnes.

Anne sah es mit Freude und Dankbarkeit, und auch Doktor Bornhold schien tief gerührt zu sein. Ausgiebig schnäuzte er sich die Nase mit einem überdimensionalen karierten Stofftaschentuch. Sollte diese Beinahe-Katastrophe vielleicht einen tieferen Sinn gehabt haben?

»Wie dem auch sei, jetzt wollen wir uns die Schiffbrüchigen mal näher ansehen«, verkündete er schniefend.

Aus seinem Arztkoffer holte er ein Stethoskop, ein Fieberthermometer und seine Brille. Als Erstes war Oma Lina dran, dann horchte er sie alle der Reihe nach ab, fühlte den Puls, klemmte das Fieberthermometer unter die Achseln. Für einen Veterinär ist er wirklich ausgesprochen geschickt, dachte Anne. Und als Psychologe konnte er auch locker durchgehen.

»Bekomme ich etwa eine Spritze? Muss ich sterben?«, fragte Robert ängstlich, als er an der Reihe war. Seit seiner letzten Impfung hatte er große Angst vor Ärzten.

»Sicher musst du s-terben«, antwortete der Arzt. »Aber damit hast du noch etwa achtzig Jahre Zeit, junger Mann. So weit ich es beurteilen kann, haben zwar alle etwas erhöhte Temperatur, doch mehr als eine bannich s-tarke Erkältung wird es nicht geben. Ich empfehle Aspirin, heiße Suppe, Bettruhe. Und eine Wärmflasche. Jörn«, er legte zwei Tablettenschachteln auf den Tisch, »das ist Aspirin für alle und ein leichtes Kreislaufmittel für deine Mutter. Aber es gibt keinen Grund zur Besorgnis. So ein Friesenherz ist zäh. Was, Oma Lina?«

»Hauptsache, du alter Gauner verordnest uns keine Pferdemedizin«, sagte sie und zwinkerte dem Arzt zu.

»Möchten Sie vielleicht einen Tee?«, fragte Anne. »Ich bin Ihnen so dankbar, dass Sie sich um uns gekümmert haben.«

Doktor Bornhold hob abwehrend die Hände. »Nee, nee, ich muss noch zu Hinnerk, seine Kuh bekommt was Lüttes. Tschä, das Leben geht weiter. Also denn – erholt euch alle gut. Morgen steh ich wieder auf der Matte.«

Er zog sich ächzend seine Regenkleidung an, tippte an die Hutkrempe und marschierte durch die Terrassentür wieder hinaus in den Regen. Anne war froh, dass er die Kinder untersucht hatte. Es beruhigte sie. Für was so ein Tierdoktor doch alles gut war … Das Läuten des Telefons riss sie aus ihren Gedanken. Schwerfällig erhob sich Jörn und ging in den Flur.

»Für Sie, Frau Berger«, rief er laut. »Es ist Ihr Mann.«

Das Herz sank ihr in die Hose. Ohne ein Wort stand Anne auf, ging in den Flur und nahm den unförmigen schwarzen Telefonhörer in Empfang, den Jörn ihr hinhielt.

»Anne? Wo sind die Kinder?«, bellte es am anderen Ende.

»Denen geht es bestens«, erwiderte sie. Nein, sie hatte nicht die Energie zu erzählen, was vorgefallen war. Ralf hätte ohnehin nur getobt.

»Sobald der Regen aufhört, bewegt ihr gefälligst euren Hintern hierher, verstanden?«, sagte Ralf grob. »Jetzt ist Schluss mit dieser verdammten ›Alten Liebe‹!«

»Wir gehen nirgendwo hin«, erwiderte Anne sehr ruhig. »Es ist vorbei, Ralf. Du hast zu hoch gepokert. Frau und Kinder und Geliebte – so läuft das nicht. Ich habe nicht geblufft. Ich werde die Scheidung einreichen. Dann hast du freie Bahn mit deiner Maike.«

Stille. Anne hörte nur den schweren Atem von Ralf. Dann legte er auf. Erleichtert hängte Anne den Hörer ein. Die Entscheidung war gefallen. Nichts konnte sie mehr umstimmen. Und jetzt, wo sie Gewissheit hatte, fielen seltsamerweise alle Ängste von ihr ab. Leicht würde es nicht werden. Aber sie würde es schaffen. Irgendwie. Wenn sie diesen Sturm überlebt hatte, würde sie auch alles andere überleben. Sie lehnte sich an die Wand und schloss die Augen. Als sie sie wieder öffnete, stand Jörn vor ihr.

»Ich weiß, ich hätte nicht lauschen sollen«, entschuldigte er sich. »Aber …« unsicher sah er beiseite, »ich habe Ihnen unrecht getan. Das tut mir sehr leid. Hm. Maike war heute Morgen bei mir.«

»Ich weiß«, rutschte es Anne heraus. Maike. Der Ring.

»Sie hatte den Kaufvertrag dabei. Das heißt, ich dachte, es wäre ein Kaufvertrag. Zum Glück habe ich mir das Papier genau angesehen, obwohl Maike mich drängte, es ungelesen zu unterschreiben. Es war nur eine Pachtvereinbarung mit diesem Tom Kladen. Für ein Jahr. Ohne Kaufoption. Danach, sagte sie, sollte Ihr Mann das Haus bekommen.«

Überrascht hörte Anne ihm zu. Maike war wirklich das Letzte. Gaukelte ihrem Chef vor, dass sie alles für ihn tat, und hielt sich gleichzeitig Ralf warm. So viel Durchtriebenheit!

»Ich stellte sie zur Rede«, fuhr Jörn fort. »Und dann hat sie mir alles gebeichtet. Dass sie ein Verhältnis mit Ihrem Mann hat. Dass sie in diesem Jahr Karriere in Tom Kladens Firma machen würde. Danach wollte sie sich dann mit Ihrem Mann aus dem Staub machen.«

So tickte diese gerissene Maike also. Sie und Ralf hatten einander wirklich verdient. Anne fühlte nur noch tiefe Erschöpfung.

»Das – das verstehe ich nicht«, flüsterte Jörn. »Sie sind schließlich«, er schluckte, »eine wunderbare Frau.«

Seine Augen wagten sich zu Anne, und sie hatte Mühe, seinem Blick standzuhalten. Eine Woge von Gefühlen überrollte sie, und eine Gänsehaut prickelte vom kleine Zeh bis hoch zu den Haarwurzeln. Wie gern hätte sie einfach ihren Kopf an seine Schulter gelegt.

»Und?«, fragte sie. »Wie soll es nun weitergehen?«

Jörn zuckte mit den Achseln. Ratlos sah er Anne an. Sie konnte seinen Zwiespalt deutlich spüren. Er wollte endlich verkaufen, und Tom Kladen war der ideale Interessent. Sicher würde er sofort zugreifen. Und doch war es offensichtlich, dass Jörn nicht ganz wohl dabei war.

»Warum läuft die Pension eigentlich nicht?«, wollte Anne wissen. »Das müsste doch eine Goldgrube sein. Die Lage, das herrliche alte Haus …«

»Meine Mutter ist alt, sie schafft es nicht mehr allein. Und ich …« Er unterbrach sich.

»Mama? Wo bist du?«, kam Emilys Stimme aus dem Wohnzimmer.

»Hier, mein Schatz«, rief Anne und lief in die Gaststube zurück.

»Wir haben ganz doll Hunger«, jammerte Robert.

»Was haltet ihr davon, wenn ich einen superleckeren Kuchen backe?«, schlug Anne vor. »Und auf dem Herd steht eine Suppe, die könnte ich vorher warm machen. Piratensuppe!«

Begeistert stimmten die Kinder zu, und Anne ging sofort in die Küche. Sie band sich die Schürze um, die über einem Stuhl lag, und machte sich an die Arbeit. Als Erstes stellte sie den Herd an. In der Vorratskammer fand sie Blockschokolade. Das würde ein herrlicher Schokoladenkuchen werden! Während die Kartoffelsuppe vor sich hin köchelte, rührte sie mit Hingabe den Kuchenteig. »Eine wunderbare Frau« hatte Jörn sie eben genannt. Sie lächelte.

Als es an der Haustür schellte, erschrak sie zutiefst. Wer mochte das sein? Doch wohl nicht … Sie ließ den Holzlöffel fallen und rannte zur Eingangstür. Ihr Instinkt hatte sie nicht getrogen. Mit wutschnaubender Miene stand Ralf im Regen. Was tun? Sie drängte ihn so schnell vor das Haus, dass er keine Chance hatte, es zu betreten. Dann schlug sie die Tür hinter sich zu. Die Kinder hatten heute genug Aufregung gehabt. Im strömenden Regen standen Anne und Ralf sich gegenüber. Innerhalb von Sekunden waren sie völlig durchnässt.

»Was willst du hier?«, fragte sie aufgebracht. »Hast du immer noch nicht genug? Soll ich es dir schriftlich geben?«

Entgeistert musterte Ralf ihren Aufzug, das geblümte Kleid, die Schürze, die dicken grauen Wollsocken, die sie an den Füßen trug. Oma Linas Socken.

»Ach, spielen wir hier schon die friesische Hausfrau?«, höhnte Ralf, während der Regen von seinem Gesicht troff. »Sag mal spinnst du? Sieh dich doch mal an. Das ist ja lächerlich. Lass mich sofort zu den Kindern.«

Er versuchte, sich an Anne vorbeizudrängen. Einen Moment lang rangen sie miteinander, dann wurde die Tür aufgerissen und Jörn erschien, ein Küchenmesser in der Hand.

»Sie lassen sofort diese Frau los«, zischte er zwischen zusammengebissenen Zähnen.

Verblüfft ließ Ralf Anne los. »Das ist zufällig meine Frau«, sagte er. »Also lassen Sie diese alberne Nummer mit dem Messer.«

Jörn stellte sich breitbeinig vor Anne. »Und das ist mein Haus. Wenn Sie sich hier gewaltsam Eintritt verschaffen sollten, nennt man das Hausfriedensbruch. Die Polizei wird übrigens derselben Meinung sein. Also?«

Wie ein getretener Hund wich Ralf einen Schritt zurück. Dann lachte er böse auf. »Hast dich ja schnell getröstet, Anne. Brennst mit einem Kellner durch. Maike hatte also doch recht. Aber das wirst du noch bereuen, verlass dich drauf. Ich kenne die besten Anwälte. Ich werde dich ausziehen bis aufs Hemd.«

Er fuhr sich mit beiden Händen durchs klatschnasse

Haar. Anne war unfähig, irgendetwas zu erwidern. Sie wusste nur, dass Jörn Manns genug war, um sie zu verteidigen. Er würde sich nicht durch einen Angeber wie Ralf ins Bockshorn jagen lassen. Ein letztes Donnergrollen war von weit her zu hören.

»Worauf warten Sie noch?«, fragte Jörn und hob das Messer. »Verschwinden Sie!«

Ralf lachte noch einmal trocken auf, dann trat er den Rückzug an. Er sprang in seinen Sportwagen, ließ den Motor aufheulen und holperte durch die Pfützen langsam davon, während der Schlamm hochspritzte und den Wagen bedeckte. Es sah nicht gerade heroisch aus. Langsam ließ Jörn das Messer sinken.

»Den sind wir erst mal los«, sagte er. Ein kleines, freches Triumphlächeln umspielte seinen Mund. Es war die alte Geschichte – Mann gegen Mann. Jörn war als Sieger vom Schlachtfeld gegangen. »Und wann gibt's Kuchen?«, grinste er.

Anne seufzte und legte den Kopf schräg. Was für ein irrer Tag! Sie sah zum Himmel. Der Regen fiel nur noch in leichten Tropfen. Die Wolken rissen auf, und ein erster schwacher Sonnenstrahl fiel auf sie beide. Jörns gebräuntes Gesicht glänzte vor Nässe. Mit dem Handrücken streichelte er vorsichtig Annes feuchte Wange.

Ein Blitzschlag hätte die gleiche Wirkung gehabt. Wie von Furien verfolgt lief sie ins Haus, in ihr altes Zimmer, wo sie die Tür hinter sich zuschlug und sich aufs Bett warf. Sie keuchte. Die Berührung von Jörns Hand hatte sie im Innersten getroffen. War sie etwa verliebt? Sie erschrak bei dem bloßen Gedanken. Doch, es fühlte sich so an. Aber konnte das wirklich sein? Sie war weit über dreißig! Und kam sich wie ein blutjunger Teenager vor! Wollte lachen und heulen gleichzeitig.

»Jörn«, flüsterte sie vor sich hin.

Ein paar Minuten später ging sie wieder nach unten, diesmal hatte sie ein rotweiß gepunktetes Kleid an, das dezent nach Mottenkugeln duftete. Eau de Oma Lina, dachte sie belustigt, der neueste Stern am Parfumhimmel. Gespannt sah sie in die Gaststube. Oma Lina lag noch immer unbeweglich auf dem Sofa, die Kinder saßen auf dem Boden und spielten mit der kleinen Katze. Aber wo war er?

»Schön' Gruß von Jörn, er musste weg«, erklärte Oma Lina fast unhörbar. Sie schien immer noch sehr schwach zu sein. »Ich soll Ihnen sagen, dass er in – ›Sansibar‹ ist. Versteh ich zwar nich, aber Sie werden schon wissen, was er damit meint.«

Also musste er heute Abend kellnern. Anne kniff enttäuscht die Lippen zusammen. Nicht nur, dass sie gerade jetzt nicht auf seine Gegenwart verzichten wollte, es war doch auch absurd: Er arbeitete in einem fremden Restaurant, und zuhause in der »Alten Liebe« war Not am Mann. Ein Gedanke formte sich in ihr, unscharf noch, wie ein verwackeltes Urlaubsfoto. Sie summte vor sich hin, während sie den Kuchen in den Ofen schob. Hatte sie die Lösung?

Draußen dämmerte es. Rötliche Sonnenstrahlen fielen durch die Fensterscheiben, als sie den Kuchen vertilgten, der noch lauwarm war. Dazu gab es heiße Milch mit Honig.

»Alle Achtung«, sagte Oma Lina anerkennend. »Backen können Sie wirklich! Das muss man Ihnen lassen!«

Die Kinder niesten. Höchste Zeit fürs Bett! Mit etwas Glück kamen sie tatsächlich mit einer harmlosen Erkältung davon. Während Emily und Robert sich das dritte Kuchenstück angelten, ging Anne hoch ins oberste Stockwerk und bezog das Bett in »ihrem« Zimmer. Ihr Blick fiel auf die Fußleiste. Das Geld! Sie rückte die Kommode ein Stück nach rechts und tastete nach der schadhaften Stelle. Alles noch da. Unberührt steckte der Umschlag in der Vertiefung an der Wand. Sie drückte das Holzstück wieder fest und schob die Kommode davor.

Zehntausend Euro, was konnte man alles dafür kaufen?, dachte sie. Eine Weltreise, ein Auto, neue Möbel, Schmuck? Aber es gab Besseres, was man damit anstellen konnte. Und sie hatte auch schon eine Idee. Eine wirklich gute Idee.

Nachdenklich strich sie das Laken glatt und schüttelte die Kissen auf. Dann nahm sie einen weiteren Stapel Bettwäsche aus dem Schrank und ging zu Jörns Zimmer. Fast hätte sie angeklopft, obwohl er gar nicht da war. Es hatte zwar eigentlich keinen Sinn, sein Bett zu beziehen, denn er wohnte ja auf seinem Schiff. Und so verwaist, wie das Zimmer aussah, hatte er jahrelang nicht mehr hier genächtigt. Aber man konnte nie wissen. Der heutige Tag hatte einiges geändert. Einiges? Alles!

Offensichtlich gefiel es dem Schicksal, einen Fingerzeig zu geben, so eindringlich, dass niemand ihn übersehen konnte. Anne hatte die Zeichen verstanden. Sie wusste jetzt, wo sie hingehörte. Oder besser – wohin sie vielleicht eines Tages tatsächlich gehören könnte. Aber bis dahin gab es noch einiges zu klären. Sie betrachtete zufrieden das bezogene Bett, die Schiffsbilder an der Wand, dann schloss sie behutsam die Tür.

*

Wundersam sind die Heilkräfte der Natur. Und als beste Medizin hält Mutter Natur in ihrem Arzneischrank immer noch den Schlaf bereit. Eine Medizin ohne Rezept und ganz umsonst, die ihre Wirkung selten verfehlt.

Gegen neun hatte Anne gestern Abend die Kinder ins Bett gebracht, sämtliche nassen Klamotten über den Ofen in der Gaststube gehängt, Oma Lina beim Auskleiden geholfen und ihr eine Wärmflasche unter das Federbett gelegt. Dann war sie zu den Kleinen ins Bett gekrabbelt und sofort eingeschlafen. Jetzt schlug unten in der Gaststube die Wanduhr. Eins, zwei … elf Uhr! Sie streckte sich. Bis auf einen grandiosen Muskelkater fühlte sie sich gut. Doch nicht die Uhr, ein aromatischer Duft hatte sie geweckt.

»Na, gut geschlafen, die Dame?«

Anne musste nicht die Augen öffnen, um zu wissen, welcher Anblick sich ihr bieten würde. Sie lächelte, dann schlug sie die Augen auf. Und tatsächlich schwebte eine Teetasse vor ihrer Nase. Mit ordentlich gescheiteltem Haar, in einem frischen Kleid und der unvermeidlichen Schürze stand Oma Lina vor ihr. Nichts ließ mehr erkennen, dass man sie gestern mehr tot als lebendig aus dem Wasser gezogen hatte. Ihre Wangen hatten einen rosigen Ton, ihre Augen funkelten.

»Habe ich wirklich vierzehn Stunden geschlafen?«, fragte Anne blinzelnd.

Dass die Kinder nicht mehr neben ihr lagen, verwunderte sie überhaupt nicht. Die hatte Oma Lina ohne Frage schon zum Bäcker geschickt.

»Das will ich wohl meinen«, antwortete Oma Lina. »Aber Sie sind nicht der einzige Langschläfer hier!«

Anne setzte sich auf. »Sie meinen – Jörn?«

Oma Lina grinste verschmitzt. »Mit Speck fängt man Mäuse. Hat sich gestern Nacht hier einfach reingeschlichen und in sein altes Bett gelegt. So ein Schlingel! Aber das Komischste daran ist: Sein Bett war bezogen! Hat er mir jedenfalls eben erzählt, als ich ihm eben seinen Tee brachte.«

Auch Anne grinste. »Tja, wirklich seeehr komisch«, bestätigte sie. »Doch die Leute sagen ja auch, dass es hier spukt. Scheint jedenfalls ein guter Geist zu sein.«

Oma Lina lachte leise in sich hinein, dann stemmte sie die Arme in die Hüften und sah sich im Zimmer um. »Sie haben gar nichts dabei, wo sind denn Ihre Sachen?«

»In der ›Strandkrone‹«, antwortete Anne. »Und ehrlich gesagt habe ich keine große Lust sie zu holen, denn mein Mann ...«, der Rest war Schluchzen.

»Psch, psch«, Oma Lina tätschelte beruhigend Annes Hand. »Jörn hat mir schon so was erzählt. Ich werde nachher Hinnerk hinschicken, dass er das Gepäck abholt, der macht heute sowieso seine Tour über die Insel. Ich meine, Kleider habe ich genug, aber ich würde doch sagen, dass Ihre eigenen Sachen Ihnen besser s-tehen, was?«

Anne nickte und trank einen Schluck Tee. Noch einmal zogen die Ereignisse des vergangenen Tages an ihr vorbei. Es war kaum zu fassen, dass Oma Lina schon wieder in all ihrer Vitalität vor ihr stand. Sie sah aus dem Fenster. Die Sonne schien, keine Wolke ließ sich mehr blicken.

»Dschä, auf Regen folgt Sonnenschein, so ist das im Leben«, sagte Oma Lina. »So min Deern, gleich gibt es Frühs-tück. Hier, die habe ich noch gefunden.«

Sie legte eine in Plastikfolie verschweißte Zahnbürste auf den Nachtschrank, dann verließ sie das Zimmer.

Jörn hatte hier geschlafen – Anne betrachtete das als gutes Omen. Ganz egal, was aus ihr wurde, wenigstens waren Oma Lina und Jörn dabei, sich wieder einander anzunähern. Für Jörn musste es das Ende eines jahrzehntelangen Traumas bedeuten. Kinderstimmen wurden unten laut, dann kamen Emily und Robert auch schon förmlich angeflogen und legten eine Punktlandung auf dem Bett hin. Sie hopsten übermütig herum und schwenkten Brötchentüten.

»Schlafmütze!«, neckte Robert sie.

»Wir waren schon beim Bäcker, als du noch geschnarcht hast!«, zog Emily sie auf.

»Und jetzt müssen wir den Tisch decken, sonst werden wir geteert und gefedert«, rief Robert.

»Wer sagt denn so was?«

»Na, Jörn, der Pirat«, erwiderte Emily und verdrehte die Augen, da sie ihre Mutter mal wieder für ausgesprochen begriffsstutzig hielt.

Als Anne auf die Terrasse trat, saß Jörn schon am Tisch. Es pfiff kräftig um die Ecken, doch Oma Lina hatte eine Tischdecke aufgelegt und sie mit kleinen Metallklammern befestigt. Jörn war nicht allein. Ein älterer Herr in einem grauen Anzug saß neben ihm und redete ernst auf ihn ein. Wer war denn das nun wieder? Und warum sah Jörn so bedrückt aus?

»Störe ich?«

Die beiden Männer wandten Anne ihre Köpfe zu.

»Hm, ja, schon«, sagte Jörn verlegen.

Der ältere Herr stand auf. »Gestatten, Meier-Siem, Direktor der örtlichen Sparkasse«, stellte er sich vor. »Gehören Sie zur Familie?«

Ja, wollte Anne sagen, doch sie verneinte.

»Ähm, na ja, dann ...«, druckste der Herr von der Sparkasse herum.

»Oh, ich wollte sowieso mal nach dem Tee sehen«, sagte Anne und zog sich zurück.

Sie fand Oma Lina und die Kinder in der Küche, wo sie mit Geschirr und Besteck klapperten. Aber auch Oma Lina hatte ihre gute Laune verloren. Mit gesenktem Blick polierte sie einen silbernen Teelöffel und murmelte erregt etwas vor sich hin, was wie »Zwangsversteigerung« klang. Auf einen Schlag wurde Anne klar, was hier vor sich ging. Die Pension war immer schlechter gelaufen, Oma Lina hatte sich in den letzten Jahren verschuldet, und Jörn musste jetzt dafür aufkommen. Deshalb hatte er es so eilig mit dem Verkauf gehabt. Deshalb war ihm das Altersheim als einzige Lösung erschienen.

»Kinder, könntet ihr mich bitte mal kurz mit Oma Lina allein lassen?«, sagte Anne. »Aber nicht ins Watt, ja?«

»Nein, ganz bestimmt nicht«, beteuerte Emily. »Dürfen wir in die Dünen?«

»Nur auf den erlaubten Wegen, reißt kein Gras ab, erschreckt nicht die Dünengeister und kommt in zehn Minuten wieder!«

Als die Kleinen hinausgelaufen waren, setzte sich Anne zu Oma Lina an den Tisch. Oma Lina nahm keinerlei Notiz von ihr. Als müsste sie den ersten Preis im Silberputzen gewinnen, wienerte sie ihren Teelöffel. Sie ist stolz, dachte Anne, eine stolze Friesin eben, und sie schämt sich zu Tode, dass sie in finanziellen Schwierigkeiten steckt. Jetzt nur nichts Falsches sagen.

»Manchmal weiß man nicht mehr weiter«, begann sie. »Manchmal sieht es so aus, als ob nichts mehr hilft.«

Oma Lina sah kurz auf, runzelte die Stirn und widmete sich dann wieder dem Löffel.

»Aber es hilft, wenn man drüber redet«, setzte Anne wieder an. »Sie können mir vertrauen.«

Heftig schleuderte Oma Lina den Teelöffel von sich, der klirrend auf den Boden fiel. »Ach was, reden, es wäre besser gewesen, wenn mich gestern das Meer verschluckt hätte.« Sie zurrte ihren Haarknoten zurecht. »Das Haus wird vers-teigert, zwangsvers-teigert. Bald schon. Jörn hat versucht, es zu verkaufen, doch nun ist es zu spät. Die Sparkasse wartet nicht länger auf ihr Geld.« Sie stöhnte.

Anne ließ sich nicht beirren. »Wenn man den untergehenden Kahn wieder flottmacht, ich meine, wenn die Pension wieder laufen würde, dann könnte man doch bis zum Ende der Saison einiges aufholen, oder?«

»Wenn. Könnte«, stieß Oma Lina hervor. »Min Deern, Sie haben ja keine Ahnung. Wie soll ich das schaffen? Ich kann mir kein Personal leisten. Viel zu teuer.«

»Aber die Insel ist voll, überfüllt geradezu! Alles ist ausgebucht, jeder sucht ein Zimmer, und dies hier ist doch genau, was die Festländer wollen: ein echtes Friesenhaus, Gemütlichkeit pur, himmlische Ruhe und das Meer direkt vor der Nase! Da oben sind vier Gästezimmer, wenn die belegt sind und man nähme, sagen wir, hundert Euro pro Zimmer …«, sie zählte laut an den Fingern ab, »… macht vierhundert am Tag, zweitausendachthundert die Woche, und im Monat – Oma Lina! Das wären zwölftausend Euro im Monat!«

Verblüfft rechnete sie noch einmal nach. Auch Oma Lina sah völlig verdattert aus. »Aber hundert Euro am Tag …«, sagte sie zweifelnd.

»Und mit Halbpension noch mehr!«, rief Anne. »Außerdem könnte ich eine Bücherecke einrichten, mit lauter Urlaubsschmökern, die Leute werden sie uns aus den Händen reißen, das wird ein Renner! Nachmittags backe ich Kuchen für Tagesgäste, es laufen doch jede Menge Spaziergänger hier rum, die Hunger auf Kuchen haben, die müssen alle hier vorbei, wir malen ein Schild und ...«

»Moment mal«, unterbrach Oma Lina sie. »Was soll das heißen – Sie backen den Kuchen?«

Anne ging aufs Ganze. »Ich will hier bleiben, ich weiß ja auch nicht, wie, aber ich wünsche es mir so sehr, und die Kinder auch, und warum soll Jörn denn in der ›Sansibar‹ kellnern, wenn es hier so viel zu tun gibt, und ...«

Sie legte erschrocken die flache Hand auf die Lippen. Jetzt hatte sie im Übereifer Jörn verraten. Das durfte sie nicht. Das war seine Sache.

»Bitte, sagen Sie ihm nicht, dass ich es Ihnen erzählt habe«, bat sie. »Bitte ...«

»Er arbeitet als – Kellner?« Oma Lina blieb der Mund offen stehen.

»Ja, und er organisiert Piratenfahrten für Kinder, er arbeitet rund um die Uhr, damit er das Haus halten kann, doch es hat nicht gereicht!«

Still, sehr still wurde es in der Küche. Nur das Teewasser blubberte vor sich hin. Anne stand auf, spülte mechanisch die Kanne aus, gab Teeblätter hinein und goss das Wasser nach und nach in die Kanne. Noch immer war Oma Lina sprachlos.

»Wo seid ihr denn alle?«

Jörn hatte die Tür geöffnet und sah in die Küche hinein. »Mutter, ich muss mit dir reden.«

Ohne ein Wort zeigte Oma Lina auf Anne. Und schon

sprudelte Anne los. Jörn hörte sich alles mit ungläubiger Miene an.

»Außerdem habe ich – zufällig! – zehntausend Euro dabei«, krönte Anne ihr leidenschaftliches Plädoyer. »Damit stellen wir erst mal den Sparkassenmann ruhig. Ich will es natürlich wiederhaben, irgendwann, solange können Sie es als zinsloses Darlehen betrachten. Also?«

Jörn schwieg eine Weile, dann schüttelte er langsam den Kopf. »Ich glaube Ihnen ja, dass Sie das so meinen. Aber Sie sind woanders zuhause. Sie wissen nicht, wie das Leben auf der Insel ist, so eine Pension zu führen ist kein Zuckerschlecken, außerdem – wir haben lange Winter hier, lange, dunkle Winter, und Ihr Mann erlaubt niemals, dass Sie mit den Kindern hierher ziehen. War aber nett gemeint. Ehrlich.«

Wie ein begossener Pudel stand Anne da.

»Ich bin nicht – ›nett‹!!«, schleuderte sie ihm entgegen. »Ich bin auch keine Tagträumerin! Es ist nur so – ich mag Sie, alle beide, und ich habe mich noch nie in meinem Leben irgendwo so zuhause gefühlt! Und ich will verdammt noch mal nicht, dass irgend so ein reicher Lackaffe dieses herrliche Haus so lange umbaut und kaputtsaniert, bis es nicht mehr wiederzuerkennen ist!«

Sie hatte sich in Rage geredet, doch sie war noch nicht fertig. Noch nicht. »Aber Sie sind ja zu – stolz, zu – eingebildet, sollte ich wohl besser sagen, um überhaupt zu kapieren, was ich Ihnen da gerade auf dem Silbertablett serviere! Lieber sehen Sie beiden sturzblöden Sturköppe zu, wie das alles hier vernichtet wird! Jaja, die stolzen Friesen! Ich kann's nicht mehr hören!«

Sie ließ die volle Teekanne auf die Fliesen knallen, dass der Tee und die Scherben nur so durch die Gegend spritzten, und lief davon, nur raus aus diesem Haus mit seinen verstockten, undankbaren Bewohnern. Wie dämlich du warst, wie naiv!, beschimpfte sie sich. Es hat alles keinen Sinn! Ziellos rannte sie und rannte sie, bis die »Alte Liebe« außer Sicht war. Dann warf sie sich ins Dünengras und schlug die Hände vors Gesicht.

Noch heute würde sie die Insel verlassen. Einen Flug in den Süden buchen, ein Zimmer in einem dieser Clubhotels, die sie in- und auswendig kannte, und den ganzen Nordseequatsch vergessen. Für immer. Sie würde um das Haus kämpfen, in dem sie die letzten zehn Jahre verbracht hatte, und weitermachen wie zuvor, nur ohne Ralf, der sowieso in die Schweiz abdampfen wollte. Es passte einfach nicht. Sie passte nicht hierher.

Ein Maunzen ließ sie aufhorchen. Die kleine Katze hatte sie gefunden! Mal wieder! So sehr hing sie an ihr? Schluchzend drückte sie das winzige Fellbündel an sich.

»Tschüss, du Süße, ich muss leider wegfahren«, sprach sie auf das Tier ein, das sich schnurrend auf ihrem Schoß zusammenrollte. »Ich dachte, ich könnte hierher gehören. Aber ich war nur ein Gast. Und ich werde nie wieder ein Gast der ›Alten Liebe‹ sein.«

»Stimmt«, sagte eine Männerstimme dicht neben ihr.

Sie sah sich um. Es war Jörn, der vor ihr stand, atemlos und bleich unter seiner Bräune.

»Gehen Sie. Lassen Sie mich in Ruhe!«, schrie sie.

»Stimmt, Sie werden nie wieder ein Gast der ›Alten

Liebe‹ sein.« Er setzte sich neben sie. »Aber vielleicht – ein Familienmitglied?«

»Wie bitte?«

Statt einer Antwort nahm Jörn ihr Gesicht in seine Hände. »Anne«, flüsterte er. »Meine Anne …«, dann küsste er sie sanft auf die Lippen.

»Was soll d…«, weiter kam Anne nicht. Schon hatte er ihren Mund wieder mit dem seinen verschlossen. Diesmal bliebe es nicht beim keusch hingehauchten Kuss, wild und fordernd nahm er sie in seine Arme und küsste sie so leidenschaftlich, bis sie seinen Kuss endlich erwiderte. Alles drehte sich, aber es war keine Ohnmacht diesmal, kein Schwindel, es war ein unbeschreibliches, schwebendes Gefühl des Glücks, das sie erfasste.

Längst hatte sie ihre Arme um seinen Nacken geschlungen und schmiegte sich an ihn, als dürfe es nicht einen Millimeter ihres Körpers geben, der ihn nicht spürte. Ja, sie liebte ihn, sie hatte ihn vom ersten Moment an geliebt, obwohl er wie ein Taifun in ihr Leben gebrettert war, obwohl er sich unwirsch und ungehobelt benommen hatte, obwohl – ach, sie wollte nicht länger darüber nachdenken, sich nur noch diesem Taumel hingeben, für immer.

Sie wusste nicht, wie lange sie dort gelegen hatten im Gras. Liebe zählt weder Sekunden noch Stunden. Doch die Sonne stand schon hoch am Himmel, als Jörn sich von ihr löste, aufsprang und ihr die Hand reichte.

»Es gibt da ein paar Menschen, die uns bestimmt schon vermissen«, lächelte er. »Ich habe nämlich buchstäblich über Nacht eine Familie bekommen. Eine große Familie.« Er zog sie an sich. »Und ich hätte übrigens nichts dagegen, wenn die Familie noch ein bisschen größer würde.«

»Was? Wie war das?«

Feierlich kniete er vor Anne nieder. »Anne, willst du meine Frau werden? Ich verspreche dir, ich werde alles tun, um dich glücklich zu machen. Und wenn du willst, also, was Lüttes, ich meine …«, er verstummte.

Noch hatte sich Anne nicht ganz von ihrer grenzenlosen Überraschung erholt. »A-also, ich bin noch – verhei-heiratet, wie du weißt, und wir kennen uns doch – erst ganz k-kurz« stammelte sie.

»Na, und?«

Sie musste lächeln. War es nicht das, was sie sich insgeheim sehnlich wünschte? Einen Mann, der keine halben Sachen machte, der zu ihr stand, der sich zu ihr und seiner Liebe bekannte?

»Ja, ich will«, flüsterte sie.

Jörn sprang auf. Überschwänglich umarmte er sie, hob sie hoch und küsste sie zärtlich.

»Meine Anne«, raunte er. »Meine geliebte Anne.«

Hand in Hand gingen sie zurück. Es tat so gut, ihre Hand in der seinen zu spüren. Anne fühlte sich sicher und beschützt. Kurz, bevor sie zum Haus gelangten, machte Anne sich los.

»Lass den Kindern Zeit«, sagte sie leise. »Sie mögen dich, sie werden verrückt vor Freude sein, wenn sie erfahren, dass sie hierbleiben dürfen. Aber …«

»Ich weiß«, erwiderte Jörn. »Wir werden es langsam

angehen lassen. Sie müssen sich erst an den Gedanken gewöhnen, dass es einen neuen Mann in deinem Leben gibt. Aber heute Abend kommst du mit auf mein Schiff, ja? Wir fahren ein Stück raus, nur wir beide.«

Anne erschauerte, als sie an Jörns Bett mit den vielen Kissen dachte. Ein richtiges Liebesnest. Ging doch alles zu schnell? War sie schon so weit? Aber ein Blick in seine Augen genügte. Sie wusste, dass er alles richtig machen, sie nicht bedrängen würde. So was nannte man wohl Urvertrauen.

Jörn schien zu ahnen, was sie dachte. »Es wird nur das geschehen, was du möchtest«, raunte er in ihr Ohr. »Schließlich haben wir noch ein ganzes Leben lang Zeit.«

Oma Lina und die Kinder saßen auf der Terrasse und spielten Karten, als sie zurückkehrten. Den Kartenstapel hatten sie mit einem Glas beschwert, denn der Wind war immer noch frisch und blies heftig über den Tisch. Zwei einsame Brötchen lagen im Brotkorb, zwei Tassen standen auf der blauweiß gewürfelten Tischdecke.

»Ich gewinne!«, empfing Robert seine Mutter.

»Weil du immer mogelst«, ergänzte Emily.

Oma Lina blickte Anne erwartungsvoll an. Aber Anne grinste nur vergnügt, setzte sich und biss in eines der Brötchen. Auch Jörn setzte sich.

»Ein schöner Tag«, sagte er.

»'n bisschen s-türmisch, würde ich sagen«, befand Oma Lina.

»Och, das ist nur die gute Nordseeluft«, gluckste

Anne. Sie genoss es, die alte Dame auf die Folter zu spannen. Die platzte fast vor Neugier, auch wenn sie so tat, als müsse sie sich auf ihre Karten konzentrieren.

»Mama, was machen wir heute?«, erkundigte sich Emily, während sie eine Herzdame ausspielte.

»Aufräumen, das Haus fegen, ich glaube, man nennt es ›klar Schiff machen‹«, antwortete Anne.

»So, so«, grummelte Oma Lina, die Anne und Jörn nicht aus den Augen ließ.

»Und eine neue Teekanne kaufen«, sagte Jörn. »Merkwürdig, in diesem Haus gehen in letzter Zeit auffällig viele Teekannen zu Bruch.«

»So, so«, wiederholte Oma Lina.

»Heute Abend fahren wir mit dem Schiff raus«, sagte Jörn beiläufig.

»Wer – wir?« Oma Lina klang jetzt wie ein Staatsanwalt.

Die Kinder sahen Jörn gebannt an. Anne blickte rasch zu ihm, und er verstand sofort, was sie meinte. Ohne Worte.

»Na, Anne, die Kinder und ich«, erklärte Jörn. »Richtige Piraten schlafen auf hoher See. Aber einer muss das Haus hüten, ich hoffe doch, ich kann mich da auf dich verlassen, Mutter?«

»Du frecher Bengel«, rief Oma Lina, doch sie lachte erleichtert. »Pass mir bloß auf die Kinners auf. Und auf die junge Frau da.«

Jörn war einfach großartig. Es wird wunderbar sein, sich von den Wellen in den Schlaf wiegen zu lassen, dachte Anne. Das Bett war groß genug für vier. Sie würden sich gesundschlafen, alle Wunden der letzten Tage würden heilen, und dann würde das größte Abenteuer ihres Lebens beginnen.

*

Es gibt Tage, die völlig harmlos beginnen. So harmlos, dass niemand auf die Idee käme, sie könnten mit einem Paukenschlag enden. Allerdings gibt es auch Tage, die mit einem Paukenschlag beginnen. Und es ist schwer zu sagen, welche Reihenfolge schwerer zu verdauen ist.

Für Anne kam der Paukenschlag an diesem sonnigen Morgen in Gestalt ihrer Mutter. Mit Grabesmiene stand sie vor der Haustür, setzte zwei unförmige Koffer ab und schlug die Hände über dem Kopf zusammen.

»Kind, Kind, Kind«, jammerte sie. »Was hast du dir nur dabei gedacht?«

Inge Rademacher trug eine Jeans und derbe Wanderschuhe, auf dem Kopf hatte sie einen Tropenhelm, so, als sei sie auf einer Expedition in die tiefste Wildnis. Mit verschränkten Armen betrachtete sie das Haus, den Balken mit der Aufschrift »Alte Liebe«, dann ihre Tochter.

»Hallo, Mutter«, sagte Anne matt. »Und was hast du dir dabei gedacht, hier einfach aufzukreuzen?«

»Ralf hat mich angerufen und mir alles erzählt. Dass ihr euch gestritten habt. Dass du dich hier in einem Hexenhaus verbarrikadiert hast. Und dass du mit einem – Kellner durchgebrannt bist!«

Anne atmete tief durch. Heute war der Tag der Neueröffnung. Die »Alte Liebe« erstrahlte in neuem Glanz, eine Woche lang hatten die Handwerker geschuftet, und sie hatten ganze Arbeit geleistet. Das Haus war gestrichen, zwei schadhafte Fenster repariert, die Gästezimmer tipptopp in Ordnung. Ein liebevoll gemaltes Schild kündigte kostenlosen Kaffee für den Nachmittag an. Das Fremdenverkehrsamt hatte ihnen zwei Familien und eine alleinstehende Dame angekündigt, die alle am Abend anreisen und volle drei Wochen bleiben würden. Das Letzte, was Anne jetzt gebrauchen konnte, war eine Mutter, die nichts anderes im Sinn hatte, als Unruhe zu stiften.

Mit einer Harke und einem Korb in der Hand kam Oma Lina um die Ecke. Sie hatte schon seit Sonnenaufgang die Blumenbeete bearbeitet, Unkraut gezupft und die Wege geharkt.

»Moin, moin«, rief sie Annes Mutter zu. »Tut uns leid, die Eröffnung ist erst um vier. Aber wenn Sie sich auf die Terrasse setzen, kriegen Sie schon mal einen Tee. Mein Sohn bringt inzwischen den Koffer nach oben. Anne, haben die Kinder schon Brötchen geholt?«

Annes Mutter starrte Oma Lina an wie eine Erscheinung.

»Mutter, das ist Oma Lina, Oma Lina, das ist meine Mutter, Inge Rademacher«, sagte Anne.

Noch immer stand ihre Mutter da wie eine Salzsäule. Oma Lina setzte den Korb ab und kam näher.

»Na, denn willkommen in der Familie«, sagte sie herzlich und streckte Inge Rademacher die erdige Hand hin, die sie vorher noch schnell an der Schürze abgewischt hatte. Sie schien sich wirklich zu freuen. »Also, ich bin ja bannich s-tolz auf meine zukünftige Schwiegertochter, die haben Sie wirklich gut hingekriegt!«

»Ha-hallo«, sagte Annes Mutter lahm und ergriff mit spitzen Fingern Oma Linas schwielige Hand.

Die Situation war ihr ganz und gar nicht geheuer. Nun tauchte auch noch Jörn auf. Er trug einen hölzernen Blumenkübel mit einer riesigen blauen Hortensie, deren üppige Blütendolden ihn fast verdeckten und deren kräftige Farbe mit seinen Augen wetteiferte. Anne lächelte ihn selig an. Er war wirklich ein Bild von einem Mann, vor allem aber hatte er das Herz auf dem rechten Fleck. Seit einer Woche erlebte sie die glücklichste Zeit ihres Lebens. Es war, als ob sie sich schon Jahre kannten, und doch so aufregend, als sei sie das allererste Mal verliebt.

»Und das ist Jörn«, sagte Anne.

»So, so, das ist Jörn«, wiederholte ihre Mutter dumpf.

Jörn stellte den Blumenkübel neben die Tür, richtete sich auf und strahlte Annes Mutter an »Freut mich, Sie kennen zu lernen. Anne hatte mir gar nicht gesagt, dass Sie kommen. Die Überraschung ist ihr gelungen!«

»Kinners, lasst uns nicht lange rums-tehen«, beendete Oma Lina die Stille, die eingetreten war. »Immer rein in die gute S-tube, einen frischen Tee haben wir noch da, und Kuchen sowieso mehr, als wir jemals an den Mann bringen können.«

Stimmt, dachte Anne. Sie hatte leicht übertrieben, das wusste sie selbst. Seit gestern Nachmittag hatte sie ununterbrochen gebacken. Apfelkuchen, Pflaumenkuchen, Kirschtorte, Käsesahne, Schoko, Nuss. Ihr ganzes Repertoire. Die Tische in der Gaststube bogen sich unter den Kuchenplatten. Aber ihr ging es gut. Nein, blendend!

Zögernd folgte Inge Rademacher Anne ins Haus. Jörn brachte die Koffer nach oben, Oma Lina eilte in die Küche. Anne staunte jeden Tag, wie viel Energie sie immer noch hatte. Die Rettung der »Alten Liebe« wirkte wie ein Jungbrunnen auf sie. Unschlüssig stand Annes Mutter in der Gaststube und sah sich um. Überall standen Blumen in Vasen, die weißen Batistgardinen waren frisch gewaschen und bauschten sich duftig vor den Fenstern. Doch all das schien sie gar nicht zu beachten.

»Ach, du grüne Neune«, sagte sie schmallippig, »das ist ja ein Museum!«

»Überschlag dich nur nicht«, erwiderte Anne. »Zufällig ist es mein neues Zuhause.«

Empört ließ ihre Mutter sich auf eins der Sofas fallen. »Soll das ein Scherz sein?«

»Nee, 'ne Schnapsidee. Aber eine gute.« Anne dachte gar nicht daran, auf die schlechte Stimmung ihrer Mutter einzugehen. »Hand aufs Herz – so einen attraktiven Schwiegersohn bekommst du nie wieder. Und so eine tolle – Schwägerin.«

Sie musste kichern, so fassungslos war ihre Mutter. Inge Rademacher war vernarrt in Ralf. All die Jahre hatte sie sein Loblied gesungen, sich an seinem beruflichen Erfolg, seinem dominanten Auftreten begeistert.

Dass er eine Affäre hatte, schien sie kaum registriert zu haben. Vermutlich hatte sie es verdrängt. Langsam nahm sie ihren Hut ab.

»Anne, du setzt dich jetzt mal hier hin«, befahl sie und deutete neben sich aufs Sofa.

Oha, Anne kannte diesen Tonfall. Jetzt kam unter Garantie ein Satz Ermahnungen aus dem mütterlichen Nähkästchen. Ihre Mutter hatte den eigenen Mann früh verloren, er war schon mit Anfang fünfzig an einem Herzinfarkt gestorben. Und seitdem hatte sie ihrer Tochter eingeschärft, dass es nichts Wichtigeres gab als den Ehemann. In guten und in schlechten Zeiten, wie sie immer wieder betonte. Aber wie unterirdisch schlecht eine schlechte Zeit wirklich sein kann, davon hat sie keinen Schimmer, dachte Anne. Widerstrebend setzte sie sich zu ihr.

»Es gibt noch eine Menge zu tun, also fasse dich kurz«, sagte sie.

Inge Rademacher lächelte säuerlich. »Kleines, ich glaube, du hast dich da in etwas verrannt. Jede Ehe hat mal Krisen, aber das ist doch kein Grund, einfach wegzulaufen. Und schon gar nicht – hierher. Du meine Güte! Ralf tobt! Du kannst von Glück sagen, wenn er dich überhaupt zurücknimmt. Ich habe heute schon mit ihm telefoniert und ein gutes Wort für dich eingelegt.«

»Das hast du nicht«, erwiderte Anne tonlos.

»Ja, was denn sonst?« Annes Mutter wurde lauter. »Hast du mal an die Kinder gedacht? Kreuzunglücklich wirst du sie machen!«

Wie aufs Stichwort kamen in diesem Moment Emily und Robert hereingestürmt. Braungebrannt und lachend schwenkten sie ihre Brötchentüten und redeten aufgeregt durcheinander. Ohne die beiden Frauen auf dem Sofa zu bemerken rannten sie in die Küche

»Oma Lina, Wir haben Piratenbrötchen gekauft!« »Ganz viele!« »Jööörn, komm schnell!«

»Das sind übrigens die unglücklichen Kinder«, bemerkte Anne trocken. »Weißt du, Mutter es ist nicht nur die Sonne und die frische Luft, die ihnen so gut bekommt. Zum ersten Mal haben sie eine richtige Familie. Einen Mann, der auch wirklich für sie da ist, eine Mutter, die ausgeglichen ist – und eine Oma, die ihnen soviel Zuneigung und Wärme gibt, wie man es sich nur wünschen kann. Mutter?«

Bei den letzten Worten war Annes Mutter aufgesprungen. Wütend stapfte sie in der Gaststube umher. Dann zischte sie: »Ich habe verstanden. Das heißt, ich bin völlig überflüssig. Ich gehöre nicht zu deiner – Familie. Du hast den Bogen überspannt, Anne!«

Sie setzte ihren Tropenhelm auf. »Sag deinem Kellner, er soll die Koffer wieder runterholen! Ich fahre jetzt in die ›Strandperle‹ oder wie das Hotel heißt. Ralf hat mir angeboten, dort in seiner schicken Suite zu wohnen.«

»Nie im Leben«, sagte Anne. »Der wird den Teufel tun und …«

Angriffslustig blieb ihre Mutter vor ihr stehen. »Ach, nein? Da täuschst du dich aber gewaltig. Und sicher ist das nicht so eine komische Absteige wie die hier. Ralf hat Stil. Du jedoch …«

Sie beendete den Satz nicht, weil Emily und Robert herein gelaufenkamen.

»Oma! Oma! Toll, dass du da bist!«, juchzte Emily.

»Wohnst du jetzt auch bei uns?«, fragte Robert.

»Nein, ich ziehe es vor, in einem richtigen Hotel zu wohnen.« Sie hauchte den Kindern einen flüchtigen Kuss auf die Wange. »War schön, euch zu sehen. Anne, bestellst du mir ein Taxi?«

Achselzuckend ging Anne zu dem schwarzen Telefon. Sie war tief enttäuscht. Und verletzt. Warum nur behandelte ihre Mutter sie, als ob sie kein Recht auf ein eigenes Leben hatte? Warum wollte sie nicht sehen, was Ralf ihr angetan hatte? Und warum ignorierte sie halsstarrig, wie glücklich ihre Tochter war?

Fünf Minuten später schleppte Jörn die Koffer zum Taxi. »Schade, dass Sie schon gehen. Besuchen Sie uns bald mal wieder«, rief er, als der Wagen anfuhr. Dann nahm er Anne in den Arm, die stumm den Abgang ihrer Mutter beobachtet hatte. »Was war denn los? Was hat sie denn?«

»Nicht nur die Friesen sind Sturköppe«, erklärte sie. »Komm, lass uns nicht länger darüber nachdenken. Wir müssen noch die Gartenmöbel vom Dachboden holen.«

»Wir? Das mache ich«, protestierte er. »Denk an deinen Rücken. Und lass dir diesen Tag nicht verderben. Das mit deiner Mutter kommt auch noch ins Lot.«

»Hoffen wir's«, flüsterte Anne. Die unerfreuliche Szene hatte sie weit zurückgeworfen, in eine Phase, die sie für überwunden glaubte. Ängste, Schuldgefühle,

Vorwürfe, sie wollte nichts mehr davon hören. Wann würde denn endlich Ruhe sein?

Nachdenklich ging sie ins Haus und öffnete die Bücherpakete, die heute Morgen gekommen waren, gerade noch rechtzeitig. Jane hatte sofort reagiert und ihr alle Wünsche erfüllt. Liebesromane, Sylt-Reiseführer und ein paar Pfund Seemannsgarn hatte Anne ausgesucht. Sie räumte einen Ecktisch frei und begann, Buch für Buch darauf zu drapieren. Der Anblick all der herrlichen Schmöker hellte ihre Stimmung auf. Wenn alles gut lief, könnte sie einen florierenden Buchhandel eröffnen. Sie musste nach vorn sehen. Nur nach vorn.

Es wurde ein turbulenter Tag. Die »Alte Liebe« wurde gleichsam überrannt von Neugierigen. Schon um halb vier waren alle Tische und Stühle komplett belegt, halb Keitum war auf den Beinen, keiner wollte das Ereignis verpassen. Auch Doktor Bornhold war gekommen, der alte Hinnerk brachte einen riesigen Korb mit Obst, und selbst der Wirt des »Robbengatters« schob sich mit seinem gewohnt öligen Grinsen in die Gaststube, eine Flasche Korn unter dem Arm. Die Tortenplatten leerten sich in Windeseile, und Oma Lina kam kaum mit dem Teekochen nach, obwohl sie gleich fünf neue Teekannen gekauft hatte. Auch die Bücher gingen weg wie warme Semmeln. Und das dicke schwarze Gästebuch füllte sich unaufhörlich mit Namen und Adressen, Vormerkungen für die nächste Saison.

Als die letzten Gäste gegangen waren, sanken alle erschöpft auf die Sofas. Nur Doktor Bornhold war noch geblieben, der sich den ganzen Nachmittag über als guter

Geist betätigt, unermüdlich Geschirr abgeräumt und Tassen gespült hatte. Jetzt zündete er sich eine Pfeife an und ließ den Rauch in Kringeln an die Decke schweben.

»Respekt«, ergriff er das Wort. »Ehrlich gesagt hätte ich nicht gedacht, dass es so einschlagen würde. Und das alles haben wir nur Anne zu verdanken.«

»Wo er Recht hat, hat er Recht«, sagte Oma Lina, die etwas abgekämpft in einem Sessel residierte und doch so würdig und hochgestimmt wirkte wie eine Königin, der man ihr verlorenes Reich zurückgeschenkt hatte. »Die Deern ist ein Segen. Für uns alle.« Sie nickte Anne und Jörn zu, die dicht nebeneinander saßen, die müden Kinder auf ihrem Schoß.

»Sollten wir das nicht feiern?« Doktor Bornhold lachte spitzbübisch. »Jörn, sieh doch mal in den Kühlschrank. Ich hab da 'nen blinden Passagier reingeschmuggelt.«

Verwundert stand Jörn auf und kehrte kurz darauf mit einer Flasche zurück.

»Echter Champagner«, erklärte der Tierarzt und paffte ein paar Rauchwölkchen in die Luft. »Den hab ich mal von einem dankbaren Patienten bekommen. Nun ja, um genau zu sein, von einem Bauern, dem ich geholfen habe, zehn gesunde Ferkel auf die Welt zu bringen. Hab die Flasche immer für einen besondere Anlass aufgehoben, dschä, und den haben wir ja nun!«

»Wenn Sie das als Mediziner verantworten können«, lächelte Anne.

»Rrreines Kreislaufmittel«, beteuerte Doktor Bornhold.

Gerade hatte Jörn die Gläser gefüllt, als es an der Haustür schellte.

»Kinners, Kundschaft, das werden die Pensionsgäste sein«, ließ Oma Lina sich aus ihrem Sessel vernehmen.

Doch es waren keine Pensionsgäste. Es war Annes Mutter, die kleinlaut hereinschlich, ihre Koffer abstellte und unsicher in die Runde blickte. Anne musste sie nicht fragen, um zu wissen, was passiert war. Ralf hatte ihr offensichtlich deutlich zu verstehen gegeben, dass er seine Suite auf keinen Fall mit seiner Noch-Schwiegermutter teilen würde. Und ihre großen Versöhnungspläne waren ebenso offensichtlich nicht auf Gegenliebe gestoßen.

»Äh, das hat leider nicht geklappt mit der ›Strandkrone‹«, nuschelte sie verlegen. »Alles belegt. Und der letzte Zug ist auch schon weg.«

»Nur immer rein in die gute S-tube«, rief Doktor Bornhold gut gelaunt. »Sie kommen genau richtig. Wir wollten nämlich gerade ans-toßen!«

Wortlos setzte sich Annes Mutter in einen freien Sessel. Der Tropenhelm hing ihr schief ins aschfahle Gesicht, und sie brachte nicht einmal ein Lächeln zuwege. Jörn und Oma Lina tauschten einen kurzen Blick.

»Zuuufällig, rein zuuufällig hätten wir da noch ein Zimmer«, sagte Oma Lina.

»Ach, äh – ja? D-danke«, stotterte Annes Mutter. Sie setzte ihren Tropenhelm ab und wischte sich mit einem Taschentuch über die Stirn. So mitgenommen, wie sie aussah, tat sie Anne schon wieder leid. Es war halt nicht besonders angenehm, wenn Illusionen sich in Luft auflösen, niemand wusste das besser als sie.

»Junge Frau, Sie gefallen mir aber gar nicht«, bemerkte Doktor Bornhold mit gerunzelter Stirn. »Entschuldigung, das heißt, gefallen tun Sie mir schon, aber Ihnen scheint nicht gut zu sein. Ihr Kreislauf hat dringend eine kleine Aufmunterung nötig.«

Er stand auf und reichte Annes Mutter galant ein Glas. »Auf die ›Alte Liebe‹«, rief er aus. »Möge sie blühen und gedeihen!«

Auch Anne erhob ihr Glas. Sie sah zu Jörn, der sie an sich drückte, und einmal mehr tauchte sie ein in das rätselhafte Meerwasserblau seiner Augen. Die Kinder waren schon eingeschlafen, Anne spürte ihre regelmäßigen Atemzüge.

»Und auf die junge Liebe«, sagte sie, während sie ihren Kopf an Jörns Schulter lehnte. Endlich war sie zuhause.

Ein moderner Familienroman, turbulent, witzig und voller großer Gefühle

Nina Kresswitz
KUSCHELKURS
FÜR ANFÄNGER
Roman
240 Seiten
ISBN 978-3-404-15478-4

Meine Frau, mein Kind, mein Job: Für Mike Westhoff ist die Welt in Ordnung. Bis seine Frau ihm aus heiterem Himmel eröffnet, dass sie ihn verlässt – und zunächst auch die gemeinsame Tochter mitnehmen will. Plötzlich begreift der coole Manager, dass man um die Menschen, die man liebt, auch kämpfen muss. Während die Ehefrau mit ihrem Lover durchbrennt, versucht er das Herz seiner Tochter zu gewinnen: Ein Kuschelkurs für Anfänger beginnt. Der verwandelt den smarten Egoisten in einen leidenschaftlichen Vater, den auch die abtrünnige Ehefrau nun mit neuen Augen sieht …

Bastei Lübbe Taschenbuch

Kinder, Küche, Seitensprung …

Nina Kresswitz
ICH WILL ALLES!
Roman
256 Seiten
ISBN 978-3-404-15659-7

Einmal raus aus dem grauen Hausfrauenalltag und hinein in ein Leben voller Glamour. Das ist für Lale ein bunter Tagtraum, wenn's mal zu viel wird im Dreieck Kinder-Küche-Supermarkt. Bis eine Freundin ihr eines Tages eine rote Perücke schenkt. Aus dem Karnevalsscherz wird mehr – mit Perücke und High Heels gestylt stöckelt die brave Ehefrau immer öfter unerkannt durch die Stadt und lernt einen verführerischen Mann kennen, der ihr Leben völlig durcheinander bringt. Ist es die große Liebe? Ein aufregendes Doppelleben beginnt. Bis sie sich entscheiden muss zwischen Alltag und Abenteuer …

Bastei Lübbe Taschenbuch